鍛治原成見
Illustration 縞
JN062105
魔獣狩りの令嬢
DAUGHTER OF
A HEXENBIEST HUNTRESS
～夢見がちな姉と大型わんこ系婚約者に振り回される日々～

contents

［第一章］男爵令嬢は姉にさっさと結婚してほしい。

Illustration——縞
Design——浜崎正隆

［第一章］

男爵令嬢は姉にさっさと結婚してほしい。

プロローグ

暖かな春。綿雲（わたぐも）がのんびりと碧空（へきくう）を泳いでいる。

私は馬上で春野の匂いをたっぷりと吸い込んだ。ふと、視界の端に人影がうつる。

風もなく穏やかな日だというのに、青ざめた顔の平民の男が一人、うちの屋敷に向かっている。

それを私は愛馬のアンカーの上から見ていた。

その慌てようが気になって、アンカーの腹を蹴り屋敷に戻る。

アンカーを馬小屋に戻してから応接室へ向かい、こっそりと室内を窺った。先程の男が椅子にかけながら水をあおっている。その正面では深刻そうな顔をしたお父様が男を見つめていた。

「はぐれ魔獣が出た？」

「はっ、はい。魔獣を見た者の話では鱗鹿（うろこじか）が一頭だったと……」

「被害は？　怪我人はいないかい？」

「柵をいくつか壊され、三カ所ほど畑が荒らされていました。今のところ怪我人はいません」

「不幸中の幸いだね……」

その男がもたらした情報に、お父様は表情を一瞬曇らせる。しかしお父様はすぐに優しく微笑んだ。コンラート・ニューベリー男爵としての立場があるからだ。

「分かった、ありがとう。すぐに対処しよう。キャロル、聞いていただろう？」

「えっ、お嬢様、いつからそこに⁉」

あちゃ。

お父様は気配に敏感だから、やっぱりバレていたらしい。今回が初めてのことではないので特に驚く様子もなく、私を応接間の中に呼びつけた。

お父様はにこやかに、しかし真剣に私に尋ねる。

「キャロル、はぐれの魔獣が出たらしい。行ってくれるかい？」

「任せてください」

間髪入れずに答えた私の言葉を聞いて、お父様は「やっぱりね」と眉尻を下げて困ったような表情を作った。

「魔獣を倒しに行ってくれるか」と尋ねれば必ず私が「もちろん」と答えるのに、いつもそういう表情になる。なんだかんだ心配なのは理解するけれども、だったら聞かなければいいのに、とも思う。

今年はこの辺りの植物がよく育ったから、きっと鱗鹿が食料を求めて山脈伝いに魔境からこちらまで来てしまったのだろう。

今回の鱗鹿に限った話ではないが、魔境から遠征してくる魔獣は弱い個体か同種の中でも地位が低い比較的若い個体である可能性が高い。なぜなら強ければ魔境から出ずとも十分な食料を確保できるからだ。

そして弱い魔獣であったとしても通常の獣害とは比べものにならない。野生の水牛や熊が闊歩している以上に危険だと表現すれば、魔獣について詳しくない人間も理解できるだろう。

私は男に上機嫌で声をかける。

「狩人には声をかけてありますか？」

「へ、へえ。十五名ほど集めてあります」

「声真似の魔法が使える者はいますか？」

「一人おります」

よし、それなら問題ない。

私はにかりと男に笑いかけ、肩を叩く。

「すぐに準備します。それまでゆっくり休んでいて」

「へえ！」

男は唾を飲み込み大きくうなずく。

私は胸を張ってお父様の方を向く。今私の目は魔獣狩りを楽しみに爛々と輝いているに違いない。

「それでは、道具の準備をしてきます」

「ああ、頼んだよ」

お父様の困った表情に背を向け、軽い足取りで狩り道具をしまっている屋敷内の倉庫へ向かった。

鱗鹿だと言っていたから必要なのは弓矢とショートソードかな。軽量化の魔法がかけられた武器があればできることが増えるのだけれど……まあ、今回は仕方ない。

そんなことを考えながら革鎧と腰にワイヤーを巻き付けたリールを装備し、剣を携える。それとあといくつかの道具を腰のポーチに詰めて倉庫を出た。

鱗鹿は角が立派であれば高く売れる。鱗も状態によっては装飾品をはじめとし、たくさんの用途がある。もちろん皮も！

狩人組合はこの臨時収入に大喜びするだろう。

私は少し興奮気味に小走りで馬小屋へ向かおうとした。

「あら？　キャロル。また狩りに行くの？」

屋敷の扉に向かって手を伸ばそうとしたとき、可愛らしい声が階段の上から降り注いできた。

その声の主が誰か、顔を見ずともわかってしまう。だから思わず顔をしかめてしまった。

「……メアリお姉様」

先程までの上がった気分が急降下していく。溜め息を盛大にしなかったことを褒めてほしい。テンションが下がっている私に、メアリお姉様は気付いているのかいないのか、ふわふわとした髪とドレスを揺らしながら降りてきた。

その間に心の中で大きな大きな溜め息を吐いてしまったのは、これから何を言われるかがわかっているからだ。

眉間辺りに力が入っているので、顔がしかめ面を作っている気がする。

「貴女、狩りばかりでお茶会やパーティーにちっとも出席しないじゃない。そんなんじゃ殿方との出会いもご縁もないわよ？」

ほら来た、メアリお姉様のいつものどデカイおせっかい。

「お茶会やパーティーに足繁く通っているのに、未だ殿方とご縁のないメアリお姉様には言われたくありません」

ムスッとした表情で思わず言い返しても、メアリお姉様はすました顔をしている。

「わたし、妥協はしないもの」

ふふ、と自信ありげに控えめな胸を突き出して張る。

私は肩を下げて頭を軽く振った。

「いい加減『王子様と結婚』なんて言わずに現実を見てください」

「まあ！　キャロルってば酷い！」

頬を膨らませてプリプリと怒るメアリお姉様に心底呆れて深く長い溜め息を吐く。私は結わえた髪の辺りを掻きながら、メアリお姉様を一瞥（いちべつ）した。

「私はお姉様がさっさと結婚してくださることが望みです。でないと私の進退も決められないんですから」

「わたしの結婚とキャロルの将来は関係ないじゃない！」

メアリお姉様は両手をぶんぶんと振り、とても成人したとは思えない怒り方をする。そんなお姉様に背中を向けてその場を離れた。私の背中にキーキーと高い声で文句を投げてくるが聞く気はない。

「……お姉様に気をつかってる私が馬鹿みたい」

お姉様が嫁ぐなら、私はニューベリーに残る。けれど婚約者も未だいないせいで私の婿取りもままならないというのに……！

苛立ちが歩みに表れたまま、水を飲むアンカーの元へ向かうのだった。

「わたし、王子様と結婚する！」

この台詞が少女の言葉であるならば、とても微笑ましかろう。しかし残念なことに、この言葉を吐いたのは姉、メアリ・ニューベリー。年は私のふたつ上、二十歳である。

メアリお姉様は王都の魔法学園の黄金世代とか言われる年に入学した。その学年は王族、公爵家など大物や権力者のご子息ご息女が大層多い年だったそうだ。なんとクラスメイトに第二王子や公爵のご子息、宰相閣下のご子息、将軍閣下のご子息までいたらしい。

そのせいでメアリお姉様は昔からの夢だった「王子様と結婚」に現実味が帯びたと勘違いしてしまった。

学園生活の中でどうにか「王子様」とお近づきになろうと身分を超えた接触を図ったりもしていたそうだ。家族としては肝を冷やしたが、メアリお姉様が彼らに取っていた行動はギリギリ常識の範囲内であったらしい。

流石のお姉様も彼らに事故を装って抱きついてみたり、手作りの食べ物を贈ったりなどはしなかったようだ。そのためお咎めなく、無事卒業ができたのはまさに幸運である。

しかし卒業式の日に事件が起こった。

お姉様と同じように「王子様」の婚約者の座を狙っていた別の御令嬢方と、第二王子を筆頭とした御歴々の方々で一悶着あったらしい。そのせいなのか各有力ご子息たちは皆、婚約が解消されてしまったのだとか。

その辺り、私は全くと言っていいくらい興味がなかったので、詳しい話は知らない。だって私には関係がないじゃない？　上級貴族のご子息たちとご縁を得ることなどまず無理だと思っていたから。

何故って、我が家の爵位は男爵！　貴族の中でも末端も末端！　木っ端貴族！

そんな夢物語、四回転半でもしたぶっ飛んだ思考を備えていなくては、十五になる頃には期待を持たなくなっているというもの。

我が王国は階級による制約がとーっても強い。王族を始め、貴族の肩には常に重い責任がのしかかっている。戦争や魔獣の出現などがあれば民を守るために命をかけるのが貴族だ。爵位が上がればより多くの責任を持たなければならない。

一方で平民は税さえ納めていれば王と貴族によって庇護される。

それを是としないのであれば貴族になればいい。実を言うと一代限りであれば貴族になることはさほど難しくない。功績を挙げることで準男爵や騎士の位を得られるからだ。貴族の庇護よりも自由と責任を求めるならそれをすれば良いだけである。

まあ、そんな世襲できる貴族の中で一番下の位である男爵という地位。下級貴族の男爵家が国防や政治を大きく動かす上級貴族と深く関わることなんてほぼない。

もし上級貴族と関わり合いができるとしたら、魔法がよほど希少であるか複数持っているときに限る。この世界の人間が必ずひとつは宿すという魔法という名の奇跡――メアリお姉様は「空を飛ぶ」。

これは希少性もあったものじゃない。加えて下級兵士レベルに求められるような魔法では王族や上位の爵位の方々と縁づくなど到底無理なこと……

メアリお姉様の見た目は悪くはないが、飛び抜けて美しいわけでもない。やわらかそうなほぼ茶髪のキャラメルブロンド。ワインボトルのような深い緑の目。スタイルに関しては平凡。

それでも自己肯定感だけは斜め六十九度にすっ飛ぶ勢いで高かった。

そう、非常に高かった。

そのせいでメアリお姉様は持ってこられた縁談をことごとく拒否をした。いい加減目を覚まして豪商か子爵家辺りと婚約してほしいのに……結婚の順番としてメアリお姉様の先を越すわけにもいかないため、結局私も婚約者を得られずに学園卒業を迎えてしまった。

いや、私の見た目が華やかであれば声をかけてくださる人のひとりくらいいたかもしれない。しかし私は赤みのあるブラウンの髪に明るいグリーンの瞳でつり目――少しばかり気が強そうに見える顔つきのうえ趣味が狩りでは縁もつかぬというもの。

それもこれもお姉様に遠慮してしまった私のせい――自己嫌悪混じりの苛立ちを発散するため、愛馬のアンカーを駆り、狩りに赴くのだった。

――ぅぅうー……わおうわおう……！

昼間であるにもかかわらず、生い茂った草木の豊かさから薄暗さを感じる森の中。石砕狼が鳴き声を一帯に響かせる。石砕狼が獲物の場所を仲間に教え、複数で狩りにかかる時の合図だ――鱗鹿の反応は……

森と平地の境目に向かって木々や草が揺れている。時々枝葉に擦れながらも移動してくる様子が感じ取れた。複数の気配がそれを追う――身の危険を感じた鱗鹿が、木々の生い茂った斜面から、平地に飛び出す。

声真似の魔法を使える者による誘導と、狩人たちによる気配作りで鱗鹿を森の中から追い出せた。再び森の中に入らないよう、狩人たちは注意深く石砕狼の気配を作り、鳴き真似を続ける。

遮蔽物のない場所をぴょんぴょんと跳ねる鱗鹿は遠目から見てもなかなか立派な姿をしていた。鱗が日の光できらりと輝く。

あのはぐれの鱗鹿は一般的な馬と同じくらいの大きさのようだ。鱗は艶があり碧玉のように美しく、あまり傷がない。まだ若い個体のようだし、角も立派で欠けもない。

――これはツイている！

あんなに立派な鱗鹿なら、狩るときの傷が少なければより高く売れるに違いない。

私はうずうずしながら興奮気味に口角を持ち上げた。

「皆、ありがとう。後は任せて」

「はい、キャロル様、お気を付けてくだせぇ！」

携えた剣の柄頭（つかがしら）にワイヤーを取り付けて準備をしていると、心配そうな声が聞こえた。

「なぁ、本当にキャロル様だけで大丈夫なのか？　鱗鹿は大の男五人でやっと仕留められる魔獣じゃねえか」

声の方へ顔を向けると不安げな顔をした十一、二歳くらいの少年が両手をぎゅっと握りしめながらこちらを見ていた。

「あれ、新しい子かな？」

「俺の倅（せがれ）です」

まだ子どもといって差し支えない若い狩人はぺこりと頭を下げてくる。少年はソワソワした目つきをしていた。

父親である狩人が少年の頭を小突く。

「おめぇ、知らねえのか？　キャロル様がなんて言われてるのか」

「知らねぇよ親父」

小突かれ、不服そうにしかめっ面で唇をとがらす少年と、父親狩人のやりとりの微笑ましさに思わず笑ってしまう。

「それじゃあ私は行くので、村の方に鱗鹿が逃げないよう、誘導してください」

アンカーの腹を蹴り、私は鱗鹿目がけて飛び出していく。彼らの会話がほんの少し耳に届いた。

「『魔獣狩りの令嬢』って言われてんだ。キャロル様は」

全力で走る鱗鹿を追いかけるよう、アンカーに指示を出す。アンカーは魔獣相手に怯えもせず素晴らしい速さで駆け出した。

鱗鹿を挑発するためアンカーを並走させ、弓に矢をつがえてその体目がけて放つ。

キンッ、と硬い音がして鱗に当たった矢は弾かれて後方に落ちる。当然のことだが傷一つすらついていない。

鱗鹿の鱗部分は硬く矢も通さない。狩るために致命傷を狙うなら鱗のない腹や喉の方である。しかし今は挑発し、鱗鹿を怒らせることを目的としている。私は持ってきた矢が尽きるまで鱗鹿を射た。

ネチネチとした矢の攻撃に、とうとう鱗鹿が業を煮やす。鱗鹿が吠え、大きく跳び上がった。

——ストンピングだ！

その硬い蹄で踏みつけをしようとしたのがわかり、すぐさま回避する。地面に着地した鱗鹿は更に腹を立てたらしく、角を振り回して地面をほじくり返し土混じりの石を放ってきた。

「うわっぷ！　ぺっぺ！　土、口に入った！　ヤな鹿ァ！」

バラバラと降り注ぐ土と小石を払いつつ、脚を止めた鱗鹿から距離をとって大きく回る。

そこから鱗鹿に向かってアンカーを走らせた。興奮状態の鱗鹿は自分に向かってくるとはいえ、角のない馬に対して退く気はないらしい。角で仕留めてやろうと好戦的に頭を突き出してこちらに迫ってきた。アンカーは勇敢に、それに臆することなく脚を動かす。

あと一馬身の距離で鱗鹿とアンカーがぶつかる——その距離にさしかかった瞬間、アンカーをすれ違わせるように斜めに走らせた。

むやみやたらの攻撃は背中側の鱗と大きな角に阻まれてしまう。それなら狙うは首！

すれ違う瞬間、私は鱗鹿の首に剣を突き立てて手を離す。

鱗鹿は痛みで大きく仰け反ったあと、首に刺さった剣を抜こうとめちゃくちゃに跳ねて暴れ回った。アンカーが鱗鹿に蹴られないよう距離をとれば、柄頭に取り付けたワイヤーが伸びていく。

しかし――

「ぅわっ⁉」

ガチン！　と何かが噛む音がしたと思うと腰から後方に引っ張られた。体が宙を舞い、アンカーはそのまま走ってゆく。

――さっきの小石がリールに挟まったか！

私はワイヤーを掴み、魔法を発動させた。瞬きの間に鱗鹿に向かって霜がワイヤーを伝って走ってゆく。刺さった剣に霜が降りた瞬間、鱗鹿はそのまま転倒する。私は勢いを殺しながら、回転して着地をした。

「はー、びっくりした……」

服に付いた土を払い、ワイヤーを巻き取りながら鱗鹿に近付く。手を当てれば命を失った冷たい感触が伝わってきた。

討伐完了である。

笛を吹いて狩人たちに合図をすれば、わっと歓喜の声を上げながら寄って来た。

「さすがキャロル様！『魔獣狩りの令嬢』は伊達じゃないわぁ！」

「立派な鱗鹿だ！　こりゃぁ高く売れますな！」

興奮気味の狩人たちに頼み、鱗鹿を運ぶ手伝いをしてもらう。流石にむき出しの状態で運ぶのは大変だ。

「周囲を念のために見てきますので、鱗鹿の処理お願いしてもいいですか？」

「はい！　解体はどこまでしますか？」

「血抜きと洗浄、それから内臓を取り出すところまでやっておいてもらえます？」

「あい、承知いたしました！」

「あの！　キャロル様、馬をお連れしました」

狩人たちにひと通り指示を出していると、先程の少年が乗り手を失って引き返してきたアンカーを連れてきた。

「ありがとう。助かるよ」

近くまで来た少年の頭をくしゃっと撫でてやる。手綱を受け取り、健闘をたたえてアンカーの鼻面を撫でていると、少年の熱視線を感じた。

あえてにやりと口角を上げて笑って見せてから、アンカーに跨がる。少年はぴっと体を硬直させて私を見ていた。

「それじゃあ、見回ってきます。よろしくお願いします」

アンカーの腹を蹴り、森の方向へ向かう。

血の臭いに他の魔獣が寄りついていないか確認しないと。それに魔獣でなくても大きな狼が出たら危険だからそちらも気にかけないとね。

「……かっけー」

少年狩人ののぼせたような声が、かすかに耳に届いた。

「お嬢様！　またお一人で魔獣狩りに行かれたのですか⁉」

「一人じゃないってば。ちゃんと猟師の人たちと協力して……」

丸い目が飛び出そうな勢いで驚くのはメイドのマリーだった。マリーはくるくるとした髪を振り乱し、可愛らしいそばかすの乗った頬を赤くしたり血の気を失わせたり忙しそうにしていた。

驚くのも仕方ない。なぜなら馬の上には立派な鹿の魔獣の死体が布でぐるぐる巻きになって乗っているからだ。血抜きはしてあるし、内臓も処分済みである。おかげでアンカーに乗せて運べたのだが。

我が家の小さな領地――ニューベリー領は魔境と呼ばれる魔獣たちが住まう地との防波堤である辺境に一部隣接している。辺境伯たちのおかげでニューベリーの領地が魔獣に襲われることはないものの、俗に「はぐれ」と呼ばれる魔獣が偶に紛れ込む。めったにないものの、それなりに脅威だ。はぐれの魔獣が現れたとき、それを狩るのは大体私の役目である。お父様とお母様の魔法は正直対魔獣には向かない。もちろんお姉様も。私は狩りも好きだし、適材適所というヤツだ。

「でもキャロルお嬢様が倒したんですよね⁉」

「うん、まあね」

「やっぱりー！　マリーはお嬢様が怪我をしないか心配です！」

鱗鹿は何度か狩ったことがあるし、肉食系の魔獣でないので対峙するのは私だけでいいと思ったのだ。実際お父様もそれをよしとして許可を出したのだけれども。

「大丈夫だって、マリー。あ、見て見て。こんなに立派な鱗鹿だったんだ。きっといい値段で売れるよ？」

「きゃっ！」

仕留めた魔獣を放置すれば、また他の魔獣を引き寄せるので、処理のために持ち帰る。それに魔獣の素材は高く売れるのだ。しかも今回は鱗が美しいうえに角が大きく立派な鱗鹿だったので素材としてかなり有用だろう。

魔獣から採れる素材は辺境以外ではかなり高価になる。良い収入になるので加工をしてもらうために持ち帰るのだ。狩人組合の活動費に使ってもらう予定である。

氷室に入れていたと思えるくらいひんやりした内臓のない鱗鹿を降ろし、マリーを見やる。

「そういえばマリー。とても慌てていたようだけど、どうかしたの？」

私の言葉にはっとしたマリーが身振り手振り大慌てでしゃべり出した。

「そうです！　お嬢様旦那様がお呼びです!!　とても重要なことらしくて!!　お急ぎください！」

「え、ええ？　着替えなくていいのかな？」

私はまだ少し汚れの残るシャツを指さす。マリーは三拍程度悩んでからキリッと私を見上げた。

「とりあえず急ぎましょう！　旦那様も奥様も王都の使者がいらしたせいで細かく振動しながら移動しているんです！」

わずかに険しい表情で唇をきゅっとさせて葛藤したようだがマリーは目をつぶることにしたらしい。

細かく振動しながら移動だなんて、普段のマリーの七割増しくらいの慌てぶりに、流石に不安になる。そんなに震えるような事態が起きているのか？　と思った。

改めて服についた汚れをマリーと大雑把にはたく。大体綺麗になったから良いだろう。

まさか爵位剥奪とかではないよなぁ、と慌ただしく父の書斎へ向かったのだった。

もちろん、鱗鹿は他の使用人に任せて。


マリーが先んじ、早歩きで進む。私は令嬢らしからぬ大股歩きで彼女について行った。

父の書斎へ赴き、扉をノックすれば「入りなさい」と父の声が扉越しに聞こえた。気のせいか揺れの酷い馬車に乗ったときより震えている。

「遅くなりまして申し訳ありません」

「遅かったじゃないキャロル。貴女の狩り姿に見惚れる殿方はいた？」

「いるワケないでしょう、メアリお姉様……」

「そうよねぇ、勇ましすぎるものねぇ。キャロルの良いところ、見てくれる殿方が早く見つかると良いのにね」

ああ嫌だ。こうやって顔を合わせるとこの手の話を必ずされるから。

嫌味か、まったく……

メアリお姉様は家では手芸か友人とお茶会ばかりやっているので、顔を合わせたくなければ狩りに行くのが一番いい。次点は部屋にこもって本を読んでいることと、弓矢の練習。

どちらもメアリお姉様が近寄らないからだ。

メアリお姉様に対してうんざりした顔を隠す気はない。

それよりもデスクに肘をつきながら小刻みに震えるお父様の方が気になった。

「お父様、一体何があったのですか？」

気のせいかお父様は顔色もあまり良くないような気がする。

本当に何があったのだろう？

待っていると、お父様は震えるまま口を開く。

「……国王陛下から王都で行われる王家と公爵家合同のパーティーに出席するよう、手紙が届いた」

「あら！　それは大変光栄なことではなくて？　是非わたしをお供に連れていってくださいな！」

メアリお姉様はさも当然のように声を上げる。興味がないとはいえ、私の意見を一切聞かない辺りメアリお姉様の図々しさが垣間見えた。

「王家と公爵家合同なんて……きっと第二王子のエドワード様とケリー公爵のご子息ニコラ様の花嫁探しに違いないわ！　だって未だにご婚約なさっていらっしゃらないという話だもの！」

きゃあきゃあと頬をピンクに染め、喜ぶメアリお姉様。お父様はそんなこと一言も言っていないのにどこからそんな情報を読み取ったと言うのか。

なんというお花畑か……

私が呆れて溜め息を吐くと、お父様がちらりと私の方も見る。

「『メアリ・ニューベリーおよびキャロル・ニューベリー男爵御令嬢』と書かれている」

なぜに⁉

私は思わず目を見開いて胸に手を当てる。

「ま、待ってくださいお父様。私もですか？」

お父様が首を縦に振り肯定する。その様子に思わずチラリと横目でメアリお姉様を見た。

メアリお姉様の視線が突き刺さって痛い。

やめてくださいお姉様。私は王子様にも公爵家ご子息様にも興味ありませんから……

「予定は来月。ドレスの準備をしなさい」

「新しいドレスを用意しなくっちゃ！　アクセサリーも！」

メアリお姉様はお辞儀もそこそこに、いつもとは比べものにならない速さで部屋を飛びだしていった。顔は完全に夢見る乙女だった。すれちがうときにちょうど見えた。

お花畑で恋に恋する乙女、極まれり。

私は大げさな溜め息を吐きながら、眉の辺りを拳で擦る。眉間に力が入っている気がした。

残された私は、お父様の方を見る。

「……お父様、お母様は？」

「……震え上がって寝込んでしまった」

ああ、やっぱり……お母様、国王陛下から手紙が届いたと聞いた時点で気絶したに違いない。ついでに言えばメアリお姉様が何かやらかさないか心配でならないのだろう。

思わず頭を抱えると、お父様は申し訳なさそうな顔で私を見てきた。

「キャロル、メアリのことは気にせず、お前も婚約者探しをしていいんだぞ？　うちは男爵だし、私にはそこまで上昇志向はないから上位の貴族と繋がりが欲しいわけではないし」

「……ありがとうございます、お父様。王都滞在中に挑戦してみます」

鋏（はさみ）の正しくない使い方。

王都のタウンハウスから馬車で会場に向かえば、そこはお城の敷地内にある広々とした庭だった。今は昼の部。

明るい日中に行われる、ガーデンパーティーのようなものだという。

国王陛下と王妃様とケリー公爵と公爵夫人の挨拶の後、良い天気のもとでパーティーは始まった。

テーブルにはお城の料理人が趣向を凝らした料理やお菓子、そして美味しいお茶が振る舞われる。花も生け垣も美しく整えられていてなんとも素晴らしい。腕のいい料理人とセンスのある庭師がいるのだなぁ、と私は複雑な刈り込みの生け垣を眺めながら小さなケーキをいただいた。

ふわふわのスポンジに滑らかで控えめな甘さのクリーム。間にはさまっている果物はとても新鮮で糖度が高い。クリームとスポンジと合わさると絶妙な味を紡ぎ出す。

広がる上品な甘さに私は目元を緩ませていた。

「絶対にエドワード様とニコラ様に見初められてみせるわ……！」

一方、メアリお姉様は鼻息荒く深い緑の目をギラつかせている。今日のために新しくしつらえたドレスは可愛らしさとさりげないセクシーさが同居したデザインだ。

それに対し、私はごくごく普通のシンプルなドレス。目立つ気はない。メアリお姉様に呆れながらもこっそり見渡してみれば御令嬢方は誰も彼もが気合いを入れたドレスだ。そしてメアリお姉様同様、目がギラついている。

今回のパーティーが「エドワード様とニコラ様の婚約者探し」だという噂を、メアリお姉様と同様に信じているようだった。というか、上昇志向の強い御令嬢ばかりのようで私は若干引いている。

腹の探り合いや牽制、そしてエドワード様とニコラ様が現れるのを今か今かと待ちわびているような空気……

空腹の肉食獣かな？

三つ目の小さなケーキを堪能しながら辺りを見渡すものの、目の届く範囲に知り合いはいない。それもそうである。

学園時代の友人たちは大体婚約者がいる。見た限りここにいるのは婚約者のいない御令嬢らしかった。相手のいない、十七から二十三歳くらいの若い子爵男爵の御令嬢ばかりに見える。もしくは上級貴族であるものの、出戻りか夫に先立たれた若いご婦人に思われた。

そうなるとエドワード様やニコラ様のお相手、と言われてもしっくりこず、少々疑問が浮かんだ。

メアリお姉様は国王陛下と公爵様にご挨拶しようと必死な様子だが、すでに囲まれているせいで当分かかりそうだ。

国王陛下が「楽しむように」と仰っていらしたので、私は料理と庭を楽しむに留めることにした。

「あっ、イザベラ！　貴女も来ていたのね！　一緒に陛下たちに挨拶に行きましょう！」

メアリお姉様は顔見知りの御令嬢でも見つけたのか、黒髪の目鼻の整った彼女と一緒に国王陛下に挨拶に行ったようだった。

私はあの人だかりに突撃する気はなかったので、もちろん置いてけぼりである。私はただ独身のご兄弟のいる御令嬢と繋がりを得ることが目的で来ているだけなのだから。

パーティー終了後にでも目星を付けた方に声をかけてみよう。

「あ、飲み物いただけますか？」

「はい、こちらでよろしいでしょうか？」

「ありがとうございます」

妙に上品な仕草の給仕さんに礼を言い、果実水をいただく。

ただ搾っただけではなく、三種類の林檎を組み合わせた物らしい。適切な時期まで熟されている林檎は、それぞれの持ち味を互いに引き出している。甘いもの酸味が強めのもの、それから香りの良いもの。それらが合わさり後味もすっきりとしている。それでいて栄養価がとても高いのではないかと思わせる。それらが胃の腑に落ちたとき、体がこれを欲していたとでも言わんばかりに染みこんでいくようだった。

飲み物まで素晴らしく洗練されている。さすが王族お抱えの料理人だなぁ、と舌鼓を打つ。

――うちの使用人よりずーっと所作が美しいなぁ。

衛兵も給仕も皆一級品というのはやはり王族が雇う者たちだからだろう。

私は四つ目の小さなケーキをもらおうとデザートの並ぶテーブルへ向かうのだった。


エドワード様もニコラ様も現れず程々に時間が経った頃、何やら庭の向こうで悲鳴と怒声が聞こえた。何事かと音の方向に視線を向けると木々をなぎ倒して何かがこちらに向かってくる。私以外にも何人かが音に気付き、そこから会場にざわつきが広がってゆく。

会場のあちこちにいる警備兵の方々が身構え、御令嬢方を守るように立った。国王陛下ご夫妻とケリー公爵ご夫妻は近衛兵が守っている。音の方向を注意しつつ、周囲を警戒していた。

「え、何？　なにか催し物でもあるの？」

エドワード様たちを待ちくたびれたメアリお姉様は飲み物を片手に呑気に尋ねてくる。どう考えても違う。

私は食器を返却し、音の方向を睨み付けながら腰を低く構えた。

――アアァアァア！

生け垣を踏み倒し、現れたのは緑の髪をした美しい女性――ではなく蔦を振り回す魔獣・古木女（こぼくめ）だった。

古木女は古い樹木に魔力が宿り変じた魔獣だ。基本的に生息しているのは深い森の中のはず！　何故王都のど真ん中……しかもなんで王城の庭にいるの⁉

「キャァァァァ!!」

魔獣を目視した途端、あちこちで悲鳴があがる。我先にと逃げ出す者、腰を抜かす者と会場は叫喚の海となる。

逃げ惑う御令嬢たちにぶつかられながらも私はその場で古木女を睨み付けた。

ただの古木女ではないようで、一般的な女性どころか男性よりも大きい。記憶の限り古木女は元の古い樹木から遠くへ離れはしないはずだ。王城にはそれに該当する樹木はないはずだし、そもそも魔境から離れた王都に突然魔獣が現れることはあり得ない。そして見た目で惑わす性質の魔獣であるため、どちらかといえば性格的には大人しいはずだ。

にもかかわらず古木女は単体で暴れている。違和感に右眉が上がった。

ちょっとした巨人が現れ、会場の大半はパニックに陥っている。警備兵たちは来客の避難と誘導に必死で、戦うどころではない様子。それに何より彼らは魔獣相手の戦いに慣れていないようだ。

私はハッとしてメアリお姉様を確認する。メアリお姉様が魔獣なんて見たらパニックを起こす可能性があった。怪我をする前に避難させないと！

「メアリお姉様！」

となりにいたメアリお姉様を確認すると、メアリお姉様が飲んでいたであろう飲み物のグラスが落ちているだけだった。頭上から絹を裂いたような声が聞こえる。

疑問符を浮かべながら上空を見ると、悲鳴を上げながらどこかへ飛んでいってしまったお姉様の影が見えた。

——緊急時だから飛行法には触れないだろうし、いっか……

緊急事態であれば、許可証がなくても街中での飛行系魔法の使用は咎められないはずだ。多分。おそらく。

メアリお姉様の自分の身を守る行動は最適かつ素早かった。素人のメアリお姉様の行動としては正しい。正しいのだが……気持ちとしては少々腑に落ちず、目を薄べったくして呆れる。

メアリお姉様が無事ならまあいいか、と辺りを見渡した。

私は古木女が現れた方向を見ると、なぜか檻があった。そして破壊された生け垣の陰に庭道具を見付ける。

——使える！

そちらに向かって走り、巨大な刃の刈り込み鋏をひっつかむ。

要のネジを叩きつけて外し、二刀流のように構えて古木女目がけて駆けだした。

私は古木女の注意を引くため声を張り上げる。そして力一杯蹴りを入れるように脚を振り抜き、古木女に靴を飛ばしてぶつけた。

「こっちだ！　こっちに来いッ！」

飛ばした靴が古木女の顔に当たる。

靴を当てた私が、武器を持ち駆け寄ることに古木女は気付いた。蔦を鞭のようにしならせ木々をへし折り、地面を抉るほど強い攻撃を仕掛けてくる。古木女を起点に、視界を覆い尽くすほどの蔦が襲いかかってきた。

私は体を回転させて蔓を避けると同時に斬りつける。

本来の用途とは異なるものの、よく研がれた鋏は蛇のように太い蔓を切り刻む。それでも蔓の攻撃は手数が多い。体には当たらなかったがドレスの裾が破かれた。しかしその程度で私は足を止めない。

「せいやああああっ!!」

——アァァアァッ!

二振りの剣と化した刈り込み鋏で蔓をなぎ払う。同時に私の魔法を展開した。蔓を切り落とした瞬間、その切り口が凍り付く。凍らせてしまえばそれ以上蔓を伸ばすことはできない。

刈り込み鋏の刃の部分から冷気が揺らめいた。

私の魔法は熱を操る。

自在に操れるほどの技術は無く、直接触れるか何かを介することで接触しないと魔法は届かない。地面を介すると足場を悪くして自身の怪我に繋がりかねないので、普段は剣や矢にワイヤーを取り付けることで魔獣を狩っていた。

今回の相手は植物系の魔獣——私は蔦を斬り払い、次々に熱を奪って凍り付かせていく。

古木女は悲鳴のような鳴き声を上げながら暴れ続けた。急激な凍結に、古木女は一層暴れ出す。魔獣だというのにその顔は怒りで歪められているように見えた。

魔物とはいえ、所詮植物。

凍り付いた蔓を蹴りつければそこから砕けていった。ここまで攻めれば逃走行動をとってもおかしくないはずなのに、古木女は攻撃をやめない。怒りで我を忘れているとしか思えない状況だ。興奮剤でも盛られたか？

――どのみち、狩るしかない……！

残った蔓をかいくぐって凍結させ、古木女に接近する。

すべての蔦を使い物にならない状態にされた古木女は、私を捕らえようと腕を伸ばす。

腕を躱し肉薄した瞬間、古木女の胸に鋏を突き立てて熱を奪う。刺さった鋏を中心に、古木女はたちまち凍り付いていった。古木女の美しい表情をそのままに、全身が凍るまで熱を奪い続ける。

――ア、アアァァ……

古木女を完全な氷像に変え終えたころには冷気で呼気が白く染まっていた。完全に古木女が動きを停止したのを確認し、トドメに地面に力一杯叩きつけてその体を砕く。

これで凍結が解けても安心だ。

砕けた古木女を見下ろし、ふぅ、と息を吐き出して緊張を解いた。

討伐が完了し、辺りが静まりかえる。

この瞬間、戦闘状態に入っていた頭が冷えて常識が戻ってきた。唐突に始まった対・魔獣戦が終わり、周りを見渡すと御令嬢方からの視線が痛いほど刺さっているではないか。

――し、しまった……

冷や汗をかきながら私はその場に硬直する。

ドレスは破れ、脚はむき出しの裸足で巨大な刃物を両手に握っている。しかも直前まで魔物相手に戦闘をしていた。国王陛下と王妃様のいらっしゃる王族の庭で、とっさとはいえ殺生を行ってしまった。

——なんてことだ……！

私は内心冷や汗をだらだらと流しながら、その場に立ち尽くす。なんと言い訳をすれば良いのか、罪に問われるのか、どうしたら不問にしてもらえるのかとぐるぐると保身の思考が脳内を駆け巡る。

「キャロル・ニューベリー！」

庭に響き渡ったのはよく通る太い声。

私のことを呼んだのは、なんと国王陛下であるアルフォンティウス様だった。白い獅子のような迫力を持つアルフォンティウス様が、数歩歩けば手の届く距離にいらっしゃる。

その迫力にお腹が圧迫感を覚えた。

この国で最も尊きお方がすぐ側で、しかも私の名を呼んでいらっしゃるのだから。

頭の中が一瞬白くなる。しかし突っ立っていてはいけないと頭をぶるんぶるんと振るって意識をはっきりさせた。

「はっ、はいっ！」

私は慌てて背後に鋏を突き立てて、破けたドレスの裾をつまんでカーテシーをする。

やらかしたことに心臓をバクバクと鳴らしながら、国王陛下の言葉を待った。

「よくやった。この場において、余はそなたに感謝を示そう」

「あっ、ありがたき幸せにございます！」

「破れたドレスの代わりを後ほど用意させよう。怪我がないか典医(てんい)に見せるが良い」

「恐悦至極に存じ上げます！」

緊張のあまり妙な言葉遣いと裏返った声になってしまったけれど許してほしい。まさか男爵令嬢ごときが国王陛下からお言葉を賜れるなどと思わなかったからだ。

そしてそのまま昼の部のパーティーは終わり、私はお城の一角で手当を受けることになった。古木女討伐直後から私はあちらこちらの御令嬢と給仕・衛兵から視線を集めることになってしまい、その居心地の悪さにそそくさと引っ込んだので、そのあと何があったかは知らない。

あとメアリお姉様が無事に戻ったかどうかも。

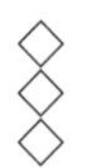

騒ぎが落ち着き、無事城内での夜会が開かれることとなった。
昼間の魔獣討伐の騒ぎがあったせいで、方々から飛んでくる視線がチクチク刺さり全身が痛い気がした。
魔獣を倒しただけなら引かれるだけだっただろう。そこに加えて木っ端微塵の男爵家の小娘が国王陛下にお声がけしていただいたことも悪かった。
無駄に目立ってしまったことの辛いこと……悲しいかなあちこちでひそひそと——あまり良くな

い方向で――噂されているようだった。

メアリお姉様はそんな私の側にいたくなかったのか、黒髪のご友人と他人のフリでどこかへ行ってしまった。

薄情な姉である。

これではとてもじゃないが婚約者（のツテ）探しなど出来るはずがない。私は肩を落としながら、会場の隅で壁の花になっていた。

しばらくすると会場が色めき立つ。心底落ち込んでいた私はその様子に顔を上げるでもなく、頭の中を無にしていた。

――私は壁、私は壁……

「キャロル・ニューベリー嬢」

突然声をかけられ、顔を上げる。そこには精悍な顔つきの若き狼と表していい青年が立っていた。

彼には見覚えがあった。

確かアレクサンダー辺境伯のご子息、オズウィン様だ。学園で見かけたことこそあるものの、関わった記憶の一切ない人物だった。特徴的な赤毛にブルーグリーンの瞳の偉丈夫はさっと手を差し伸べる。

「私と踊ってはくれないだろうか？」

きょとん、としている私に対し、オズウィン様は笑みを浮かべながら返事を待っている。

「あ、ありがとうございます？」

ここで可愛らしく「喜んで」と言えば良かったろうに、反射的に口から出たのはずれた答え。オズウィン様はそれに少し笑って手を取り、音楽に合わせて踊る。幸い、見られる程度に私は踊れるので、恥はかかないだろう——別方向でかいてはいるが。

この時点で私の頭の中は踊ることより目の前のオズウィン様より、今後の進退についての心配でいっぱいいっぱいいっぱいになっていた。

「(昼間やらかしてしまった私に対するオズウィン様の気遣いだろうなぁ。涙が出そう……なんとお優しい方だろう。普通貴族のご子息なら令嬢が魔獣退治なんてやれば引くだろうに。ああ、でも多分私の結婚計画今日で台無しになったなぁ。今日会場に来ていた御令嬢の親兄弟には知られてしまうだろうし……ただの狩りくらいならやっている御令嬢、まだいるから誤魔化せるのに……お父様になんて説明しよう)」

この時オズウィン様が何か熱心に話しかけていたけれど大分上の空で、右から左。控えめに「はい」と相槌を打つだけの人形のようになっていた。

「ニューベリー嬢」

「はいっ⁉」

思考が飛んでいたタイミングでオズウィン様に名前を呼ばれる。辺境まで飛んでいた意識が王城に戻ってきて、体がびくりと跳ね上がりそうになった。

そんな私をオズウィン様が楽しげに見つめてくる。その表情は人懐こい犬のようだった。

「どうか私の婚約者になってもらえないだろうか?」

「……へ？」

「貴女のように躊躇（ためら）いなく魔獣を屠（ほふ）れる女性を、私は求めていたんだ」

オズウィン様の言葉を、私の脳は即座に理解することが出来ずにいた。

彼は何を言っているのだろう？

ぽかんと間抜けな顔をする私だったが、背中に刺さるような鋭い視線を感じてハッとする。踊る中で位置が変わったとき、その鋭い視線の主に気が付いた。

――め、メアリお姉様……まさかアレが聞こえていたの？

「地獄耳……」

そう呟いた途端、メアリお姉様の唇が動く。

まさか、読唇術……？　こわ……

たくさんの視線を浴びながら、私は居心地悪く踊り続けることになったのだった。

◇◇◇

「今回のパーティーは俺の婚約者を探すためのものだったんだ」

公の場でないため、人称を変えたオズウィン様は、威圧感のない人懐っこい笑顔を向けてくる。

私は「はぁ……」と未だ飲み込めない現状を胃に流し込むように温かい紅茶をあおった。

私、キャロル・ニューベリーは今お城のある一室でお茶をいただきながらオズウィン様に説明を受けている。

道理で年齢の割に独り身であったり、出戻りであったり下位の令嬢が多かったわけだ。

なにせ辺境は魔獣の住まう魔境との防波堤。魔獣についてはしっかり学園で学ぶため、辺境に対して恐ろしさを感じている令嬢は少なくない。

檻の中の猛獣が恐ろしくとも安心していられるのは、檻が堅牢であるからだ。それでも中から吠えられれば、隙間から狙われれば恐怖を感じるだろう。そしてその堅牢な檻に自分自身がなるのは一層恐ろしい。

「それとあの古木女は、今回のパーティーのために我が家が持ち込んだ魔獣だったんだ。ニューベリー嬢、突然の事態であったにもかかわらず見事な討伐手際だったよ。ありがとう」

——ああ、それで……うちの領地じゃあるまいし、王都で魔獣なんて持ち込まない限り出るわけないもんなぁ。

ニューベリー家の領地は辺境と一部隣接しているために「はぐれ」の魔獣がときおり出現する。辺境からの取りこぼしや、彼らの目をかいくぐった魔獣である。

先日、私が討ち取った鱗鹿がいい例だ。

「はぐれ」であるからまだ対応できる。辺境以外の場所で例えるならあれは闘牛——私が狩ったものより大きければ闘牛など比にならない強さだ。それに群れれば一層脅威が増す。

魔獣の数が少なければ、一定の強者や魔法の使い手で倒せる。だが辺境では、たまに現れる「はぐれ」とは比較にならない数と強さの魔獣と日々戦うのだ。しかも辺境伯たちは代々魔境を探索し、開拓を行っているため、魔境から逃げてきた弱い個体の「はぐれ」よりも遙かに強い魔獣を相手取っている。

辺境の人々は皆、魔獣討伐と魔境開拓を同時に行っている逞しき人々なのだ。その分、魔境に接していない人々とは感覚も文化も異なっているらしい。

ついでにアレクサンダー家の女は皆、女傑だと言われている。

当代の辺境伯夫人は単独で雷獣竜(らいじゅうりゅう)を撃破し、その皮で作った鎧を身にまとっているとか。彼の妹君も大層強く竜骨(りゅうこつ)かぶりという甲殻の魔獣を倒し、それで作った盾を王家に納めたと聞く。女性兵も多く、強くなければ辺境では生きていけない、ともっぱらの噂である。

そんなところに諸手を挙げて嫁に行く令嬢は少なかろう。

訳ありか下位の貴族でなければ腰が引けるし断られてしまうに違いない。たとえ王国においてある種、王都より重要であるとされている辺境であっても。

そりゃあ私のような令嬢に白羽の矢が立てられるわけである。

緊急とはいえ、単独で魔獣を撃破できるところを見せてしまった。それ故、十分に辺境でやっていけると見なされてしまったのだろう。もし正式に婚約の申し込みがあれば、当然ニューベリーの家は断れない。

何せ我が家は木っ端貴族の男爵だからね!!

意図せず未来の辺境伯の婚約者というある種王族と並ぶポジションを射止めてしまったのだ。

メアリお姉様は拗ねて私を置いて王都のタウンハウスに帰ってしまった。このことから推察するに、オズウィン様は「王子様」の範疇(はんちゅう)に入っていたらしい。これは絶対に何か言われる……

――ああ、頭が痛い……

私は思わず額に手を当て唸ってしまう。そしてはた、ともうひとつ頭の痛いことを思い出した。

「あの、オズウィン様……なぜ魔獣など持ち込んだのですか？」

そもそもの疑問である。

魔獣は単体でも危険だ。今回の魔獣脱走で御令嬢方どころか、下手をしたら国王陛下と王妃様、そして公爵家の方々が怪我をすることになっただろう。最悪の事態になっていた場合は国中が喪に服すことになっていたかもしれないのだ。

そう思い、問いかけるとオズウィン様はきょとん、としている。私は何かおかしいことを言っただろうか？

「虎や獅子などの猛獣を檻に入れて鑑賞するだろう？　それと同じで、まず魔獣を見てもらうことで辺境を知ってもらおうと思ったんだ。良い案だと、国王陛下もおっしゃってくださったのだが、あんなことになって……」

――この人は何を言っているんだろう？

私が言葉を口に出せないでいると、オズウィン様はそのまま語り続ける。

「見目が良い魔獣の方が忌避感を覚えにくいと思ったんだ。ただ今回の古木女は元の木から切り離していたから弱っていたし、猛獣に例えるのは違うか」

「あの、国王陛下に危険が及ぶとは思わなかったのですか……？」

わはは、と快活に笑うオズウィン様に私は眉間にしわが寄る。どうやら私と辺境の民（いっぱんじん／へんきょうのたみ）オズウィン様の感覚には大きな差異があるようだ。

「伯母上がいたからそれはないだろう。どちらかといえば招待客の方が心配だったな。幸い、ニューベリー嬢が迅速に古木女を倒してくれたことで誰も怪我をしなかった。本当にありがとう」

そういえば王妃であるアイリーン様は辺境伯様の姉君だったか。真偽のほどは不明だが、アイリーン様は大変強いお方で暴れ牛を放り投げて国王陛下を守ったことがあるらしい。だからといってアイリーン様に任せすぎでは？　私が居合わせていなかったらどうなっていたのだろう？　運がよかったとしかいえないのに、そういう危機感がないのはちょっと……どうかと思う。

恐る恐る尋ねてみる。

「あの、オズウィン様。オズウィン様の感覚で、あの古木女はどれくらいの強さや脅威なのでしょうか？　魔獣でない動物に例えるとどれくらいですか？」

私の質問にオズウィン様は腕を組み、顎に手をやり考えこむ。ブルーグリーンの瞳が斜め上を見ていた。

「弱っていたし、小さな鹿程度ではないかな？」

オズウィン様は椅子にかけた自分の肩ほどの高さに手を上げた。

――小さな鹿!!

私は思わず叫びそうになった。私の感覚で言うとあれはヘラジカ――しかも角も立派で馬車並に大きな雄のヘラジカだった。

それを小さな鹿と!!　バンビちゃんと!?　いくらなんでも過小評価しすぎである!!

オズウィン様の世間ずれした回答に、顔を両手で覆い指先に力がこもる。指の隙間からオズウィン様の顔をのぞけば、どうしたのかと窺うような表情でこちらを見ていた。

「もしかして具合が悪くなったのか？　今医者を……」

「いえ、大丈夫です……」

頭が痛いが具合が悪いわけではない。そういうことではない。そういうことではないんだ……肺からすべて息を吐き出してしまいたくなるのをぐっと堪え、私は再び声を絞り出す。

「あ、あの……ちなみに鱗鹿はどれくらいですか？」

私は汗をかきながら尋ねた。最近私が狩ったものは馬と同じくらいの立派な鱗鹿だった。それでもあれは気持ち小さい程度の闘牛並みの強さだと思う。

鱗鹿は大の大人が五人集まってやっと狩ることができ、もっと安全に狩るなら三から四倍の人数がいる。

まさか、まさかとオズウィン様の言葉を待った。

「野生の山羊くらいだろうか？」

オズウィン様はくるりと山羊の角を指で描いて答えた。そのあまりにも世間一般——は言い過ぎかもしれないが私の感覚——と乖離した答えが返ってくる。私はその答えに沈黙する他無かった。

——戦闘民族だ、この人は……

あまりにも常識はずれで桁違いの強さであることがよくわかる。そして彼の住む辺境ではその桁違いな思考が常識であることを理解した。

私が思わず悟った遠い目でオズウィン様を見ていると、何を勘違いしたのかオズウィン様は頬を少し赤らめて照れているようだった。

——どこに照れる要素があったのだろう？

断ることなどまず無理だろうし、そもそも国王陛下であるアルフォンティウス様に声をかけていただいたので、ばっちり覚えられてしまっている。

私の魔法も辺境で魔獣狩りをするとなればかなり有用であることが古木女狩りでわかっただろう。

多分、逃げられないし断れない。立場的に玉の輿になるが身分差がありすぎるのも厄介だと思うのだけれど？　そもそも私はニューベリーの領地に残るつもりでいたのに……

頭の隅に顔を赤くして拳をぶんぶんと振り回すお姉様の姿が浮かぶ。ああ、メアリお姉様がかんしゃくを起こさないかだけが心配だ……

混乱と心配で力の入った眉間あたりを押さえていると部屋をノックする音が聞こえた。

王子様は割とお茶目らしいです。

「やあ、邪魔するよ」

そう、部屋に入ってきたのは第二王子のエドワード様だった。

学園では遠目でしか見たことがないが、見間違いようがない。凛々しい眉と優しい目元、明るい向日葵（ひまわり）の色の瞳。気品のあるオールドローズの髪はやわらかく、ストロベリーティーのような甘さを含んだ風雅（ふうが）な空気をまとっている。

　私はぎょっとして慌てて立ち上がり、礼を取ろうとするとエドワード様は手を上げてそれを制した。

「ニューベリー嬢。昼間の魔獣の件、謝罪と礼をさせていただくよ」

「いっ、いえ！　わたくしに出来ることをしたまででございます！　それよりも国王陛下と王妃様のおわします場所で、魔獣とはいえ殺生を行ってしまい大変申し訳なく……！」

「いいんだよ、むしろこちらの不手際の尻拭いをしてもらったんだ。褒美をと言う話が父母からあったくらいだ」

「おっ、恐れ多いです！」

　私が焦りながら言葉を並べていると、エドワード様もオズウィン様も笑みを浮かべている。

……どうやら無礼とは見なされなかったようだ。良かった。

　気を抜いて深く息を吐き出したいところだが、第二王子（エドワード）様の前でそんなことはできない。改めて腹筋に力を込めて姿勢を正す。

「オズウィンから聞いているかもしれないけれど、今回のパーティーは彼の婚約者探しのためのものだったんだ」

「はい……うかがっております」

　オズウィン様の婚約者探しに王族と公爵家合同、という理由も今なら分かる。辺境は国内で重要視される場所のひとつだ。その地を治める次期当主の婚約者探しなら王族も公爵家も動くでしょうよ。

エドワード様はのんびりと椅子にかけ、話を続ける。

「それでね、本来昼夜あわせて辺境伯はもちろん、王家や公爵家、オズウィン自身が見極めるはずだったんだ。だから昼のあの時点でフォローしてあげられなくてすまなかったね」

「きょっ、恐縮です！」

裏返る声で腰から半分に折れる勢いでエドワード様に頭を下げる。こんなところもしメアリお姉様に知られたら、何を言われるか……

「まあ、あんな勇ましい姿を見せられたら君にほぼ決定だったけどね」

エドワード様は実に楽しげに笑った。

うう……居た堪れない……

私はふと、エドワード様の言葉に引っかかりを覚える。

オズウィン様自身が見極める、ということはあの場にいたということになるはずだ。オズウィン様はとても背が高く、しかも筋肉質であの場にいれば一目でわかる。

「あの、エドワード様とオズウィン様は……あの場にいらしたのですか……？」

記憶の限り、アルフォンティウス様とアイリーン様それから公爵家ご夫妻以外、王族はもちろん公爵家に連なる方も辺境伯もオズウィン様もいなかったはずだ。いくら私がメアリお姉様ほど貴族年鑑を読み込んでおらず、顔と名前を一致させるのが苦手でも上級貴族の方々は叩き込まれている。

一目見ればわかるという辺境伯さえ、あのガーデンパーティーで見た覚えがない。

オズウィン様とエドワード様が顔を見合わせて笑うと、エドワード様がご自身とオズウィン様に手をかざす。すると瞬時に衛兵と給仕の姿に変化した。服装だけでなく、髪型髪色から顔つき体型、身長まですべてだ。しかもなんか見覚えがある。

目を瞬かせる私に、姿を戻したエドワード様がイタズラっぽい笑みを浮かべた。

「こんな感じで、御令嬢がたの偽らざる反応を見ようとしていたわけなんだ」

「そしたらあんなことが起きたんだ」

つまり私はケーキをもりもり食べる姿を見られていたというわけだ。もしや飲み物をくださったのはエドワード様だったのでは……？

顔から血の気が引いていく。

陛下と王妃様にご挨拶しに行かなかったところも見られているはずなのに、エドワード様はそれを咎めることはしなかった。自分のさらした恥に冷や汗をかきながら焦っていると、変身を解除したおふたりは何やら神妙な面持ちをしている。オズウィン様は顎に手をやり唸り、エドワード様はうなじを掻いた。

「さっきも少し話したが、あの古木女は本体の木から離して弱らせてあった。だから檻から出てそこまで暴れるのはおかしいんだ」

あんなに暴れ回っていたのにか、と古木女の様子を思い出す。どう考えても捕らえられたことに腹を立てて大暴れ、と言う風だったが。やけっぱちにも見えた。例えるなら「よくもあんなクソ狭い檻に閉じ込めてくれたなあああ⁉」という感じで。

美しい姿で男を誘惑する古木女が、あんなに大暴れだもの。ブチ切れだったに違いない。

「それと不思議なことに檻の鍵が開けられていたんだ。仮にも魔獣を入れる檻だから特別でね……鍵は複数ある。鍵を持つ者は全員檻の周りにいた。しかし腰に帯びた鍵がなくなっていたんだ」

「しかも全員のだ」

え、なんて迂闊？　それとも鈍すぎるの？　管理者の首飛んでない？　物理的に。

管理者全員が鍵をすられたということなのだとしたら、とんでもないことだ。

目を丸くしている私に、エドワード様は困ったように眉を下げて笑った。

「なんとも恥ずかしいところだ。王城での警備だというのに」

「君が倒してくれた古木女を調べてはみたが、興奮剤などが使われていた形跡はなかった。だから管理者の不注意と言えば不注意なのだが……」

そう、不注意。

しかし何者かの意図によって鍵は盗まれている。これは何者かの悪意によって引き起こされた事件といっていいはずだ。貴族令嬢だけでない。王家に対する攻撃と判断してもいいだろう。

偶然、古木女がアルフォンティウス様やアイリーン様ではなく、私のいた方向に直進していたため人的被害が出なかっただけのこと。

私の頭の中には市井で流行っているサスペンス小説のようなストーリーが大量に浮かんでくる。

私はぐるぐると思考を渦巻かせながら、考え込んだ。

王族の暗殺。

国家転覆。

隣国の暗殺者。

国を揺るがす大事件——

妄想妄言と称して差し支えない思考が巡り、顔を青ざめさせる私を、エドワード様もオズウィン様も心配そうに見つめてくる。

というか、木っ端貴族の私が関わっていいことなのだろうか？　口封じされない、私？

そう心配していた。

「まだ不可解な点が多い。君にもまた話を聞くことになると思うが、そのときはよろしく頼むよ」

「はいっ！」

声を裏返しながら、私はエドワード様に頭を下げる。エドワード様が退出するまで頭を上げないつもりでいる私に向かって笑いながら、彼はオズウィン様に声をかけた。

「オズウィン、ニューベリー嬢を送ってあげなよ。もちろんアレクサンダー家の馬車でね」

「ああ、もちろんだ」

この言葉に私はガチン、と硬直する。

完全に王家も私がオズウィン様と婚約することを望んでいる……もう完全に私には逃げ場がない。

いや、そもそも結婚出来るか、婿を取らねばならないかとかあれこれ気を揉んでいた。それがこんな早く解決して、しかも玉の輿だ玉の輿。

身分差に不安こそあれどニューベリーが王家の覚えめでたく、というのは良いことである。

良いことであるはず、なのだけれど……

結婚とは家同士の繋がりですから。

私の頭の中でごちゃごちゃと思考が混ざり合う。

ニューベリー家の子はメアリお姉様と私だけ。私が他家に行けば必然的にメアリお姉様がニューベリー家を継ぐことになる。それはつまりメアリお姉様の「王子様と結婚する」という夢が叶わなくなると言うことだ。

ずっしりと重いものが胃の辺りにあるような気がした。

アレクサンダー家の紋章の入った馬車は、それはもう乗り心地は最高だった。

それなりにお金があるニューベリー家の馬車もなかなかにいいものなのだが段違いである。多分秘密は車輪にあると思う。それに王都の道が整備されているという理由もあるかもしれない。揺れも少なかったし。

そんな快適なはずの馬車の中で私は硬直したまま、オズウィン様の正面に座らされて、王都にあるニューベリーのタウンハウスに送られていた。

ニコニコしているオズウィン様をちらりと真正面から見てしまう。こうしてみるといわゆる爽やかな色白美形とは異なるのだけれど顔は整っているし、大型犬のようで笑顔が可愛い。

視線はなるべく喉や顎の辺りに注いでいたが、不意に視線がかち合ってしまう。オズウィン様は照れたように目を伏せて頬をかいてはにかみ笑いを浮かべた。

——意外と純情なのか？　純情戦闘民族なのか？

少々ずれたことを考えていると、オズウィン様は照れ隠しをするように頬を指で掻く。

「その、ニューベリー嬢。お父上に婚約の打診をさせてもらうので、よろしく頼みたい」

「あ、はい」

「そうか！」

拒否など出来ないので了承の言葉を言うと、オズウィン様は実に嬉しそうな満面の笑みを浮かべる。

うーん、なんだか憎めない。今のところオズウィン様自体は、少々ずれている部分こそあるけれど、お人柄は良いように思えた。

家柄、文句なし。

王家からの信頼、国防の面においては最も厚い。

本人、高身長筋肉質健康的。

それでいて表情が可愛らしい。

戦闘民族特有の思考のずれはあるものの人柄はよさげ。

あと家族関係が良好であれば最高では？

これだけ素晴らしい条件が揃っているのにそれでも婚約者が見つからないとは「辺境」の減点はそれほどに大きいのか……それに学園にいたころわかりやすく武闘派だった令嬢は、私が知る限り片手で数えられる程度しかいなかった。

己が強いことを令嬢はひけらかさない。少なくとも私と同学年の御令嬢たちは。

　理由としては入学式の時の、王妃様――アイリーン様のスピーチだ。

「真に強き龍は無闇に吠えない」という王国ではよく知られている諺(ことわざ)を引用した内容に感銘を受けた生徒が大変多かったためだろう。百倍パワーという強力な魔法を使えるアイリーン様だからこその説得力のあるスピーチだったとよく覚えている。

　やんちゃな一部生徒は除き、秘することこそ是としていた生徒が多かったため、武闘派令嬢を見付けることは難しかったろう。

「大変だったんだろうなぁ……」と思いフッ、と慈愛の眼差しでオズウィン様を見ると、また彼は照れたようだった。

　本当に純情な方である。

「っと、着いたな」

　そうこうしているうちに我が家のタウンハウスにたどり着いた。明かりが灯っているところを見るに、家族はまだ眠ってはいないようだ。

　よかった。

　馬車の扉を開けられ、降りようとするとオズウィン様が先に降りて手を取ってくださった。

「気をつけて降りてくれ」

「ありがとうございます」

　ダンスの時も思ったが、彼の大きな手は鍛えられていることがよくわかる。そして今はとても熱かった。

まさかとは思いますが、女性をエスコートしたことがないとは言いませんよね、オズウィン様？

「オズウィン様、わざわざ送っていただき誠にありがとうございました」

頭を深々と下げて、私はタウンハウスに戻ろうとオズウィン様に背を向けた。しかし何故かオズウィン様は付いてくる。

「あの、オズウィン様……？」

「せっかくだからご両親に挨拶だけ先にさせていただこうと思って」

お父様もお母様も、オズウィン様を見たら白目を剥くかもしれない。あー、お父様とお母様が緊張のあまり高速振動するヤツぅー……

馬車の気配に気付いたのか、付き添いで王都に来てくれていたマリーが玄関を開けて飛び出してきた。メアリお姉様だけ帰宅していたので心配してずっと玄関付近をウロウロしていたに違いない。

「お帰りなさいませ！　お嬢さ……」

「マリー、ただいま」

「こんばんは、お嬢さん」

マリーは私の隣にいたオズウィン様を見た後、馬車に描かれたアレクサンダー家の紋章を確認し八割増しで慌て始めた。

「お嬢様!?」

こぼれ落ちそうになるほど目を見開き、顔面蒼白で私を見るマリー。そんな彼女をどうどうと宥める。生まれたての子鹿よろしく震えるマリーの両肩を掴んで呼吸を整えさせる。

「マリー、お父様とお母様を呼んできてもらえる？」

「はいぃっ！」

ウサギが駆けるようにマリーはタウンハウスの中に戻っていく。

私がオズウィン様を応接室に招こうとすると、彼は笑顔でそれを辞退した。

「もう時間も遅いから本当に挨拶だけさせてくれ。早く休みたいだろう？」

そう気遣ってくれたので玄関ホールで両親を待った。

その後、高速振動する両親が声を裏返しながら現れた。それはもう見ていて哀れなくらいの様子で……

オズウィン様はその様子を気にしていないようで、快活な笑みを浮かべて両親と握手をしていた。

「キャロル嬢への婚約の正式な申し込みは後日させていただきたいと思っています。王都にはいつまで滞在していらっしゃいますか？」

「みみみみ、三日ほど滞在予定です！　必要とあらば明日領地に戻ることもいたしますし滞在を延ばすこともいたします!!」

振動のせいでじわじわと移動するお父様とお母様が肩をぶつけている。その様子を私は平たい目で見ていた。

まあ、辺境伯ご子息が突然現れて「貴殿の娘に婚約の申し込みをする」なんて宣言してきたらそりゃあ震え上がりますよね。

ウチは木っ端貴族だからね……

ふと、視線が刺さったような気がして顔を上げる。階段の上から隠れるようにメアリお姉様がこちらを見ていた。口をへの字に曲げて私を睨み付けていることに気付くと、お姉様はぱっと姿を隠してしまった。

ああ、お姉様と明日顔を合わせるのが憂鬱でならない……

「それでは滞在中に我が家から改めて伺わせてもらいます。夜分遅くに申し訳ありませんでした、ニューベリー男爵、男爵夫人」

「い、いいえ！　お気になさらず！」

お母様も首振り人形のようにガクガクと頭を上下させる。あまり振りすぎてもげてしまいそうな勢いだ。

「それではまた改めて。おやすみ、キャロル嬢」

オズウィン様が私に頭を下げる。あまりにも様になっている姿に私は緊張感から心臓が跳ねた。圧倒的上位の貴族に頭を下げられて心臓が縮み上がらない木っ端貴族なんていないと思う。

「お、おやすみなさいませ、オズウィン様。次にお会いできる日を楽しみにしております……」

ドレスの裾を摘まみ、頭を下げてから顔を上げるとまるで向日葵が今ここで開花したのかと思うほどの笑みを、オズウィン様が浮かべていた。

「ああ、それではまた！　楽しみにしている！」

そのまま颯爽と去って行ったオズウィン様。

玄関の扉が閉まった途端、お母様は腰を抜かして座り込み、お父様は私の肩を掴んできた。もちろんまだ振動しながら。

「キャキャキャ、キャロルゥ!! 一体全体どういうことなんだ⁉ 説明をしてくれ!!」

そりゃそういう反応になるよね、お父様。

格上すぎる相手、しかも辺境の守護者アレクサンダー家からの申し出なんて……どう考えても圧倒的に上位だから我が家と対等な関係になんてなれそうにないものね……

お父様とお母様の蚤(のみ)の心臓がプチっといきそうな相手であることが、オズウィン様のどうしようもない唯一の欠点かもしれない。

私は遠い目で今日の出来事を振り返る。

オズウィン様、気遣ってくださったのに申し訳ありません。今日はまだしばらく休めそうにありません……

◇◇◇

翌朝、頭がはっきりしないまま食堂へ向かう。日付をまたぐギリギリ前にベッドに入れたものの、考え事が多すぎてよく眠れた気がしなかった。両親も同じだったらしく、朝食の席でメアリお姉様以外はのろのろと食事を口に運んでいた。

お姉様はふてくされ気味にどんどん食べている。

食欲旺盛で結構なことだ。

「ごちそうさまでした。私、今日はイザベラと出かけてきます」

口をナプキンで拭う姿は品がある。物に当たらないところはお姉様の良いところだ。

「ペッパーデー子爵のところのお嬢さんかな？」

記憶が正しければイザベラ・ペッパーデーというのは姉の学園時代の友人だったと思う。

青みがかった黒髪が美しい、少しミステリアスな雰囲気の人だ。双子の妹らしく、雰囲気の似たお兄さんがいたはず。

姉の交友関係の中で最頻出の人物であるため私も知っていた。記憶違いでなければ昨日国王陛下に一緒に挨拶に行ったのは彼女のはずだ。

「ええ、そうです。夕方には帰りますので」

「そうか、気をつけていっておいで」

食事を終えたメアリお姉様は少し睨み付けるように私を見て去って行った。

――かんしゃく起こして八つ当たりされないだけマシか……

そう思いながらにんじんを刺して口に運ぶ。

「キャロル。今日は出かけずにここにいなさい」

「……はい」

お父様が少し険しい顔でそう命じてきた。そうなりますよね。もしかしたら今日アレクサンダー家から使者が来るとか手紙が来るとかあるかもしれないものね。

朝食をなんとか食べきり、私は席を立つ。緊張で痛むお腹を押さえながら食堂から出ると、ちょうどメアリお姉様と鉢合わせてしまった。

メアリお姉様はキッと私のことを見て唇を噛む。これはこの後何かわめき散らす予兆だ、と察してしまう。思わず身構えるとメアリお姉様が小さく声をもらした。

「……んで」

わめき散らすどころか蚊の鳴くような声で聞こえない。メアリお姉様らしくなかった。

「えっ、と……メアリお姉様？」

思わず聞き返すと、メアリお姉様は唇を震えさせ、握った拳をぷるぷると震えさせている。そしてバッ！　と顔を上げたその目にはうっすら涙が浮かんでいた。

「なんでキャロルがオズウィン様と婚約するの!?　まるで『有罪機構～国境戦線編～』みたいじゃない!!」

「……はい？」

メアリお姉様の言葉に私は目が点になる。

――『有罪機構』？

私は脳内辞書を引っ張り出し、『有罪機構』という単語を調べた。聞き覚えはある。五秒ほど考えて思い出す。

そうだ、十年ほど前に発売された、全十二巻の小説だ。

魔法のない世界の架空の国が舞台になっているお話で、王国ではベストセラーになっている。一冊一冊が鈍器並に分厚く、今年完結したばかりである。

「オズウィン様って『国境戦線編』の主人公、辺境伯サルフィン様みたいだもの！　羨ましすぎるわ！」

いや、お姉様。オズウィン様は辺境伯ご子息です。次期辺境伯かもしれませんけど……

私も『有罪機構』は一応読んだことがある。しかしサルフィンというキャラクターは冷静沈着で、私が昨日知ったオズウィン様の印象とは大分異なっている。

だってあの人、犬っぽい。オズワンワン、という大変無礼な想像図が頭に浮かんだ。

そんなのもお構いなしで、メアリお姉様は言葉を続けた。

「サルフィン様は四番目に好きな登場人物なのに！　やっぱりサルフィン様がマルマを選んだように戦える女じゃないと見向きもされないのね!!」

まだまだしゃべり続けるメアリお姉様に、私はハタ、と気付く。

メアリお姉様は『有罪機構』シリーズをとても好んでいる。発売当初からそのシリーズを購入し読み続けている、いわゆる「大ファン」という奴だ。

昔「わたしアラキエルと結婚する！」とか言っていなかった？　まさかお姉様が王子様や公爵子息に熱を上げているのって……

まだまだお姉様は止まらない。

「一番好きなアラキエルみたいなひとは実在しないってわかってるから！　だから頑張ってエドワード様やニコラ様たちとお近づきになるために学園時代は頑張ったのに！」

アラキエルというキャラクターはたしか侯爵子息で、双子の弟だ。「家督争いを防ぐために女として育てられた」とか言う設定だったはず。

うん、確かにそんな人現実にはいないよね。メアリお姉様、夢見がちだけれどその辺りはわかっていたのか。

「あの方々が婚約者たちと仲違いしたとかで婚約が白紙に戻ったっていう話だったから私にもチャンスがあるんじゃないかって……そんな風に思ってしまったのがいけなかったの⁉」

メアリお姉様には少々呆れた。しかし玉の輿に乗りたいとかそういった単純な欲望むき出しの理由でエドワード様やニコラ様と結婚したいと言っていたわけではないことを知る。しかも婚約者の方々の不運を喜んだことに対する罪悪感も持ち合わせているみたいだし。

メアリお姉様は独学で礼儀作法に始まり貴族年鑑の読破と各地の特産物について、かなり熱心に学んでいた。近隣諸国の文化や政治についても懸命に学んでいなかったっけ？　てっきりお茶会やパーティーで注目を集めたいからだと思っていた。

その努力の源が『有罪機構』だったとは知らなかったが――

「あの、メアリお姉様……お相手は辺境伯のご子息ですよ？　我が家と格が違いすぎてとてもじゃありませんが正直私では力不足で断れるものなら断りたいのが本心で……」

「そんなもの！　キャロルがアレクサンダー家にふさわしくなるよう学べばいいだけのことでしょう⁉　それに行儀作法や知識より、辺境で重視されるのは強さ！　キャロルは十分にアレクサンダー家に嫁ぐ資格があるじゃない！」

メアリお姉様の言うことも一理ある。

オズウィン様に求められていることを素直に受け入れられない大きな理由は自分が男爵家であるということだ。家の格に関してはどうしようもない。それを埋める努力もしない内にグチグチ言うのは、メアリお姉様にとってはきっと怠惰以外の何物でもないのだろう。

メアリお姉様は顔を赤く染めながら悔しそうに気色ばんだ様子で続ける。

「私の魔法は空を飛ぶだけよ⁉　装備無しでは出来るのは偵察か伝令が精一杯！　魔獣を単身で倒せるキャロルが求められるのは当然じゃない！」

フーフーと肩を上下させるメアリお姉様はそこでようやく言葉を止めた。

私は黙り込んでしまう。

メアリお姉様はメアリお姉様で努力をしていた。それを考慮せずにただただ現実の見えていないお花畑というのは流石に間違いだった。

私は認識を改める。

動機はどうであれ、メアリお姉様は夢に向かって頑張っていたのだ。

私はどう？

メアリお姉様に口うるさく言われることが嫌でずっと狩りに逃げていた。これを努力と呼んでいいものかはわからない。今回、幸運に幸運が重なりオズウィン様の目に留まっただけだ。この巡り会わせがなかったら、私はきっと……。

視線を落とす私にメアリお姉様は背中を向ける。

身分というものは絶対的なもの。上の身分や階級に逆らうのは愚行である。王族や王侯貴族、そ

して上位の貴族は有事の際に防衛と戦力提供を率先して行う。そして万一、戦争に負けた時はその命をもって我が国の民を守るのだ。その身分にふさわしい責任を負っているのだから。

夢に命を懸けているメアリお姉様はその覚悟さえ持っているのだろう。

私には上級貴族への憧れもなければ情熱もない。覚悟があるかと言われれば、それさえもまだわからない。

「……イザベラがそろそろ来るはずだから、行くわ」

「はい、行ってらっしゃいませ……」

お姉様を見送り、私は三階に上がる。そのタイミングでペッパーデー家の馬車が到着したらしい。窓からその様子をうかがうと、青みがかった黒髪の男性がメアリお姉様を迎えていた。イザベラ様の双子の兄だろうか？　仲よさげに馬車に乗り込むふたりを見下ろしながら、口からポロリと弱気な本音がもれる。

「メアリお姉様みたいに上の貴族様と並び立とうとする気概も根性もないのよ……」

こぼれ落ちた言葉に、私は自分の怠惰さを実感するのだった。

◇◇◇

街の店などが開く少し前の時間。メアリお姉様が出かけてさほどしないうち。

ニューベリー邸に一台の馬車が停まる。使用人たちはその馬車に描かれた紋章に戦々恐々としながら、彼らを迎えた。

もちろん使用人総出で。

辺境伯ジェイレン・アレクサンダー様と御子息オズウィン様だ。

ジェイレン様は「辺境の守人」と呼ばれている。その堂々たる姿はあまりの迫力で……熊としか表現しようがなかった。

赤毛の熊だ。

応接間の椅子が小さく見えるほどの体躯の大きさに皆驚いていた。

オズウィン様と少し違う赤毛とブルーグリーンの瞳をしているが、ほぼ熊である。オズウィン様よりも身長は少し高い程度だが、問題は太さである。

猪首に見えるが、首から肩に掛けての筋肉が膨れ上がっているせいでそう見えるのだ。腕なんて細身のお父様の三倍以上ありそうに見える。太腿だって片方だけでお母様の尻周りより太そうだ。

オズウィン様が細く見えるほどの巨体であるジェイレン様はもう、そこにいるだけで存在感がすごい。熊という表現をしないなら小さな山だ。小さな山が動いているようなジェイレン様に、お父様もお母様も輪郭がぶれる勢いで振動していた。

「本日は我が息子、オズウィンと御息女キャロル嬢の婚約の申し込みに参った。突然の申し出に驚かせたと思う。すまない、ニューベリー男爵、ニューベリー男爵夫人」

「いいいい、いいえ！　大変光栄に思いますアレクサンダー辺境伯!!」

お父様は椅子の上で声も体も振動させている。お母様に至っては昨日に引き続き高速首振り人形だ。多分今両親がお茶を手にしたら全部ぶちまけるだろう。

私は黙ったままでオズウィン様を見る。昨日の夜会とは異なった礼服のオズウィン様はにこりと笑みを返してくださった。

――笑顔が可愛い人だなぁ……

人懐っこそうな犬のような笑みは、きっと御令嬢方を魅了する。探そうと思えば私以外にも良いと思う人がいそうな気がするけれども、という気持ちがどうにも拭えない。

「そ、それにしてもアレクサンダー家に我がニューベリーの者を嫁にしてよろしいのでしょうか？　こう申し上げてはなんですが、家の格というものがあまりにも釣り合わないと思うのですが……」

ようやく振動数が減ったらしいお父様が一番の疑問を口にしてくれた。

ありがとうお父様。絶対に聞いてほしいことだと念押しして良かった。心なしかお父様の髪の毛が少し白くなっているような気がするのだけれど……

ジェイレン様は少し困ったような表情を浮かべ、申し訳なさそうに答えた。

「ご存じかもしれないが、現国王の妻は私の姉なのだ。そして私の妻は私の親戚筋でな」

「は、はぁ。存じております……」

それが何と関係があるのだろう、とお父様もお母様も、私も頭に疑問符を浮かべる。

ジェイレン様は太い笑い声を出しながら後頭部をかいた。

「そして私の父母も親戚筋の婚姻なのだ。故に辺境と王家があまりにもアレクサンダー家で固まりすぎていてな。故に我が家が三代続けて親戚筋から嫁を迎え入れることは、他の、特に辺境から離れた貴族から批判が出かねないのだ」

「ええと、つまりアレクサンダー家が王国の重要な部分を占めすぎていると批判が出ているということですか？」

お父様の言葉にジェイレン様は大きく肯いた。

「その通り。アレクサンダー家に権力が集中しているという指摘があってな。故に息子の妻は親戚関係がない、辺境以外のところから迎え入れるという話になった、ということだ」

「ははぁ、そういうことでしたか……」

「国王も父も私も妻に惚れてそうなったが、あまりにも偏りが過ぎると声が上がっているのだ」

本当にすまない、ジェイレン様が頭を下げてきた。焦るお父様とお母様の様子を余所に、私はようやく納得する。

当人たちがどう思おうと、現在、王家とそこに並ぶ権力を持つ辺境にアレクサンダー家がしっかりと根付いている。

それに対して「他家から嫁や婿を迎え入れていないから辺境での権利を独占している」と穿った見方をしている輩がいるのだろう。特に辺境から離れた海側の領地の貴族から。

ならば政治に大きな影響を持たない貴族の家から嫁を迎え入れ、権力に興味のないポーズを示せば良い、ということなのだろう。

アレクサンダー家が嫁を迎え入れる条件としては「魔獣を躊躇いなく屠れる令嬢」だけ。相手の家の爵位や資産状況がどうとかそういうことは問題ないということらしい。むしろ政治的発言力は強くない家の方が都合はいいのだろう。

要するにオズウィン様は他貴族の不満を大きくさせないために余所から嫁を迎えなければならなくなったわけだ。

オズウィン様の年齢でまだ婚約者がいなかったのは、魔獣を屠れる度胸と技量のある御令嬢が学園にいなかったから。

記憶の限り、腕の立つ御令嬢は数名いたが魔獣を狩ったことがある御令嬢はほぼいないはずだ。学園での戦闘訓練は基本的に対人戦だ。普通に生きていれば魔獣相手に戦うより、人間相手に戦うことの方が多いからね。

うんうん、と納得しつつ私がちらとジェイレン様を見るとバチリと視線が合った。

野生の熊と遭遇したときのような緊張が走る。背筋をピンとさせて硬直した私に、ジェイレン様は大きな口を横に広げ、目尻にしわを作りながら笑う。

「キャロル嬢。まだ出会ったばかりでお互い碌に知らぬだろう。もしキャロル嬢が良ければ、今日は息子と出かけてやってはくれないだろうか？」

「はっ、はいっ！　お気遣いありがとうございます！」

私は半分に折れる勢いで頭を下げた。顔を上げるとジェイレン様は上機嫌にニコニコ。お父様とお母様は心配そうにオロオロ。そして当のオズウィン様はというと……

「ち、父上……あまりにもそれは急すぎでは……」

何故か頬を赤らめて視線をウロウロ。

「オズウィン、辺境の男であるにもかかわらず女性のエスコートも出来ぬとでも言う気ではないだろうな?」

「そっ、そんなことはありません!」

「ならなんだ」

太い指で顎をかくジェイレン様。

オズウィン様はちら、と私の方を見てから頭をかいた。

「……手紙のやりとりから始まると思ったので」

一緒に踊っておきながらデートより手紙のやりとりをしようとするオズウィン様は想像以上に初心なのだろうか?

心なしか頬が赤い気がする。そしてこのときハタ、と私は気づく。

今、普通に頭に浮かんだのだけど……これってデートなのか?

出会って翌日、いきなり親公認でデートに行くことになってしまったのだった。


初デートでする選択ではないかと……


外出用の身軽な服に着替え、マリーに重ねて化粧を施されそうになったのをなんとか制止した。

あまり柄ではないかもしれないが、花とリボンの飾りが付いた帽子を頭に乗せ、待たせていたオズウィン様の元へ向かう。

「お待たせいたしました」

「あ、ああ！」

　オズウィン様も外出用の軽装に着替えたらしい。それでもその堂々とした様は隠せず、偉丈夫っぷりがうかがえる。

　デート、ということにオズウィン様は緊張しているらしく、直立不動――というか、軍属の人間がする「気をつけ」の姿勢で立っていた。

　私の顔を見て、口を開けて、手で押さえて、どこかを見て……「ああ、なんと言って良いか悩んでいるんだな」と察した私はつい先に言葉を発してしまう。

「オズウィン様、参りましょうか」

　少し眉を下げながら言うと、オズウィン様は目を見開いてから申し訳なさそうな顔をした。

　無理に褒めなくて良いんですよ。むしろそういうの苦手です、と言いたいところだけれどもお父様の目もあるところでそれを言うのは流石に……

「それでは行って参ります」

「オズウィン様、よろしくお願いいたします」

「はい、任されました」

　お父様とお母様が深々とオズウィン様にお辞儀をする様子に、背中がむずむずするような恥ずかしさに襲われる。

「それでは、行こうか」

「はい」

　オズウィン様にエスコートされ、馬車に乗り込んだのだが……当然ながら馬車にはふたりきり。私は緊張から、オズウィン様は照れからか馬車にはしばらくの間、沈黙が流れていた。

◇◇◇

　馬車で王都の一番賑やかな通りの近くに降ろしてもらい、辺りを見渡す。昨日の合同パーティーのせいか、領地からこちらへ来た貴族の使用人たちが多くいるようだ。

　わからないだけで貴族も混じっているだろう。

　そのため、通りの賑やかさが一層増している。

　私たちは並んで歩き出す。オズウィン様は歩く速さをきちんと合わせて歩いてくださった。

　存外そういう気遣いの出来る男の人という者は限られていて、これが出来る人は好感が持てる。

「その、キャロル嬢、と呼んでも？」

　頬をかくオズウィン様に首をかしげる。すでに呼んでいるのに改めて尋ねる必要はあるだろうか？　あのときはお父様とお母様がいたため、区別のためだったのだろうけれど。

「はい。お好きにお呼びください」

「ああ、ありがとう」

　照れくさそうにはにかむオズウィン様は本当に純情らしい。

　オズウィン様は「さて、どうするか」と少し悩む仕草をしていた。突然父親であるジェイレン様に私と一緒に出かけてこいと言われたので、一切計画が無いのだろう。

いわゆる御令嬢が喜ぶことをしようと考えてくれているのだろうが、オズウィン様に負担を掛けるわけにはいかない。ここは身分の低い私の方が気を回すべきところだ。

「オズウィン様。私、オズウィン様の好きなところに行ってみたいです」

「君は行きたいところはないのか？」

「オズウィン様のことを知りたいので、是非オズウィン様の好むところにお連れください」

「そうか！」

オズウィン様の様子から気の張った雰囲気が抜けて、明るい表情になった。

よし、これでいい。

オズウィン様にはなるべく気持ちよく今日のデートを終えてほしい。

下手なことをしてアレクサンダー家の不興を買いたくはない。私はなるべく顔に笑みを浮かべながらオズウィン様を見る。

今度はニコニコしながら考え込むオズウィン様。私が笑みを浮かべたまま黙って待っていると、何か思いついたようだった。

「キャロル嬢、串焼きは好きかな？」

まさかの串焼き。

おそらくだが通常の御令嬢との初デートで選ぶ物ではない。それでもまあ、私は普通の狩りをするし、狩人監修のもとそれを捌いて食べる、なんてことも時々していた。

なのでそれ自体は問題ない。だが私の知る限り、初手で選ぶものではないと思う。

学園時代、婚約者との初デートについて学友に聞いたことがあるが、多くは少し気取ったレストランやジュエリーショップだったという。中には馬の育成牧場へ連れて行ってもらったという友人がいたが、あれはうらやましかった。

もしかしたら、デート以前に女性と出かけることもほぼ無かったのかもなぁ、と暖かい慈悲の眼差しを向ける。オズウィン様はまた頬を少し赤らめたようだった。その純情さは微笑ましくもまぶしい。私？　一応男女三名ずつでなら出かけたことあるし……

「で、では行こうか！」

「はい」

相変わらず歩調を合わせてくれるオズウィン様と「串焼き」の店へ向かった。

時々露天商に声を掛けられながら進むことしばらく。平民が多い地区に入ったらしい。貴族や金持ちが集中する地区よりもずっと活気があった。ついでにニューベリーの領地など比べものにならないくらいの賑やかさだ。

あちこちで菓子や果物、ナッツや香辛料を量り売りしている。様々な匂いが混ざり合うが、けして不快ではない。むしろ見慣れない物や嗅ぎ慣れない匂い、そして活気のある声や楽器の音とたくさんの刺激であふれていて心が躍った。

オズウィン様が店を指さしたのはこの地区に入って少し歩いた頃だ。

「キャロル嬢、ここだ」

「『珍味堂』？」

店の名前に思わず首をかしげる。

珍味、というとニワトリの鶏冠とか、フラミンゴの舌とかではないだろうか？　と一瞬不安になった。しかし鼻をくすぐる匂いは、無理矢理朝食を食べた私の胃でさえも刺激する。胃が動き「さあ、あのかぐわしい匂いの食べ物をここに！」と隙間を作ってきた。

なんて正直な胃袋だ……

オズウィン様に先導され店に入ると、少し古くはあるが綺麗な店内が私たちを迎える。そして快活で恰幅の良い女将がすぐに席に案内してくれた。

「まだ混んでいないな。良かった」

席に着き、女将に出された温かい手拭き用のタオルを受け取る。「珍味堂」という名前からとんでもない店かと想像したが、提供されるサービスは普通か、それ以上の丁寧な物だ。

さて、とテーブルに着いてオズウィン様は私をまっすぐ見た。

「どうしても食べられないものはないか？」

食べると発疹が出るものもあることを言っているのだろう。幸い、私にはそういったものはない。それに養蜂をしている領民の元へ視察に行くこともあったため、蜂の子も食べられる。なんなら牛の××も食べた経験はある。

「いえ、特には」

「それは良かった」

幸い私は好き嫌いも特になければ痒くなる食べ物もない。何でも食べられるというのはどこへ行っても生きられるということだと密かに誇っている。

オズウィン様はメニューも見ずに店員に注文をした。慣れた様子であったため、私はオズウィン様に尋ねた。

「よく来られるのですか？」

「ああ、王都で辺境の味が楽しめるのはここくらいだからな」

ああ、なるほど。自分の地元の味を知ってほしい、ということだったのかと思えばここを選んだのも納得できる。

「楽しみです」と、笑えばオズウィン様は満面の笑みを浮かべていた。

「はい、お待たせしました」

皿に並べて出てきたのは、こんがりとよく焼けた串焼き二本。とても良い匂いがして、口の中の涎(よだれ)が溢れてきそうになった。一応朝食は食べてきたのに……

調理済みであるせいで一見したところなんの肉かはわからない。けれど牛肉や豚肉のようにわかりやすい脂がなく、パリッとした皮がついているところを見ると鳥系と思われる。

オズウィン様が笑顔を浮かべ、一本串を取る。気を遣ってくれたのだろう。

フォークを器用に使い串から肉を外し、私の前に置く。

オズウィン様はもう一本を取った。

「さ、食べてみてくれ」

オズウィン様は、がぶっと串焼きに噛みつく。割と大きめに切られているにもかかわらず、一切れを一口で食べてしまった。

実に美味しそうに食べるので、私も半分に切り分けて一口食べてみた。

塩と胡椒に酸味のある柑橘をかけたシンプルな味付けだというのにびっくりするほど美味しい。肉質としては硬い部類なのだが、噛めば噛むほど肉汁があふれてくる野性味のある味。まだ塊としては大きいというのに思わず噛み切る前に飲み込んでしまった。

私がびっくりした表情で口元を押さえていると、オズウィン様が顔をのぞき込んでくる。

「どうだ？　口には合うかな？」

「はい……おいしいです……初めて食べました」

次の肉を口に運ぶと、オズウィン様は嬉しそうに目を細める。鼻に抜ける匂いは特徴があるものの、記憶の引き出しをいくつ開いてもピンとくるものがない。自分の知識と経験の中にあるどの肉とも一致しないこの肉。皿の上のすべてを食べきってもなんの肉かはわからなかった。

「あの、オズウィン様。この肉は一体何の肉なのですか？」

空になった皿を見つめながら、私はオズウィン様に尋ねた。正直なところを言うと、こんがり焼いたパンで皿の肉汁を拭って食べたいくらいの美味しさだった。

オズウィン様は歯が見えるほどにっこりと笑い、こう言った。

「魔獣の肉なんだ」

ぶふぉ、と私は心の中で噴き出してしまった。

実際に噴き出すことはこらえたものの、私は慌ててハンカチで口元を押さえる。かすかに咽せたのを誤魔化して、オズウィン様を盗み見た。

オズウィン様は嫌な顔はしていない。

よかった。

「ま、魔獣？」

私は呼吸を落ち着かせてからオズウィン様に尋ねる。オズウィン様は少年のような笑みを浮かべて語り始めた。

「ああ、これは角鴨（つのがも）というんだ。基本的に肉は新鮮な方が良いが、角鴨は上手く熟成させると滋味あふれる良い味になる」

とても楽しそうに話すオズウィン様に文句など——そもそも辺境伯子息に——言えるはず無く、私はかすかに口角を引きつらせながら笑みを作った。

私は魔獣狩りをしているし、魔獣食の知識もあった。

そしてとても美味しかったけれど、どう考えても初手で選ぶものではない。せめてもう少し親しくなってからか、事前に説明するとかしてほしかったなぁ……!?

オズウィン様特有の奇行なのか辺境の常識なのか、今の私には判断がつかない。

「辺境では魔獣を狩って食することが日常的に行われているんだ。皮はもちろん、角や骨、毛に至るまで素材は余すことなく活かすんだ」

そういえば聞いたことがある。辺境の最前線で畜産などは難しいと。

魔獣に家畜が狙われてしまうため、育てようとするとコストがかかるのだという。壁の内側であれば畜産も可能だが、運ぶ時間や手間を加味しても、魔獣を狩って食肉とする方が早い……ということだろう。

実際、魔獣から採った素材の加工は辺境でよく行われており、名産のひとつだ。以前まで魔獣の革や毛は兵士や傭兵向けの武器と防具として使われていた。それがここ数年労働者や武芸を嗜む貴族に「丈夫な衣服」として普及している。もちろん配合やデザインなどで平民と貴族で差があるし一般的になるにはまだまだであるが、魔獣素材は誰もが身につける物として広がり始めている、のだが！

食肉として扱うとなると話は別である！

魔獣は家畜と異なり加工して食べるには手間がかかる。そもそも魔獣が現れるのは突発的な災害のようなものなので安定した供給ができないため広く流通させることが難しいのだ。

別の国には魔獣を食べることは「穢れ」になると拒否する宗教も存在している。王国においては魔獣肉をゲテモノ扱いの特殊な珍味？　イロモノ？　悪食？　といった立ち位置として考えている人も少なくないのである。

それ故に魔獣肉を食べる文化は知りうる限り辺境以外にはない！　つまり一般的ではないのだ！なんでも食べられる自信はあったが、それでも心の準備をさせてほしかった！

「なので辺境には魔獣の加工文化が根付いているんだ。キャロル嬢にも是非知ってもらいたくて……」

照れくさそうに語るオズウィン様に悪意は感じられない。

彼の様子を見ると責める気は失せる。

最初から言ってくれれば良かったのにと思う反面、魔獣だからと忌避されると思ったのだろうか、と推測すると彼の行動も仕方ないと思えた。というか思いたかった。

なるたけ頭は冷静に、表情と声を明るくして口を開く。

「私も……時々はぐれの魔獣を狩りますが、肉は今まで食べたことがありませんでした。肉以外は武具や防具として加工できる職人を有する隣の領地に売ってしまいますし」

経験してはいないことを伝えつつ、オズウィン様の気に障らない言葉を選んで会話を続ける。オズウィン様は無邪気な笑顔のまま、手を叩いた。

「ああ、はぐれだと日常的に魔獣素材が手に入るわけではないからな。臨時収入になっても専門の職人はあまり育たないし、食肉の技術の蓄積がないのか。なるほど」

うんうん、と肯くオズウィン様。

狩りをすると話した私に、彼は妙な眼差しを向けることはない。自然と狩りの話が続けられた。

「そうですね。魔獣素材を扱える職人が増えれば辺境への買い付けも行けますし、たまに現れるはぐれ魔獣も活用できます。将来的には専門の職人の育成ができると良いと思っています」

魔獣の活用は以前からしたいと思っていた。食肉のことに関しては省きつつ、将来の展望を話す。

狩りのあれこれは領地の狩人と話すくらいだ。解体の仕方も教えてくれたのはニューベリー領の狩人だったし、学園の同窓たちとそういった会話をしたことはなかった。

会話が弾むのは、正直――楽しい。

「そうだな。魔獣素材の扱いを辺境だけに留めず、王国中に広げられることは利点だからな。良ければ父上に進言して、技術学習にニューベリーの者を辺境に招くのはどうだろうか？　あ、流石に一番内側の壁付近になると思うが」

オズウィン様はあっさり技術提供の計画を立ててくださった。ニューベリー領がこれで更に発展するならとてもありがたい。これも婚約者という立場故の好待遇か……早々に恩恵を受けてしまった。

私は心の中でオズウィン様を拝みつつ、会話を続ける。

オズウィン様も頬を紅潮させながらあれこれ話してくれるので、楽しんでくださっているようだ。

「よし、それじゃあ次に行ってみようか！」

すっかり良い気分になったらしく、オズウィン様はキビキビと動き出す。流石にまた珍味を知らぬ間に食べて醜態（しゅうたい）を晒すまい、と私は先手を打つ。

「オズウィン様、次はどこへ連れて行ってくださりますか？」

オズウィン様に尻尾が見える。

多分幻覚だ。

ぶんぶんと力一杯振られる尻尾の幻覚を私に見せつけ、オズウィン様はぱぁ、と少年の笑みを浮かべる。

「武器屋だ！」

……うん。オズウィン様の婚約が決まらなかった理由は辺境だけでないな、とこのとき確信した。初めて一緒に出かけて武器屋に行く男女は多分存在しないことを、殿方と縁の無かった私でさえわかるのだから。

選びませんよね、普通。

たどり着いたのはかなり大きな武器屋だった。看板に「荒々しき狩人」と書かれている。名前が少々……いや、かなり王都向けとはいえなさそうだ。

オズウィン様が扉を開け押さえ、店内に招かれる。

店内の客を見てみると、出入りしているのは傭兵だけでなく、身なりのしっかりとした騎士も多い。男女比は七対三というところだろうか——それでも飾り付きの帽子をかぶった令嬢然とした格好の私は店内で浮いているのだけれど。

店舗としてもかなり大きいようで、ニューベリーの領地にある武器屋が霞んでしまう。

「わ……すごい武器の数……」

飛び込んできたのは流石王都の武器屋、と圧倒される大量の武器。大小様々な刀剣を始め、槍などの長柄、打撃系の戦槌(せんつい)、射撃武器の弓矢やスリングショット、投擲(とうてき)武器……もちろん盾や鎧など防具も各種ある。

思わず口を開けてぽかんとしてしまったのを手で隠す。

壮観、の一言に尽きる。円盤の外側に刃が付いている武器や、手甲にフックが付いたもの……十八年間の知識にない武器もたくさんあった。

「ここは王都で一番品揃えのいい武器屋なんだ。キャロル嬢は普段魔獣を狩るときは何を使っているんだ？　双剣あたりかな？」

オズウィン様が興味津々で尋ねてくる。

ガーデンパーティーでやらかした時私が使っていたのは分解した刈り込み鋏。あれを見たのでそう思ったのだろう。恥ずかしながらそういうわけではない。

「普段は弓矢を使います。それとワイヤー付きの剣を。魔法は剣とあわせて使います」

「なるほど。そこから熱を奪って仕留めるのか」

ご名答。

古木女相手にもしたことだが、多くの生物は体温が下がれば活動が出来なくなる。それに狩った獲物の腐敗を遅らせるためには冷やすのが良い。

ただ、遠距離で触れずに熱を奪うことができれば安全に狩りができるのだが、そうもいかないのが私の魔法の特徴である。

「オズウィン様はどういった武器をお使いですか？」

学園時代、オズウィン様に限らないが魔法学園の学生が主に習うのは剣、弓、槍の三種だ。ときおり変わり種——斧や多節棍（たせつこん）などなど——こそあれど、主なものとしてはこの三つが主軸になっている。記憶の中で剣も弓も槍もすべてハイレベルに使いこなす男子学生がいたが、それはオズウィン様だったはずだ。特徴的な赤毛は彼以外同学年にはいなかったもの、たしか。

オズウィン様はキョロキョロと店内を見渡し、武器を指さす。その先にあったのは意外なことにメイスだった。貴族が好むのは権威的な意味合いも込めて剣が多い。弓や槍は武器としては強いものの、我が国では対人・対多数の戦い——要するに戦争——で使う印象が強い。私の両親世代辺りから戦争はないので少々昔の印象ではあるが。

次点が杖である。

ただ杖は武器としての意味合いよりも圧倒的に神聖な象徴(シンボル)であるので、武器屋よりも装飾具を扱うところに置かれている。聖職者が持つ武器ナンバーワンでもあるため、殺生する武器とは並べて置かない、という理由もある。

余談ではあるが聖職者が使う杖には「聖職者の肉叩き」という皮肉があったりする。

聖職者は基本的に殺生をしないため、刃物を使わず杖を使う。彼らの持つ杖は美しい装飾を施されているが、鈍器として見るとなかなかにエゲツないものなのだ。「聖職者にあるまじき野蛮さ」という皮肉をもって「聖職者の肉叩き」という。だがこれを聖職者の目の前で言うと「ジューシーなステーキ」にされかねないので注意が必要だったりする。

「大抵の武器は使えるように訓練はしているんだ。だから相手によって変えるのが基本だが、人間……特に防具で固めているならメイスかな？　刃こぼれの心配もないし」

なんだか気になる言葉だった。

もしかしてオズウィン様の魔法に関わるためだろうか？

刀剣ではなく打撃武器であるのが気になるところではある。貴族は見た目や権威を気にする。打撃武器はその見た目が鈍重になりがちで避けられることが多いのだが、オズウィン様はそうではないらしい。

ふーむ、と考えながらメイスを見ていると、天真爛漫な声が背後から飛んできた。

「お兄様！」

明らかに武器屋にふさわしくない、少女の明るい声。

振り返るとそこには髪の毛を両サイドで高く結んだ少女がいた。

私よりも背の低い彼女の身なりは良い。それに先ほどの「お兄様」って……

「モナ。なんでここに」

「買い物です！　お兄様が見えたので、お声がけさせていただきました！」

ぱぁ、と花が開いたように明るく笑う彼女とオズウィン様を交互に見る。オズウィン様は少し困ったように頭をかきながら、彼女に手を向けた。

「キャロル嬢、こちら妹のモナだ。モナ、こちらがニューベリー男爵家のキャロル嬢だ」

「まあっ！　貴女がキャロルさん⁉」

驚いた顔を一瞬浮かべた後、モナ様はその大きな目をキラキラさせて私を見つめてきた。

「私、モナ・アレクサンダーと言います。古木女を刈り込み鋏で倒したというキャロルさんですか⁉」

まさかオズウィン様の妹君にまで知られているとは……その目はまぶしく、思わず目を細めるように顔の中央に力を込めてしまう。

「え、ええ、まあ……」

ぐいぐいと来るモナ様に私は少したじろぐ。

小さい子犬が足下をちょろちょろ動き回って身動きが取れなくなるような感覚に陥った。

「私は拝見出来ませんでしたが、弱っていたとはいえ古木女を華麗に倒して見せたとか！　鮮やかな腕前だったので是非兄の婚約者にと父が言っていたのを聞きましたよ！」

辺境の価値観からすると私の評価は大層高いようだ。しかし竜骨かぶりを倒したという彼女には遠く及ばないと思う。

いや実際及ばない。

「いえ、モナ様は竜骨かぶりを倒し、それを盾にして王家に献上したと伺っております。私はそこまで大きな魔獣を狩れたことがありませんので……」

褒めるつもりで竜骨かぶりのことを話題に出したつもりが、モナ様はぷくっ、と頬を膨らませる。

急に拗ねてしまったようだった。

「竜骨かぶりを倒したのはもう去年の話ですし、単独じゃないです。今年になってからは一人で鬼(おに)狒々(ひひ)を倒しました」

胸を張るモナ様に驚く。

鬼狒々は巨大な剣歯と頑丈な頭骨を持つ大きな猿系の魔獣だ。個体差は激しいものの、大体は成人男性よりも大きい。なんという戦闘民族……辺境では女も恐ろしく強いというのは本当のようだ。

モナ様はこんなに小柄なのに。

感心していると今度はモナ様が身を乗り出すようにして私の顔をのぞき込んできた。

「キャロルさんは今までどんな魔獣を狩ったことが？」

興味津々で尋ねられて申し訳ないけれど、戦歴としては大したことがない。

「……最近は鱗鹿を」

その答えにモナ様は期待を裏切られたような表情になった。目に見えてがっかりしているのが伝わってきてなんとも居心地が悪い。

辺境でバリバリと魔獣を狩る方々と違い、私ははぐれを時々狩る程度なので、そんな表情をされても困るのだ。

曖昧に笑っているとモナ様が少し考え込む。そして「良いことを思いついた」と言わんばかりの顔を向けてきたのだ。

「キャロルさん、私と手合わせしてもらえないかしら？」

唐突なモナ様からの言葉に思わず目が点になる。

「我が家に相応(ふさわ)しい方なのか、とても気になるわ！　是非私と手合わせしてちょうだい！」

目を爛々と輝かすモナ様の勢いに、私はオズウィン様の方を見る。オズウィン様は額に手をやり溜め息を吐いている。

「モナ、キャロル嬢のことを試すような真似は止めるんだ」

そうですオズウィン様！　私が怪我をするならまだしも、万一私がモナ様を怪我させた日には「死あるのみ」という未来しかないと思います！　妹様をどうか止めてください！

私は目に力を込め、必死に訴えかけた。

「でもお兄様、キャロルさんの強さがどれくらいかわからないと、辺境で生活するための訓練の強度がわからないではないですか」

「まあ、そうだが……」

そこで少し納得しないでください！

そして訓練てなんですか⁉　辺境に行ったら訓練しないといけないのですか⁉　むしろ訓練しないと生きていけないとかそういうことですか⁉

「私に負けるような方では辺境でやっていけないですし、キャロルさんのために実力を自覚してもらうことは良いと思うんです」

なんですかそのナナメ六十度にすっ飛んだ思考は⁉　いや、戦闘民族の思考では理論的なのですか⁉

昔、王都の魔法学園で辺境出身の生徒が拳にものをいわせて生徒どころか教師も黙らせた、という話がある。以来、「力にものをいわせて解決しようとする者」「戦うことが頭の大部分を占めている者」「強さ至上主義の者」を「頭辺境（あたまへんきょう）」と表しているのだとか。これは尊敬や称賛とは反対の意味を持つ言葉であるから普通なら使わないのだけれど、頭の中に浮かんでしまった！

まさにそれでは⁉　オズウィン様もモナ様も頭辺境ですか⁉

悩むオズウィン様の方を見ると、彼は私の視線に目をパチパチと瞬かせた。うーん、と唸ってからオズウィン様は私に頭を下げる。

「キャロル嬢。妹のわがままを聞いてもらってもよいだろうか？」

折れたーっ！　やっぱり妹の意見を聞きますよね！　そうですよね！

モナ様としては未来の辺境伯の妻に相応しいかどうか、見極めたいでしょうね！　古木女は弱っていたわけだし！　内地の貴族に嫁ぐならそんな必要ないでしょうけども、魔獣狩りが日常の辺境ならそうなりますよね！　こんなことなら「ノー」と少しでも主張しておけば良かった！

「かっ、顔を上げてくださいオズウィン様！」

周囲を見渡すと他の客の視線が集まっていた。

アレクサンダー家の御子息に頭を下げさせたなんて噂が広がろうものなら、お父様が卒倒してしまう。しかしオズウィン様は頭を上げない。オズウィン様の意図はどういったものであるか分からないけれど、辺境に嫁げば結局戦わざるを得ないのだ。

それが人であるか、魔獣であるかの差である。

ああ、もう！　私はやけっぱち気味に声を上げた。

「わかりました！　是非手合わせさせていただきます！　ですから顔を上げてください！」

「ありがとう、キャロル嬢！」

顔を上げるとぱっと明るい表情をするオズウィン様。そしてモナ様は無邪気に笑う。

本当に心臓が縮み上がるので止めてほしいところである。

「それでは着替えて準備いたしましょう！　この店は隣が鍛錬施設になっているんです！」

なんでもこの武器屋の店主は特注で武器を作る場合、依頼主の腕やクセに合わせるため武器を振らせてみたり、手合わせをさせたりするのだとか。

こだわりが強すぎやしませんか。

オーダーメイドの武器屋ではないのでしょう？


モナ様に渡された鍛錬着に着替えると所々がパツパツだ。二の腕や腿、お尻とあちこちがきつい。多分、この鍛錬着はモナ様の物なのだろう。だって細いもの、全体的に。

私は馬も乗るし弓も引く。武器も扱って訓練もしている。だから腿も腕も社交界にいるような御令嬢に比べれば太めだ。うん、太い。そんな私の体と比べるとモナ様はかなり小柄だし細い。

あんな小柄で細いモナ様がどんな戦い方をするか想像し、私は悩んでいた。素早い動きで翻弄しつつ……というのは鬼狒々相手なら分かるが竜骨かぶり相手では納得しにくい。

竜骨かぶりは甲殻類のような魔獣だ。しかも比較的脆い腹部は竜や巨大な魔獣の頭骨で守っている。そんな硬い魔獣相手に速さだけでどうにかできたとは思えない。

うーん、と悩みつつ胸をベルトで押さえてから更衣室を出る。

正直気が重い。

「お待たせしました……」

モナ様も鍛錬着に着替え、キリリとした表情をして待ち構えていた。そして私の格好を見て眉を片方上げる。

「あら、申し訳ありません。サイズが合わなかったみたいで……」

「いえ、モナ様スレンダーでいらっしゃいますから」

私の返事にモナ様は唇を尖らせていた。モナ様、細身だしそもそも身長が低い。そんな彼女の服を私が着ればきつくて当たり前である。

あ、もしかして辺境で「スレンダー」は褒め言葉じゃないのか？

「モナはもっと牛乳を飲まないとダメだな」

オズウィン様がカカカ、と声を上げながらからかうと、モナ様はオズウィン様を睨み付けた。

どうやらモナ様は牛乳が不得手らしい。

——牛乳、美味しいのにな。

「それで、キャロルさんは何を使うんですか？」

壁に並べられた試し武器がずらりとある。

大剣、槍、メイス、鞭……鉄球まである。私は数々の並んだ武器を悩みながら見ていた。

「ええと、普段使っているのは弓矢です。でも手合わせには向きませんから……」

「確かに手合わせに飛び道具は向かないわね」

「ですのでモナ様、先にお選びください」

「あら、ありがとう！」

ただ気を遣って譲ったわけではない。

モナ様がどんな武器を使うか分かれば、対応できる武器を選びやすい。ついでにどんな風に戦うか、武器からなんとなく見当が付く。

よほど変な使い方でもしない限り、武器は決まった使い方しかしないのだから。

「そうねぇ……」

モナ様が探すように壁の武器を見る。目当てのものが見つかった瞬間、嬉しそうに髪を揺らして手を伸ばした。

「私はこれを使わせてもらうわ」

そう言って彼女が掴んだのは戦槌――柄の太さはもちろん、頭部分がどう考えてもモナ様が扱うには重量がありすぎる代物だった。

だが次の瞬間、目を疑う光景を見せられることになる。

モナ様は戦槌の柄を掴み、ひょい、と持ち構える。くるくると演舞用の槍でも扱うかのように、モナ様は戦槌を操った。

どう見てもおかしい状況に一瞬頭が混乱する。

だってモナ様の臂力（ひりょく）であの戦槌を持ち上げるなど不可能なはずだ。戦槌の頭はモナ様の体より大きい！

「モナはやっぱりそれか」

「だってお兄様、戦槌は私のアイデンティティーでしてよ」

オズウィン様とモナ様のやりとりに私は察した。竜骨かぶりはモナ様の操る戦槌で砕かれたに違いない。堅牢な甲殻を持つ竜骨かぶりは刃物で向かえばすぐ刃こぼれさせ、爆薬もある程度耐えてしまう。そんな竜骨かぶりに容赦なく戦槌を叩きつけ、その殻を砕いたのだろう。

哀れなり、竜骨かぶり。

「やっぱり武器は戦槌がいいわね！　さっ、キャロルさんも早く選んで！」

モナ様は自身の体重の三倍以上ありそうな鉄槌の重量など感じさせない。体の軸がずれていないのだ。

おそらくモナ様の魔法だろう。

でなければモナ様の体格であの戦槌を軽々と操ることなど出来ない。純粋な筋力であの動きをするならば、辺境伯であるジェイレン様くらいないとおかしい。そしてジェイレン様であってもあの重量であれば体の重心と軸の位置関係が変わってくるはずだ。

それが一切ない。その様子を見て私は考える。

棍棒(こんぼう)で互いに打ち合っても、あの戦槌相手では押し負ける。剣も簡単に折れる。槍で受け流すのも一歩間違えれば手を持っていかれてしまう。

——戦槌とまともにやり合えば骨が折れかねないし、推測したモナ様の魔法に最適なのは……

壁に並んだ武器に一つ一つ視線をやり、目を留める。

——多分だけれど、これが良いのではないだろうか？

私の中で導き出した最適解の元、それをしゃがんで手に取った。

「それではこれを」

「え、それ？」

「キャロル嬢、それは……」

私が手にしたのは武器ですらない。

武器が盗まれないよう留め置く、防犯用の鎖だった。

私が手にした鎖に、モナ様は不服そうな顔をした。一方オズウィン様は興味深げに私を見る。じゃらりと重たげな鉄の鎖を掴み、鍛錬所の中央にモナ様と一緒に進んだ。

重々しい特殊鋼の戦槌を担いだモナ様の重心と軸の位置は、相変わらず何も持っていないときと変わりがない。モナ様は片手で戦槌を私に向けて突き出す。

「キャロルさん、今なら別の武器を手に取ってもかまいませんよ？　私も流石に怪我はさせたくありません」

まるで一本の向日葵を差し出すかのように戦槌を向けている。

おそらくだがモナ様は「舐められている」「自分の方が絶対強い」と考えているのだろう。強さに関しては同感だが、舐めてなどいない。鉄槌を軽々用いるモナ様相手なら、おそらくこの鎖が最適解なのだ。

細かい傷のある鎖から鉄の匂いが鼻腔(びこう)に届く。少し手に汗をかいていたらしい。金臭さから自分の緊張に気付いた。

上位の貴族相手の手合わせなんて王都の魔法学園にいた頃だって偶にしか無かったから緊張している。しかも今回は成績など関係ない。

モナ様を納得させ、それでいて怪我など一切させてはならないのだ。

「いえ、このままでお願いします」

「……そう」

モナ様の声がワントーン低くなった。

目も据わっている。

これは怒らせたかもしれない……

不安に胸がざわめき、体の中が痙攣（けいれん）しているような状態でオズウィン様を見た。オズウィン様は審判の位置に立ち、私たちを振り返る。

「それでは俺が審判をしよう。両者、構え！」

オズウィン様が腕を振り上げ、モナ様と私に視線を向ける。

ピン、と張り詰めた緊張が走った。

「はじめ！」

オズウィン様の腕が振り下ろされたと同時に戦槌が振りかぶられる。もちろん受けなどしない。そんなことをすれば確実にマッシュポテトの仲間入りだ。

横に移動して戦槌を避ければ、見た目に相応しい重量で戦槌の頭がまっすぐ床に叩きつけられる。硬質なものが割れる音とともに、足下が揺れて衝撃が広がった。横目で戦槌の叩きつけられた場所を見れば当然のように床に大きなひびが入っている。

鍛錬所のような場所の床材はかなり頑丈なものを使っているはず。純粋な力で床材を破壊しようとするならば、ジェイレン様並みに筋力のある巨躯の男がそれこそ頑丈なハンマーを使ってようやく割ることが叶うくらいだ。

それがあんなビスケットを叩いたようにひびを入れるなんて……どれだけの力があの一撃に込められていたのか！

鼓動が耳元で聞こえると同時に喉の奥が締め付けられるような感覚になった。

うう、建物を壊すのは止めてほしい……！

「次行きますよ！」

モナ様は戦槌を再び振り上げて、今度は斜めに振り下ろしてきた。それも回避するが、今度は頭が床に叩きつけられない。

次の動作を想像し、嫌な予感にうなじの産毛が逆立った。

「ほらぁっ！」

モナ様は踵（かかと）を軸にして戦槌を振り回し、流れるように攻撃を繰り出してきた。ただ振り回しているだけではない。ときおりフェイントに蹴りを交ぜることはもちろん、柄部分を片手持ちにして遠心力で間合いを伸ばしてくるのだ。

なんと凶悪。

かすめるだけでかなり痛手を負うことがわかる。あまりにも強力で凶暴なモナ様の戦い方をしっかりと見定めた。

まず間違いなくモナ様の魔法は重量、もしくは重力を操るものだろう。本来あんな小柄であの戦槌を片手で持てるわけがない。体の軸と重心がずれないこともその証明である。そして魔法の有効範囲は広いものではなく、自分の持った物、触れた物にしか適用できないはずだ。

もし触れずに魔法の効果を持たせることが出来るなら、私自身の重量を増やすか、かかる重力を増やすことで動きを奪っているだろう。もしくは逆に軽くしてバランス感覚を奪っているはずだ。

多分！

「避けてばかりでは話になりませんよ！」

打ち合いを望むモナ様の攻撃を転がりながら回避する。

戦槌をまともに受けるなど、魔法無しであっても愚策中の愚策なのだから避ける以外にないですよ！

私はモナ様の攻撃パターンをしっかり見つつ、待つ。

「せいっ！」

モナ様は振り回していた戦槌をまっすぐに突き出して来た。

——来た！

突き出された戦槌を回避し、鎖を巻き付ける。鎖は当たれば鞭以上に強烈な攻撃になるが、モナ様相手にそんなことはしない。むしろしてたまるか。私は自分と家族の命が惜しい。

鎖と私の体から一瞬重さが失われた感覚に襲われる。やはり重力を操る魔法らしい。モナ様は私が魔法の正体に気付いたことにハッとした。私は軽くなった体でモナ様の頭上を回転しながら飛び越える。追撃をしようとするモナ様は戦槌を強く握り、振り返ろうとするが——

「熱ッ!?」

モナ様は私の魔法で熱せられた戦槌から手を離す。すかさず私は鉄鎖を両手でピンと張るようにしてモナ様の喉ギリギリまで近づけた。

「動かないでください。熱いですよ」

柄の部分も金属でできている戦槌で良かった。でなければ熱した鎖を巻き付けられた柄が焼けて折れていただろう。

音が消え、モナ様が息を呑む音がこちらまで届いた。あと少し両手を前に出せば焼けるほど熱い鎖がモナ様の細い喉に当たる。ついでに言えば耐性はあるが高温の鎖を持っている私もそれなりに熱い。

――お願いですからこれで終わってください。これ以上続けさせないでください……！

眉間に力がこもった状態で、モナ様と視線がぶつかる。まばたきもせず、下唇を噛みながら息も動きも止めていた。

必死な願いが通じたのか、モナ様がゆっくりと両手を上げた。

「……降参するわ」

モナ様が「降参」と口にしたのを確認したオズウィン様が動いた。手を振り上げ叫ぶ。

「この勝負、キャロル嬢の勝ち！」

オズウィン様の声に、私は体の緊張を解く。深く息を吸い込み、吐き出す。ああ、上手くいって良かった……

以前、武器以外のものを使って狩りが出来ないかと調べていたとき、遙か遠い地で生まれたという鉄鎖術を知った。

「上手くやれば猪や鹿退治に使えるのでは？」とひらめいた私は試行錯誤して標的に鎖を上手く巻き付ける術を身につけることができた。しかし鉄鎖術は狩りの場でお披露目されることはなかった。それは鉄鎖術には大きな大きな欠点があったからだ。

鎖が長くなればなるほど重いという点。一本鞭と同じ長さにしようとすれば、私の力では持ち歩くのも難儀する。それでいて細すぎる鎖では威力が出ない。

そんなわけで日の目を見なかった鉄鎖術。しばらくやっていなかったが、周りを破壊せずなおかつモナ様の能力を考慮して無傷で無力化出来たのは重畳である。いつもより上手く魔法展開もできた気がする。じわりと濡れた額を擦り、モナ様に頭を下げた。

「手合わせ、誠にありがとうございました。一撃でも喰らっていたら私は確実に負けていました」

一応のフォローも入れたつもりだが、反応はどうだろう……？　いや、実際かすりでもしたら確実に腕の一本は持って行かれていただろうし。恐ろしい相手だった……

背筋にぞわりと寒気を感じながらそろりと顔を上げると、目を輝かせるモナ様と視線が合った。

それはもう、爛々としてちょっとつり上がった目が全開していて、正直……少し怖い。ほんの少し。

「すごいわキャロルさん！　いえ、お義姉様！」

モナ様の「お義姉様」発言に、私は目を丸くした。モナ様はぴょんぴょんと跳ねながら興奮気味に私に詰め寄る。

「始めは鎖なんてふざけているのかと思ったけど、あんな使い方をするのね！　それに私お義姉様の魔法は冷やすだけだと思っていたわ！　思い込みはいけないことね！　お強いわお義姉様!!」

「きょ、恐縮です、モナ様……」

「嫌だわ様付けなんて！『モナ』って呼んでくださいお義姉様！」

腕に抱きつかれ、きゃあきゃあとじゃれつくモナ様にどうして良いかわからず、オズウィン様を見る。オズウィン様は小動物の戯れを見ているような、微笑ましいものを見る顔をしているではないか。

「すごいなキャロル嬢。モナが辺境以外の人間に懐くのはあまりないんだ」

「お兄様！　私お義姉様が我が家にお嫁に来るの大賛成だわ！」

興奮気味なモナ様と微笑むオズウィン様。そして私はこれが良かったのか悪かったのか、よくわからずにいた。

とりあえずアレクサンダー家の不興は買わなかったと思うので、お父様が卒倒する事態は避けられたと思う――たぶん。


これはデートだったんです。そう、デートだったんです！

「それではお義姉様！　近いうちに遊びに来てくださいませ！」

「は、はい……」

服を着替え、手を目一杯振って付き人とともに去って行くモナ様。背後では付き人たちが大層厳つい戦槌を三人がかりで運んでいた。えっちらおっちら運んでいる付き人に、モナ様が「もう！自分で持つって言ってるじゃない！」とプリプリしているのが聞こえた。

私はモナ様の姿が見えなくなるまで手を振る。

——ちびるかと思った……

正直なところを言うと、あんな戦槌を振り回されてそれを避けるなんて恐ろしくてならなかった。肺や胸が痛くなるくらい怖かった。

普段なるべく遠距離から安全に動物も魔獣も狩っているわけだし、学園で使用する武器にあんな大きい物はない。かすっただけで持って行かれるのは想像に難くなかった。

推測になるが辺境の人々にとってあの程度は「じゃれ合い」に過ぎないのかもしれない。それを否定する気はないし、できもしないのでいろんな感情を飲み込んだ。

しかしこんな洗礼が続くなら、辺境へ嫁ぐのも気が重くなる。家同士、というか上級貴族からの申し出で決まった婚約なので私の個人的感情は不要であるのだけれど。

私は酷く疲れたような感覚を覚えながら、小さく息を吐いた。

「ふぅ……」

「妹の我が儘に付き合わせてしまったこと、本当に申し訳ない」

モナ様の勢いですっかり私の意識の外にいたオズウィン様の声に体が反応した。

彼の声で私はビクン！　と垂直に跳ね上がる。慌てて振り返ると神妙な顔で頭を下げてくるオズウィン様がいた。

「いえ！　モナ様もおっしゃっていたように私が辺境でやっていけるか心配だったのでしょう！　お気になさらず!!」

両手をぶんぶんと振り、オズウィン様の顔を上げさせる。「お気になさらず」という言葉に少しほっとしたように表情を緩めた。

辺境伯令息ともあろうお方に何度も頭を下げさせるとか、心臓に悪いので勘弁してほしい。こちとら男爵家の娘ですよ？　胸からお腹にかけてぎゅぅ、と圧迫感を覚える程度に居心地が悪い。

慌てふためく私の内心に気付いているのかいないのか——多分気付いていないが——オズウィン様は話題を先程の手合わせに移す。

「しかしキャロル嬢、君はすごいな。冷却だけでなく加熱もできるのか。それを戦いの中であいう風に使うなんて興味深い」

大層感心した顔でオズウィン様が私を見てくる。私は褒められた気恥ずかしさで動揺して、先程までの気塞ぎが吹き飛んでしまった。

戦いの中で魔法の使い方を褒められるのは純粋に嬉しい。

「えっ、あ！　あの！　鉄鎖があったので！　剣も長物もまず敵わないと思いましたので！　私の魔法は直接か間接か繋がらないと効果がないので！」

我ながら下手くそな説明の返答をしていたと思う。それでもオズウィン様はモナ様と同じように、目を爛々とさせていた。

「熱を操る魔法は物流や調理、衛生管理と汎用性が高いが、戦いに取り入れられるほどの人物は見かけたことがないから良い経験になったよ」

この方は根っからの戦闘民族らしい。本当に頭辺境……

学園にいた頃、派手さもない地味な魔法故に、炎を操ったり水や雷を操ったりする方々と比べて私の魔法が注目されることも重宝されることもなかった。

「キャロルさんがいるとお茶が冷めないし氷菓が解けることも無くて良いわ」と言われた思い出くらいしかない気がする。メアリお姉様みたいに空が飛べる方が学園時代、自己肯定感も高くなっていたと思う。

それを辺境で戦うオズウィン様に褒められるのは、少しくすぐったかった。モナ様の勢いに押されて動揺が勝っていたが、認めてくれたことが今更ながら頬を熱くする。

気持ちが舞い上がりそうで、両手で頬が緩まないように押さえ込んだ。

「手合わせをして喉が渇いたろう？　この近くに果実水が飲めるところがあるんだ」

オズウィン様がまぶしい笑みを浮かべ、通りを指さす。指摘されて喉の渇きを自覚した。そういえば加熱を使ったせいで体温が上がり、余計に喉が渇いて突っ張るような痛さを感じている。

「はい。お気遣いありがとうございます」

このときは自然と笑みが浮かびオズウィン様と視線がぶつかった。オズウィン様は目を見開いて一拍後、そっぽを向いてしまい、私は気まずくなった。

オズウィン様の頬が赤い気がしたが、多分見間違いだ。

オズウィン様と武器屋を後にし、通りに出る。午後の一番暖かい時間帯のため、まだまだ通りは賑やかで、目的の果実水を売る店は繁盛していた。

店のすぐ側にいるわけではないのに、果実の甘い香りが鼻腔に届く。熟した果実をその場で搾ったり潰したりしているらしい。

「ここのはどれも美味しいのだけれど、体を動かした後は実芭蕉（ばなな）と牛乳か甘橙（おれんじ）のジュースが良いと思う。キャロル嬢は何が良い？」

運動後には実芭蕉や牛乳はいい。体を回復させ、疲れを取るのに甘橙もいい。少し悩んでから私は甘橙を頼んだ。

柑橘系の甘酸っぱさを口が求めたからだ。

お金を払おうとバッグから財布を出そうとすると、オズウィン様がさっと手で制してきた。

「婚約を申し込んだ俺が払わせてしまったら父上に殴り飛ばされてしまう」

オズウィン様は笑っていたが、私が笑えない。

「辺境の守人」たるジェイレン様に、殴られて錐揉（きりも）みしながら飛んで行くオズウィン様が簡単に思い浮かんだ。そんなことになったら、私は申し訳なさでしばらく眠れないと思う。

「甘橙をふたつ頼む」

「はい、少々お待ちください！」

店員が注文を受けてすぐ、甘橙を半分に切る。そして搾り器で搾ってくれた。甘さの中に酸味を含んだ爽やかな香りが目の前で広がる。濃厚な甘橙の果汁百パーセントのフレッシュジュースだ。

店員はそこに大小様々な氷をいれる。

なるほど。ここは氷魔法が使える人物がいるらしい。惜しげも無く入れられた透明な氷入りのジュースを渡してくれる。

「お待ちどうさまです！」

「キャロル嬢の分だ」

「ありがとうございます」

甘橙のジュースのうちひとつをオズウィン様に手渡され、一口啜る。とても甘いのに舌に残らないすっきりとした味、それでいてアクセントになる酸味。激しい運動をした後の体に染みこむような冷たい心地よさがたまらない。

思わず喉を鳴らしながら二口飲んでしまう。

「おいしい……」

「そうだろう？　キャロル嬢は本当に美味しそうに飲み食いしてくれて気持ちが良いなぁ」

笑顔のオズウィン様の言葉に、少し恥ずかしくなりながら耳の後ろを掻く。

人に見せる食事姿は貴族としてはマナーや品といったもの、自身を値踏みされる行為でもある。値踏みでなく、純粋に「気持ちが良い」と評されるとどう反応していいかわからなくなる。

同じように甘橙のジュースを飲むオズウィン様を盗み見ていた私はハッとした。

——デートらしいことをしていない……！

正直あまり気取らなくて済む内容だったのでうっかりしていた。しかしそれなりにデートらしいことができなかった場合、オズウィン様がジェイレン様にお叱りを受けるのでは⁉　エスコートできなかったということで！

日が傾くまでまだ時間がある。私は必死に思考を巡らせた。

雲の量はほどよく、ほぼ無風！

季節的にこのあとも気温は下がらず寒くなったりはしない！

そして花や植物も見頃の時季‼

私は祈るような気持ちでオズウィン様に提案した。

「あの！　オズウィン様、少し歩きましょう！」

「でもキャロル嬢、疲れてはいないのか？」

気遣ってくれることは嬉しいけれど今はそれどころじゃない！　少し強引にでも進めなければ‼

「少し落ち着いた場所で話したいですし、よろしければ景色の良いところへ連れて行っていただけませんか？」

私の言葉にオズウィン様は少し考え、にっこりと笑みを返してくれた。

「それじゃあ、丘まで歩こうか」

よしッ‼　私は心の中で拳を強く握った。

それから飲み物を飲みながら歩くという、少しはしたないことをしながら私たちは小高い丘にたどり着いた。

ちょうど赤く染まった雲と青空のグラデーションで美しい夕焼けができていた。丘にはやわらかな若葉を生やす木々や、野の小さな花が咲いている。胸が一杯になり私が感嘆した声をもらすと、オズウィン様は嬉しそうに頬を緩めた。

夕焼けを一番きれいに眺められる位置に、平らな大きな岩があり、そこにオズウィン様は自分の上着をひいてくださった。

遠慮がちに腰掛けると、隣にオズウィン様も座る。もちろん、婚約したばかりの男女として適切な距離をとった上で。

「良い眺めだな。とても気持ちが良い」

「そうですね。もう少ししたら、また違う花が咲いているでしょうね」

丘は静かで、赤く染まった夕焼けの空に夜の気配はまだない。やわらかい野花の香りは心を落ち着かせてくれる。

優しい風を受け、夕焼けに染まる街並みを眺めながらオズウィン様は私に尋ねてきた。

「キャロル嬢。君に何か贈らせてほしいのだが、何が欲しい？」

オズウィン様はうずうずと尻尾を振って飼い主を見つめる犬のように私を見つめてくる。

贈り物と突然言われて私は少し悩んだ。しかし婚約者として贈り物をするとか、そういったことは家同士のためにあった方が良い。円滑な交流があることは両家にとって望ましいからだ。

かといって私は宝石やドレスを贈られても持て余してしまいそうな気がする。

私はしばらく考え、オズウィン様も善し悪しが絶対わかるであろう物が浮かんだ。

「では、解体道具を」

「解体道具？」

オズウィン様もお菓子や花辺りを求められると考えていたのだろう。流石に目を見開いていた。

ははは、と気恥ずかしくなり、頬をかきながら私は語った。

「狩りに行くのが好きなんです。ニューベリーの領地ではよく狩人に教わりながら狩猟から解体までやっていました」

そういえば「珍味堂」で少しばかり触れたな、と思いながらオズウィン様を見た。

ほう、とオズウィン様は興味深げに私の話に耳を傾ける。

実を言えばメアリお姉様の小言が嫌で、逃げ出すための理由付けが始まりだった。

今では馬で駆ることも、弓を引くことも自分の心身を鍛えるためには良いことだったと思っている。

何より命を奪い、自分の糧にするという点で、私は一層獲物に対して敬意を示せるようになった。

まあ、魔獣は災害的な認識もあったので食べてはいなかったけれども……。

「なので解体用のナイフが欲しいです」

特に骨すきナイフはなかなか消耗が激しい。オズウィン様は武器には詳しいようだし、ナイフを選ぶのも上手いだろう。

慣れない人が異性のアクセサリーを選ぶと悲惨な結果になる、とよくメアリお姉様やお母様が言っていたし……。

オズウィン様をちらと見ると彼は目を細めて笑った。

「ああ、任せてくれ。良いものをプレゼントしよう」

そう、楽しそうに胸に手を当てて微笑んでいる。

私はほっとすると同時に、狩猟趣味について語れることを喜んだ。きっと普通の御令嬢はこんな話はしないのだろう。自分の素の部分を出して話すのは本当に久しぶりだった。

「それでは、次は一緒に狩りに行こうか？　キャロル嬢との狩りは楽しそうだ」

夕日の中でそう言うオズウィン様に、ほんの少しだけ自分が今彼と対等であるような気がした。

ただそれは王家と並ぶアレクサンダー家の人間に抱いて良い感情ではない。

私はあくまで男爵家の娘。

そこをわきまえておかねばならない。それが身分というものだ。

おべっかとも本音とも思えるような言葉が口からこぼれた。オズウィン様がこの返答で気分を良くしてくれることを願う気持ちが八で、本当に楽しみなのが二くらい。

「ええ、楽しみです」

オズウィン様は夜の気配が近付いた空を見て、腰を上げた。

「日が大分落ちてきたな。そろそろ帰ろう」

手を差し伸べられ、自然にオズウィン様の手を取る。敷いていただいた上着を軽く払い、オズウィン様に渡すと礼を言われた。

なんだかんだ今日のデート――と言って良いかわからないが――は正直、悪くなかった。私にはまだ辺境の常識と感覚がわからないが、少なくとも邪険にされたわけではないと思えた。いきなりモナ様と手合わせしたことはどうかとは思ったけれども。

オズウィン様の婚約者となるなら腹を据えよう。お姉様は婿取りをしなくてはいけなくなる。それが気がかりだけれど、私ではどうしようもない。

身分差も文化的違いも。

私にはどうしようもない。

ニューベリー家が栄えるのならそれもかまわない。ずっと私が継ぐと思っていたニューベリー領から離れるのは寂しいけれど。

「クセを知りたいから、少し手を見せてもらっても?」

帰りの馬車の中でそう言われ、一瞬躊躇ってからそろそろと手を出す。

右手の平を見せるように差し出すとオズウィン様は手の甲から支えるように添えた。オズウィン様がじっと見つめる私の手は、弓を引くし刃物も扱うのでところどころ肉刺(まめ)がある。

爪も深爪一歩手前に短く保っていた。とてもではないが令嬢らしい綺麗な手ではない。

少し恥ずかしい。

「いい手だ。日々鍛錬していて、ずっと試行錯誤しているだろう?」

当たっている。

多種多様な武器を使い、自分の魔法を活かせる方法はないか、強くする方法がないか悩んでいた。

ぎゅっと握られたオズウィン様の手は、私の手とは比べ物にならないほど肉刺だらけだ。私の手を、私自身を受け入れてくれるような言葉に、顔が熱くなるほど嬉しくなった。

先程までこの婚約に乗り気でなかったというのに、私自身の努力を褒められるとつい舞い上がってしまう。

「好みはあるかな?」

「えっと、握りの部分が木製のものが好きです。エボニーとかアイアンウッドのものとか……」

「なるほど。エボニーにアイアンウッド。硬質木材だな。わかった。手の大きさを見ても?」

「はい」

オズウィン様と手を合わせると、その大きさに驚いた。オズウィン様の第一関節と第二関節の半ばくらいに私の指先が来る。大きい大きいとは思っていたが、こんなに大きいとは、と妙にドキドキしてしまった。

「それと、俺の指を全力で握ってもらって良いか? 握力を知りたい」

「え、とじゃあ……ふんっ!」

とりあえず一瞬、全力で力を込める。ここで変に手加減すると逆に良くない気がしたからだ。剣も扱うし、弓も扱う。そんな私の全力に痛がることもなくオズウィン様は楽しそうに私を見る。

なんともくすぐったい空気の中、私たちは帰路についていた。

タウンハウスにたどり着く頃、別の馬車がもう一台停まっているのが目に入る。見覚えのある馬車だ。

「あれは……」

「ペッパーデー子爵の馬車だな」

今朝メアリお姉様と出かけた御令嬢の家のものだ、と思い出す。どうやら帰宅の時間が被ったらしい。

オズウィン様にエスコートされながら玄関に向かうと、そこにはメアリお姉様と黒髪のすらりとした女性がいた。

作り物めいた美しさの女性だった。名工の精霊像が体温を持ったらこうなるだろうというような完璧な造形をしている。

メアリお姉様が私とオズウィン様に気付くと、美しいお辞儀をする。黒髪の女性も美しすぎて機械仕掛けかと疑いたくなるようなお辞儀をして見せた。

「こんばんは、アレクサンダー様。ご挨拶が遅れました、姉のメアリ・ニューベリーでございます。この度は妹キャロルと貴重なご縁をいただき、ありがとうございます」

メアリお姉様はハープでも奏でるかのように、なめらかで優しい声でオズウィン様に挨拶をする。隣の女性も、艶やかな黒髪をさらりと流し挨拶をした。

「こんばんは、アレクサンダー様。この度はご婚約おめでとうございます。わたくし、イザベラ・ペッパーデーでございます。このような姿でお目見えになりますご無礼、どうぞお許しください」

イザベラ様は少しばかりひんやりと感じる、抑揚の少ない声だが流れるような口上だ。髪の隙間から見えるパーツだけで陶器人形のような整い方であるのが見て取れた。

その立ち姿には香り立つような色気がある。

「ありがとう。でもあまりかしこまらないでくれ。今日私はキャロル嬢を送りに来ただけだから」

そう言って、オズウィン様はふたりに顔を上げさせた。威圧感を発さず、偉そうにするでもなく穏やかな声のオズウィン様は物腰柔らかだ。

「それではおやすみ、キャロル嬢。ふたりもいい夜を」

「はい、ありがとうございました」

私は頭を下げ、メアリお姉様とイザベラ様も併せてお辞儀をしてオズウィン様を見送った。しばらくして馬車が遠ざかったのを音で確認してから私たちは頭を上げる。

メアリお姉様は私を見た。

「おかえりなさいキャロル。こちら、今朝話をしたイザベラよ」

「初めまして。イザベラです」

イザベラ様はすらりと背が高く、黒い髪も青みがかっていてとても美しい。差し出してきた指も長く、爪も桃色の珊瑚（さんご）を磨いたように整っていた。

狩りばかりしている私とは大違いの手だった。すらりとした指には、傷もなければ肉刺もない。一流の彫刻家が生み出した芸術品のごとき手である。オズウィン様に褒められて浮かれていた気分が一気にしぼんだ。

「初めまして、キャロルです。いつも姉がお世話になっております」

「いいえ、貴女のお姉さんにはわたくしがいつもお世話になっていますわ」

握手をするとついイザベラ様に見入ってしまった。細められた目はまるで海を閉じ込めたような深さを持つ。その仕草の艶っぽさと相まってとろみのある甘い香りがイザベラ様のミステリアスな雰囲気を一層際立たせた。

彼女の瞳を見ると、尾てい骨の辺りからうなじにかけてぞわぞわと妙な感覚に陥る。見透かされているというかなんというか……

居心地の悪さのようなものを、彼女の眼差しから感じ取ってしまう。

「ねえキャロル、明日は私たちと出かけない？」

唐突にメアリお姉様に提案されて、私は身構えた。お姉様に誘われるというのは久しく無かった。それにこう誘われるとあれこれ言われるのではないかと腹部に力が入ってしまう。しかしメアリお姉様は一応私のことを考えて――言葉を選んでくれないこともあるけれど――くれていると頭では理解していた。

「キャロルの婚約が決まったのだもの、色々話しておかなきゃいけないと思って」

メアリお姉様の笑顔は吹っ切れたような、そんな表情だった。今朝とは大違いである。

それに乗るように、イザベラ様も言葉を継いだ。

「今日は甘い物を山ほど食べながらたくさん愚痴を言ったものね」

「もう、やめてよイザベラ……」

メアリお姉様のお腹をつん、とつつくイザベラ様と恥ずかしがるメアリお姉様。友人同士にしては妙に近い距離に感じられるのは気のせいだろうか？

「キャロルさん、辺境伯の御子息相手では心配事も多いでしょう？　少しは相談に乗れると思うの。どうかしら？」

今までメアリお姉様ときちんと話してこなかった後ろめたさも相まって、断るという選択肢が頭に浮かばなかった。

「それでは、明日ご一緒させていただきます……」

私はイザベラ様に深々と頭を下げ、明日の予定を決めた。

「楽しみだわ、キャロルさん」

イザベラ様の目に見られ、うなじの産毛が逆立ったような気がした。多分、気のせいじゃない。

挿話　メアリ・ニューベリーには素敵なともだちがいる。

メアリ・ニューベリーはパーティーでオズウィン・アレクサンダーを見たとき、『有罪機構』の挿絵として描かれていた辺境伯サルフィンとよく似ていると思った。現実にいたらこんな感じだろう、と思えるくらい素敵な印象を彼に受けた。

ちなみにサルフィンは『有罪機構』の登場人物のうち、メアリの好きなキャラクター上位五指に入るキャラクターだったりする。

そしてそんなオズウィンが己の妹であるキャロル・ニューベリーに婚約を申し込んだことに対しメアリはずっとふてくされていた。

王家と公爵家合同のパーティーと聞いていたから、てっきり第二王子のエドワードと公爵家御子息ニコラの花嫁探しかと思っていた。メアリ同様、あの場にいた御令嬢たちはほとんどそう思い込んでいたに違いない。

それがなんとオズウィンの婚約者探しのパーティーだったのだ！

王都と並ぶ、場合によっては王都より重要視される辺境を守護するアレクサンダー家子息のオズウィン。『有罪機構』を現実に重ねて、憧れるメアリの中で「王子様」認定するうちの一人である。

それがまさかキャロルに婚約を申し込むとは思わなかった。

キャロルは魔獣を狩るほど強く逞しい。そんなキャロルが突然現れた魔獣を華麗に倒し、オズウィンの婚約者の座を射止めたのは自明の理ではある。

それでもキャロルが羨ましかった。頭では納得しても嫉妬心は燻(くすぶ)っている。今朝なんてキャロルに八つ当たりをしてしまった。自己嫌悪と嫉妬と後ろめたさと……色んなものが混ざり合った感情が、メアリの胸の中に渦巻いていた。

「メアリ、そんなに顔を膨れさせてちゃ美味しいケーキも食べられないいんじゃゃなくて？」

目の前に座るイザベラが、フォークを握ったまま黙りこくっているメアリに優しく話しかける。

少し間を開けたのちメアリはケーキを少しつついて、小さく切って口に運び出した。

「妹さんがオズウィン様に婚約を申し込まれたのがそんなに羨ましい？」

「羨ましいわよ！」

すらりとした指を組み視線を流すイザベラに、メアリは少しだけ声を張り上げた。しかし自分は淑女。外ではしたないことはしないのだ、と声のトーンを抑えた。

「だってサルフィンみたいな王子様のオズウィン様よ？　わたし、サルフィン結構好きなのに……」

「メアリも好きね、『有罪機構』」

イザベラの言葉にメアリはぱっと目を輝かせる。その表情は夢見る少女その者だった。

「だってサルフィンってカッコいいのよ！　軍人格闘術の使い手で、ばっさばっさと敵を倒すの！　それでいて愛するマルマに対しては優しくて、でも背中を預け合うくらい深く信じ合っているのよ！　最高じゃない！」

興奮気味のメアリに対し、イザベラは静かに笑みを浮かべている。指先を動かし、ティーカップの縁をなぞった。

「お立場はとても近いけどね」

「小説そっくりな現実の殿方なんてそうそういないってわかっているもの。それくらい理解しているわ」

「そうよね、メアリはとても賢いもの」

頬をつん、とつついてくるイザベラにメアリは頬を膨らます。イザベラの甘ったるい眼差しに、メアリは唇を尖らせてお茶を口にした。

「『有罪機構』の王子様たちみたいな人と結婚したくて頑張っていたけど、そろそろ諦めるべきなのかしら……」

「……」

しょんぼりと顔を伏せるメアリに、イザベラは手を伸ばす。ふわふわの髪を指でかき上げ、耳にかけてやった。その顔をくい、と持ち上げ、慈愛に満ちた眼差しで見つめる。

「大丈夫よ、メアリ。きっと素敵な『王子様』と結婚できるわ。それこそ『有罪機構』の登場人物みたいに」

「本当？　そう思う？」

先程までしょげていたメアリに、イザベラは唇を弧にして笑顔になった。

「ええ、絶対できるわ。メアリならきっと。『王子様』と結婚が、ね。きっと私が叶えてあげる」

「イザベラったら、貴女の方が王子様みたいよ？」

クスクスとくすぐったげに笑うメアリを、イザベラは目を細めて見つめるのだった。

イザベラとのやりとりですっかり機嫌を直したメアリは、ケーキを綺麗に食べ、料金を多めに払って店を後にした。イザベラの見立てでアクセサリーを選び、色違いの揃いのリボンを買う。

「メアリ、可愛いわよ。そのリボン、よく似合っているわ」

「イザベラも素敵よ。フフ、おそろいなんてわたしたち秘密の恋人同士みたい」

悪戯っぽく笑うメアリの頬を、イザベラはちょんとつまむ。

「駄目よメアリ。そんな愛らしいことを言ってしまうと、貴女をお嫁にやりたくなくなっちゃう」

「正直なところ、イザベラが男の人だったら結婚したいと思うわ」

一瞬イザベラの表情が引きつったようだった。しかし瞬きのようなほんのわずかな時間だったため、メアリは気付かない。

「……そういうことを言っちゃうはしたないコはこうしちゃうわよ？」

イザベラはメアリの脇腹に手を伸ばし、こちょこちょとくすぐりだした。

「きゃぁっ！　い、いざべらってば！　くすぐったい！　やめて！」

散々くすぐられ、脇腹が引きつくほど笑ったあと、メアリはすっきりした表情になっていた。その表情はふんぎりがついたと言わんばかりにすっきりした様子である。

「キャロルには酷いことを言ってしまったわ。わたしはお姉様なのにね。あの子、身分が高い相手には口をつぐみがちだから心配よ」

イザベラはメアリを見つめていた。

「……メアリは本当に優しいのね」

挿話　ジェイレン・アレクサンダーの鉄拳。

ジェイレンは今回の王家・公爵家合同のパーティーで、息子であるオズウィンの婚約者が見付けられたことに大層喜んでいた。

オズウィンの婚姻はアレクサンダー家とは親戚関係に無く、また権力をあまり持たない家の令嬢であることが条件だった。かつ、魔獣と戦える、もしくは対魔獣のサポートができる程度の魔法や素質があればなお良い。

故に今回のパーティーは昼の部で魔獣に対する忌避感や恐怖心を観察し、夜の部ではオズウィン自身との相性を見ようとしていた。ガーデンパーティーでは万一のことも想定し、ジェイレンは衛兵として紛れ込んでいた。国王のとなりにはジェイレンの姉であるアイリーンもいたし、他にもアレクサンダー家のものが暴動や魔獣の暴走に備えて紛れていたので、万にひとつもあり得なかった。

それが古木女の暴走――しかも普段なら即座に反応できるアレクサンダー家の者が何故か後手に回っていた。弱った古木女程度、と甘く見た怠慢とも考えたが、話を聞けばおかしな点がいくつかあった。なんでも「古木女を攻撃してはならないと思った」と口を揃えて言っていたとのこと。

調べたところ痕跡は少ないが彼らには魔法がかけられていたようだった。衛兵や給仕に姿を変えて潜んでいたエドワード、ニコラ、そしてオズウィンの三人とジェイレン以外全員である。このことについては城でエドワードが筆頭となり捜査が続けられていた。

そのアレクサンダー家が後手に回った中で迷いなく古木女を倒した者がいた。

「まさか刈り込み鋏で魔獣を倒す令嬢が現れるとは」

キャロル・ニューベリー。ニューベリー男爵の次女である。

年は十八。姉のメアリ・ニューベリーと異なり社交界にあまり顔を出さないらしく、オズウィンが彼女を直接見たのは今回が初めてだった――魔法学園では同級であったはずだが、オズウィンのことだ。子女との交流はほぼ無かったと思われる。

キャロルの即座の判断と行動に、ジェイレンは感嘆していた。彼女の魔法は熱を操るものだというが、ああも見事に戦いに使ってくるとは。

胆力もある。そして技術もある。魔法は戦闘以外にも汎用性が高い。

十分すぎた。

臣下や辺境の有力者から次期辺境伯の妻を娶れば「アレクサンダー家が権力と利権を独占している」と批難があがる。かといって上級貴族相手ではアレクサンダー家の力が大きくなりすぎる。

そのためキャロルの父親の爵位が男爵であることが、逆に都合が良かった。しかも息子と同い年。下級貴族であることは、アレクサンダー家が権力争いをする気がないという意思表示にもなる。

なんたる幸運。

ニューベリー男爵には感謝し、ジェイレンはできる限りの援助をしようと考えていた。

「ただいま戻りました、父上」

「おお、帰ったかオズウィン」

帰宅したオズウィンにジェイレンは手招きをする。ちょうどそのタイミングでモナも自室から出てきた。

「どうだ。ニューベリー家の御令嬢との一日は」

「はい、とても充実しておりました！」

オズウィンの満面の笑みに、ジェイレンは顎を撫でた。辺境でも学園でも、御令嬢どころか女性と交流をしているとは聞かなかった息子である。

それがこんなに楽しそうに話すとは、今回の婚約は良いものになったようだと笑みを浮かべる。

そして何故かモナも頬を紅潮させて笑っていた。

「そうかそうか。キャロル嬢と良い関係を築けそうならそれは重畳だ」

「はい、明日彼女への贈り物を見繕いに行ってこようと思います」

「あっ！　なら私も一緒に行きます！」

「モナ、キャロル嬢と会ったのか？」

「ええ！　今日出かけたときに偶然！　素敵な方だったわ！」

オズウィンだけでなくモナが積極的なことを言い出す。娘の発言に少々驚いた。辺境外に友人をなかなか作らないモナが懐くとは珍しいことだ。

この様子なら我が家に嫁いでもキャロルは上手くやれるだろう。

重畳重畳、とジェイレンは大きく頷いた。

「ちなみにどこへ行ったんだ？」

息子の初デートである。少し気になって尋ねてみた。

ジェイレンはメイドに淹れさせたハーブティーを、その体の大きさに合わないティーカップで飲む。やわらかな酸味のある赤いそれは、ここ数日のもてなし尽くしの胃をいたわった。

「はい、『珍味堂』と『荒々しき狩人』に行った後、果実水を購入して丘で夕日を眺めました！」

ブッ！　とジェイレンはハーブティーを噴き出す。周囲に酸っぱい香りが広がり、口元を汚したがそれどころではない。

　どう考えてもまだそこまで親しくなっていない、しかも御令嬢を連れて行く場所ではない。咽せたのかとジェイレンを少し心配するも、息子はまた楽しそうに話を続ける。

「角鴨の肉を食べてから、キャロル嬢が普段使っている武器を知りたくて『荒々しき狩人』に連れて行ったのです」

　ジェイレンはカッと目を見開く。ほんの一瞬、ジェイレンは呼吸が止まる。普通の令嬢にいきなり魔獣を食べさせたという息子の行動に言葉を失ったのだ。

　辺境以外で魔獣は食肉としてあまり使われない。魔獣肉自体は辺境の貴重な栄養源であり、まだ研究が必要ではあるが魔法の強化に繋がる素晴らしい食材なのである。しかし忌避感を覚えたり、なんとなく怖い、気味が悪いと感じる人間が多いというのが現状だ。

　――それを初デートで食べさせるか⁉

　ジェイレンは若かりし頃の自分の失敗を思い出して腹部を押さえた。当時の恥ずかしさと痛ましさに胃の辺りを握られるような圧迫感と呼吸のしづらさを覚えた。

「すごいのよお父様！　お義姉様ってば鎖を武器にして私に勝ったのよ！」

「なに？」

　興奮気味にモナが身を乗り出してきた。聞き捨てならない言葉に眉を上げる。しかしモナはジェイレンの反応に気付かず、うっとりとしながらしゃべり続けた。

「私も武器を見たくて『荒々しき狩人』に行ったのです。そしたら偶然お兄様とお義姉様がいらっしゃって！　どれぐらい強いか、今後のために知っておいた方がお兄様のためにもお義姉様のためにも良いと思ったのです！　親睦もかねて手合わせをしたの！」

「ガーデンパーティーの際、キャロル嬢の魔法や立ち回りは一目見ただけで素晴らしいとわかっていました。モナほどの相手であっても渡り合えると思ったのです。せっかくだったので辺境流ではありますが親睦を深めてもらおうと思い手合わせをお願いしたのですよ」

「お義姉様はなんと武器に鉄鎖を選んだのです！　しかも私を完封したのよ！　すごすぎるわ！あの人がお嫁に来るなら私、大賛成よ！」

興奮気味に手合わせの時のキャロルについて語るオズウィンとモナ。

鉄鎖術など初めて見ただの、モナの魔法を利用して宙返りしただの……ふたりは実に嬉しそうに話している。

しかしジェイレンは肩をブルブルと震わせていた。

「このッ、馬鹿者がーッ!!」

怒号とともにオズウィンに向かってジェイレンが拳を振り上げる。ジェイレンの岩のごとき拳がオズウィンの顎を捉え、その体を錐揉みさせながら吹き飛ばした。

べしゃ、と受け身も取れず濡れ雑巾のようにオズウィンは床に落ちる。オズウィンはひくひくと瀕死の魚のように床に伏した。

突然父が兄を鉄拳制裁したことに驚いたモナは悲鳴のような声を上げる。

「お、お父様!?」

「お前もだ馬鹿娘ッ!!」

続けてモナの脳天に拳骨を落とし、彼女も床に涙目で這いつくばせる。

ドンッ！　と床をぶち抜く勢いで足を鳴らすジェイレンの額には青筋が浮かんでいた。

「辺境以外では手合わせで親睦を深めんのだ!!　この馬鹿どもが!!」

部屋中がジェイレンの声でビリビリと揺れている。窓硝子程度なら割れてしまいそうな迫力だ。

なんとか体を起こしたオズウィンとモナは父親を見上げる。

ジェイレンは魔除けの面のような恐ろしい表情を浮かべ、ふたりを見下ろしていた。

「辺境の常識は余所の非常識だと常々言っておったろうが！」

昔自分もやらかしたジェイレンは、常々子どもたちに言い聞かせていた。オズウィンに至っては王都の学園に通っていたというのに――家の都合で月の半分やそれ以上を辺境に戻らせていたとはいえ――辺境以外の感覚が身についていなかったとは……

「それに『珍味堂』でいきなり魔獣の肉を食うことも武器屋に行くことも、最初のデートですることではないわ!!　愚か者!!」

連れて行かれたキャロルの心境を思うと、ジェイレンはいたたまれなかった。ジェイレンは額に手をやり大きく溜め息を吐いた。

するとオズウィンがおずおずと口を割る。

「エドワードを以前連れて行ったときに『女性が辺境に偏見がないか、確認するにはここに連れてきて魔獣肉を食べさせた後にネタばらしするといいだろう』と言っていたので……」

――アイツか……‼

ジェイレンは第二王子のエドワードが楽しげに笑う顔が浮かんだ。あの甥は王子という立場であるにもかかわらず、なかなかに周囲を振り回して遊ぶ節があった。

一見、品行方正なくせに、嘘を吹き込んだり悪戯をしたりと、とんでもないことをやらかす。それが露見しにくいものだから厄介極まりない。ただこれで問題解決や事前に問題の芽を摘み取った実績もあるのがややこしい。

オズウィンがエドワードとその友人たちばかりと付き合っていたならこのずれた状態も納得であった。

エドワードはオズウィン本人も気付かぬようにおもちゃにして遊んでいたに違いない。愚息にいらぬことを吹き込んだ甥に、思わず頭が痛くなった。

話から状況を察するに、キャロルは身分差を考えてオズウィンにもモナにも接待をしていたのだろう。彼女の両親も自分たちに戦々恐々としていたので安易に想像できる。

「キャロル嬢に怪我はなかったな⁉」

「いえ、まったく。戦槌を見事にすべて躱していました」

「せっ⁉　阿呆か‼」

「ぎゃんっ！」

ジェイレンは反射的に「素晴らしい！」と感嘆しそうになったが、もう一度モナの頭に拳骨を落とす。

それにしても手合わせでキャロルに怪我がなかったのは幸いだ。

アレクサンダー家には回復魔法の使い手が大勢いるし、義兄である国王もかなりの熟練者である。仮に何かがあっても十分な治癒や治療をすることができる。だが、怪我をしても治せるので問題ない、というのは辺境に限った話であって辺境以外の人間、それも婚約者に傷を負わせるなんて論外だ。

今回の件でキャロルから婚約の断りが入る事態になれば、オズウィンの嫁探しは暗礁に乗り上げるに違いない。

「急いでニューベリー家に手紙を出さねば……！」

ジェイレンは更にふたりの子どもに鉄拳を落としてから、大慌てで部屋を出る。もう噴き出した茶の片付けなど頭から消し飛んでいた。

――こんな幸運、また訪れるわけがないというのに……！


幸運を喜べるひと、恐れてしまうひと。


オズウィン様とのデートと呼んでよいかわからないデートを終えた翌日。メアリお姉様とイザベラ様と、私は出かけていた。

小さいながら上品な店構えの個人商店の帽子屋へ入る。店内には羽根飾りや造花、レースやヴェール付きの様々な洒落た帽子が飾られている。値札は付いていない。

自分が普段使っているものよりもずっと豪奢（ごうしゃ）だ。

私がキョロキョロと店内を見渡していると、メアリお姉様とイザベラ様に、店員が歩み寄る。

「いらっしゃいませペッパーデー様、ニューベリー様。そちらの方は初めていらっしゃいますね？」

どうやらメアリお姉様とイザベラ様は何度か来たことがあるらしい。上品な店員に挨拶をすると、メアリお姉様が私の腕を引いて前に出させた。

「ええ、私の妹です。この子の帽子を見繕いに来たの」

「それはありがとうございます。よろしければ今シーズンの最新デザインのものをお持ちいたしますか？」

「そうね、いくつか持ってきてもらえるかしら？　この子の髪に合う色でお願い」

「はい、ただいま」

あまりにもポンポンと話が進むため、私は目を丸くして口出しできないでいた。

こういった店の雰囲気はあまり慣れていない。私一人が勝手に圧倒されていると店員たちがぞろぞろと帽子を持ってきて、鏡の前に連れて行かれる。私は何も言えず、落ち着きなく視線だけあちこちに向けていた。

「あら、これ素敵。レースがいっぱいで可愛いわ」

「メアリ、こっちの羽根飾りもよくない？　キャロルさんの髪の色に合うし、品がいいと思うの」

メアリお姉様とイザベラ様に代わる代わる帽子を乗せられ、あっちがいいこっちがいいとあれこれ言われる。

ずいぶんと派手なものが多い。

「キャロル、貴女はどれがいいの？」

メアリお姉様とイザベラ様に鏡越しに見つめられ、私はようやく口を開けた。

「え、と……あまり重くない帽子がいいです……」

ようやく絞り出した言葉のなんと情けないことか。頬が熱くなった。

「それでしたらこちらの帽子がよろしいかと。軽量素材でできておりまして、飾りの量に反してとても軽くなっております」

店員の持ち出した帽子を頭に乗せ、それをじっと見るメアリお姉様とイザベラ様。少し居心地の悪さを感じて固まっていると、メアリお姉様が店員の方を向く。

「こちらいただきますわ。ニューベリーの家に届けておいてちょうだい」

「はい、ありがとうございます」

メアリお姉様は私が止めるまもなく購入を決め、サインをしていた。

決断が早い……！

「さ、キャロル。次は外出用のドレスを見るわよ」

「その後アクセサリーと香水も見ましょうね」

「お、お姉様！　イザベラ様！」

「大丈夫。イザベラはとてもおしゃれに詳しいのよ？　ペッパーデーの服飾は王室御用達だったこともあるんだから」

「フフ、昔のことよ」

御用達だったとは驚きだ。道理でイザベラ様が頭の先からつま先まで美しいわけである。

ドレスは黒であるがただの布ではない。角度や光の反射で、布地に刺繍された黒い糸の細密な模様が浮かび上がる。レースの柄はとても細かく、大量生産されているものには見えない。ボタンも貝を使ったものだろう。金色に縁取られた真珠貝がやわらかく輝いている。

化粧も服に合わせた赤い口紅が目を引く。

実際、すれ違う人々がイザベラ様を見ていた。本人の元々の美しさ以上に、本人のたゆまぬ努力を積み重ねたが故のものなのだろう。

「さあ、次に行くわよ！」

「メアリお姉様、ちょっと待って」

メアリお姉様とイザベラ様に連れ回される形であちこちのお店を歩き回る。ニューベリーの領地では大体商人が家に来るので、王都の街をこうやって歩き回るのは新鮮なのだ。でもふたりが大分強引でくたびれる。

そもそもこうやって御令嬢が好む場所を渡り歩くのは精神的に疲れるのだ。いつもは履かない踵の高い靴は神経を使うし、相応しい表情を作らなくてはいけないからほっぺたも疲れる。

「こうやって一緒に買い物に行けるのも、あと何回か分からないもの」

「お姉様……」

メアリお姉様の言葉に、私は黙り込んだ。


その後購入したのはドレス二着とイヤリングとネックレスを一組、香水を三つ。ようやく一息つけたのは休憩に入ったカフェだった。

「たくさん買ったわね。キャロル、これからはもう少し自分で色々選びなさいね」

メアリお姉様の言葉に一瞬むっとしそうになる。けれど誤解していたメアリお姉様のことを考えれば、まあ、許容できなくも、ない……

「辺境に行ってしまうのだから相応しいものをきちんと選べるようになりなさい」という意味だと思われる。

メアリお姉様と長い時間顔を合わせるのが嫌で、家に来る商人にはいつも時間をかけずにさっさと選んでいた。

かなり格上のアレクサンダー家に嫁ぐのだからそれを選ぶための目を養え、ということなのだろう。前向きに捉えるなら。おそらく。

「……はい、努力いたします」

それでも笑顔を作れるほど気力は無く、しょぼくれた表情になっていたらしい。「もう」と息を吐き出したメアリお姉様がほのかなオレンジの香りのするチョコレートケーキと温かいお茶を注文し、私の前に出す。

「しっかりしなさい。貴女は辺境の守護者たるアレクサンダー家に嫁ぐことになるのだから」

「……」

オズウィン様はずれたところこそあるけれどいい人だ。私の趣味の狩りに何を言うでもなく肯定してくれた。そして令嬢らしからぬ私の手を褒めてくれた。

ガーデンパーティーで古木女を倒したことが頭の中で再現され、靴の中で指をぎゅっと丸め込み、服の裾を掴んだ。だって私は男爵家の娘――アレクサンダー家に相応しいといえるのだろうか？

メアリお姉様はそんな身分差など吹き飛ばせるくらいの自信と胆力を持っている。

それで私は？　ずっと怠惰だった私には自信がない。身分差を覆せる、そんな自信が。たまたま魔獣を狩れただけ――

思わず沈黙する私を、メアリお姉様はじっと見つめた。

「小さい頃は相手がどんな立場でもバシッと言う子だったのに」

正直あの頃のことは思い出したくない。思い出すだけで胸がぎゅうっと握りつぶされて苦しい気分になる。呼吸が浅くなり、喉も痛くなるくらい嫌な思い出だ。

そこにイザベラ様が助け船を出してくれた。

「メアリ、急に決まって不安なのよ。仕方がないわ。降って湧いた幸運を、貴女のように素直に受け止められる人ばかりではないのだから」

海の色の目でメアリお姉様を見るイザベラ様は、上品に笑みを浮かべる。メアリお姉様は肩を軽く上げて、自分のお茶を口にした。

「わたしは幸運を早く手に入れないと」

「そうね、婚約者が決まっていないのはメアリだけだものね」

「もう！　イザベラの意地悪！」

「ふふ」

なんだかんだ、メアリお姉様は自分の夢に区切りを付けたらしい。

きっと昨日イザベラ様と出かけたときに気持ちに整理を付けたのだろう。お花畑だと思っていたメアリお姉様は、私が思うよりずっとしっかりしていたらしい。

「結局エドワード様やニコラ様の婚約者の方々は療養に行っていただけで、婚約が白紙にされたわけではなかったそうだもの」

ぷく、と頬を膨らますメアリお姉様の言葉に、私は思わず目を瞬かせた。

「そうなのですか？」

「情報通の方に聞いた話だから、間違いないと思うわ」

「ああ、昨日偶々お会いしたノーザン伯爵夫人……」

「イザベラ！　しっ！」

メアリお姉様がイザベラ様の口を押さえて指を自分の口の前に立てる。

メアリお姉様の情報網に私は驚いた。ノーザン伯爵は私も知っている。新聞社に出資していて、その夫人は趣味で様々な情報を収集しているとか。

来年流行るドレスの色から諸外国の輸入品の流通まで。しかも本人は口が堅く、お金を積まれた程度では彼女から情報をもらえないのだ。面白いことが大好きな夫人にユーモアとセンスを持って熱心に付き合わねばならないという話である。

熱心にお茶会へ行ったりしていたのはそういった方たちと繋がりを得るためだったのか。ただの「王子様探し」に行っていたと思い込んでいたことに恥ずかしくなった。

「あの頃学園では色々あったのよ。注目を集めていた有力者の方々の婚約者の御令嬢たちが、ことごとくおかしくなってしまっていたの」

そういえばあの頃、上級生の中でトラブルがあったと聞いていた。私はメアリお姉様とあまり近づきたくなかったし、興味も無かったので詳しくは知らなかったが。

「皆さん『貴方とやっていける自信がありません』とか仰っていてお相手の婚約者に泣いて喚いていたのよ。そんな状態だったから、療養に行っていたらしくって。元気になったから戻ってきて改めて婚約を結ぶそうなの。ね？　イザベラ」

「……ええ」

ケーキを一口運んだメアリお姉様がイザベラ様に微笑む。しかし何故かイザベラ様は反応がワンテンポ遅れていた。その様子に私は少し首をかしげ、イザベラ様を見つめてしまった。

イザベラ様と視線が合い、微笑を浮かべられる。そのミステリアスな美しさと底の見えない海のような瞳に表現しようのない感覚が尾骨(びこつ)から脊椎(せきつい)を駆け上がった。ぞわりとした、悪寒のようなもの。

以前一度だけ対峙したことのある、闇夜に這い回る両生類じみた魔獣のような雰囲気を感じ取る。あの魔獣は獲物を狩る時、闇に紛れて姿を隠す。暗闇でじっとりと身を潜めて観察してくるのだ。

自分の領域に入るまでけして視線を逸らさず、音もなく近付く。気が付く頃にはもう襲われる直前だ。

あのときは明かりを括り付けた家畜を餌に、狩人たちと連携して狩った。家畜を狙い、這い寄って飛びかかるまでのおぞましさに、姿を見ていた私を含め全員に鳥肌が立っていた。

今でも思い出すあの、闇夜でほんの少し発光する魔獣の目――イザベラ様はまったく違うというのに、脊椎をざわつかせる目があの魔獣と重なってしまう。

それをごまかすようにお茶を飲み下した。イザベラ様は視線を外したのにまだ背中がぞわぞわしている。うなじを掻いて私はその感覚を消そうとした。

「あら、メアリ。口紅がよれているわよ？」

紅茶とケーキを綺麗に食したメアリお姉様に、イザベラ様が声を掛ける。「あらやだ！」と恥ずかしそうに声を上げたメアリお姉様に向かって、イザベラ様は丸い手鏡を差し出した。

この辺りではとても珍しい素材とデザインである。手鏡の背面には青い蝶があしらわれていて、貝の内側特有の真珠のような光沢が目を引く。黒い漆の闇で、まるで羽ばたいているようだった。

美しいそれを流れるような仕草でメアリお姉様に手渡し、手入れされた白くすらりとした指先で自分の目元を指さす。

「歩き回ったから汗で目元の化粧も薄くなってしまったみたいね。直してきたら？」

見ているだけで夢見心地になりそうな艶やかな様子でイザベラ様は唇を動かす。

「いやだわ、ありがとう。ちょっとパウダールームに行ってくるわね」

メアリお姉様が恥ずかしそうに手鏡を返して私たちに手を振った。

私が「いってらっしゃい」と言うと、イザベラ様はとても温かく優しい笑みでメアリお姉様を見送る。

「ゆっくりでいいわよ」

「じゃあ、お言葉に甘えて」

パウダールームに向かうメアリお姉様を待つ間、沈黙に堪えられないような気がした。せっかくだからケーキをもう一つ頼んで食べて待とうか、と思ったタイミングでイザベラ様がぐっと体を寄せてくる。

私は驚き、目を見開いた。

イザベラ様の目の色が、変わった気がした。比喩でも何でも無く、本当に。

「ねえ、キャロルさん。やっぱり不安？　エドワード様やニコラ様と並ぶオズウィン様相手では」

イザベラ様がさらに距離を詰めてくる。思わずのけぞりそうになったが、それ以上後ろに下がることはできない。

海の青を閉じ込めたと思っていた瞳は鮮烈な赤に染まっている。瞳の色の鮮明さに対し、表情は何を考えているかはまるでわからない。

「イザベラ、さま……」

「高い身分の相手に、突然婚約を申し込まれて……大変ね。不安がいっぱいよね？」

テーブルの上に載せた手に、何かが触れる感覚がした。視界の下端に見えたのは、私の指に軽く触れるイザベラ様の手。

胸の中に妙なものが芽生えるような感覚がした。まるで体が縛り付けられているかのように動かなくなる。先程お茶を飲んだばかりなのに酷く喉が渇いた。

私の視界から色が消え、聴覚も周りの音を拾わない。

イザベラ様だけが鮮明に存在する。

「だってニューベリー家は男爵だもの。不釣り合いだって、考えてしまうのでしょう？　アレクサンダー家は王家に並ぶと言っても過言ではない存在……自信、ないわよね……？」

イザベラ様の声が耳から入り、じわじわと染みが広がるような感覚。思わず息が止まりそうになった。周りには人がいるのに、聞こえてくるのはイザベラ様の声だけ。心臓が強く脈打った気がした。

イザベラ様と私以外この場に誰もいない気さえした。

「でもね、少しだけ勇気を出すといいと思うの。キャロルさんの不安を……」

「キャロル嬢！」

突然の声にぱんっ、と弾かれたように音が戻ってくる。まるで水彩絵の具がやわらかな紙に落ちて広がるように世界が再び色を取り戻した。

人々のおしゃべりと食器のぶつかる音が一気にあふれてくる。

どっと汗が噴き出した感覚に襲われる。耳元で心臓が鳴っているような気がした。

振り返るとそこには顔に大きなガーゼを貼り付けているオズウィン様がいた。

昨日までは無かったそれに、一瞬ぎょっとする。

何かあったのだろうか？　と恐る恐るオズウィン様を呼んだ。

「オズウィン、さま……？」

目を瞬かせる私に、オズウィン様が「あ」という口になりイザベラ様の方を見る。

「急に割り込んですまないペッパーデー嬢」

「いいえ、お気になさらずに」

イザベラ様に先ほどまでの両生類の魔獣のような空気はなく、今は元の青い瞳になっていた。オズウィン様はイザベラ様に礼を言い、私の方に向く。

「申し訳ないキャロル嬢。父上から貴女に急ぎの用があるということで呼びに来たんだ」

申し訳なさそうな顔をしながら私を見るオズウィン様の頭に、ぺたりと下がった犬の耳が見えた気がした。

なぜ辺境伯から？　もしや昨日のデート——とは言いにくいお出かけ——に不手際があって、苦情を言いに来たのだろうか？

どうしよう、とイザベラ様とオズウィン様を交互に見ていると、ちょうど化粧直しからメアリお姉様が戻ってきた。

「あら、アレクサンダー様。ご機嫌よう」

「やあ、こんにちはニューベリー嬢。すまないが妹君をお借りしてもよいだろうか？　用事を済ませた後でかまわない。貴女も邸宅へ戻ってほしい」

メアリお姉様は私の方をちらと見てから、オズウィン様にお辞儀をする。

「お気遣いありがとうございます。もう用事は済んでおりますので大丈夫ですわ。それではすぐに

「ああ、ありがとう」

店員に声を掛け、すぐに馬車が呼ばれる。メアリお姉様はイザベラ様の方を見て、品のよい笑みを浮かべた。

「ごめんなさいね、イザベラ。また一緒に出かけさせてね？」

「いいのよ。明日は新しいパウダーを作りに行きましょう？」

「ええ、楽しみにしてるわ」

イザベラ様はやわらかな笑みを浮かべ、メアリお姉様を見つめていた。本当に親しげなふたりだ。異様なくらい。

正確に言うとメアリお姉様からイザベラ様への親しさは友情だ。だがイザベラ様からメアリお姉様に対しては……じっとりとした劣情めいたものを感じるのだが気のせいだろうか？

ちょうど馬車が用意できたと声をかけられて、私たちはイザベラ様に見送られて店を後にする。

昨日の今日で辺境伯に呼び出されるなんて……と私は馬車の中で不安を押し殺していたのだった。


オズウィン様は街の入り口まで馬で来たらしく、私とメアリお姉様と一緒の馬車には乗らなかった。私は自分がしたかもしれない失態に不安を覚えながら黙りこくってうつむいている。

「キャロル、貴女はもっと堂々としなさい。身分を理由に必要以上に相手に謙ることはないの」

「でも」

私が言葉を続けようとするが、メアリお姉様が遮る。

「貴女はもっとはっきり言える子だったでしょう？　良い悪いを、誰が相手でも」

昔はたしかにそうだった。

けれどあれは謎の万能感に支配されていた、幼く浅はかで愚かな頃のことだ。正直、思い出したくもない。羞恥心と絶望感に苛まれて頭をかきむしりながら気が狂いそうになる。

下手なことをして、余計なことが身に降りかかるのは御免だ。

あの一件以来、私は身の振り方を変えたのだから。

そんな私の内心を読み取ったのか、メアリお姉様はため息をひとつ吐いた。

「貴族であるなら腹芸のひとつやふたつ必要かもしれないけれどね。それと卑屈になって上の人たちの機嫌を取るのは違うのよ」

メアリお姉様がそういったタイミングでタウンハウスに到着する。ちょうど馬で来たオズウィン様も追いついたようだった。

ぐるぐるとお腹の中が捻れるような感覚を覚えながら馬車から降りる私の表情は、多分硬い。


ニューベリーのタウンハウスにたどり着き、早歩きで応接間へ行く。

そこにいたのは泡を吹きそうになっている両親と正面に座るジェイレン様だった。そしてなぜか床に膝を揃え、畳んだ状態で座っているモナ様がいる。しかもどういうわけか、モナ様は頭にたんこぶを作っていた。

私たちが到着した途端、ジェイレン様は立ち上がる。オズウィン様はごくごく自然な足取りでモナ様と同じ姿勢で床に座った。

何事か、と唖然としているとジェイレン様は椅子から降りて膝を折り、手どころか額まで床板に擦り付ける勢いで頭を下げた。

「この度は本当に申し訳ないことをした！」

ジェイレン様に合わせ、オズウィン様とモナ様も床に手をつき頭を下げる。思わず私は喉の奥でぎぇ、と悲鳴を上げた。

なんと迫力ある土下座だろう。肝が潰れそうだ。比喩でも何でも無く、本当に。

「へ、辺境伯！　おやめくださいどうか頭を上げてください!!」

突然の謝罪に私は何が何だかわからない。説明を求めようと両親の方を見ると母は失神し、父は真っ青な顔で力なく母の肩を揺さぶっていた。

「愚息と愚女がキャロル嬢に対して失礼極まりない行動を取ったと！　どうか、どうか許してほしい！」

許すもなにも、と思う私を余所にジェイレン様たちは頭を下げ続けている。ジェイレン様がふたりの頭を掴んで床に押しつけているので見ていられない。

私がどうにかジェイレン様をなだめるための言葉を考えて黙っていると、何か勘違いさせたらしくジェイレン様が叫んだ。その声に失神していたお母様がビクンッ、と体を跳ねさせた。

「もし今後愚息や愚女がニューベリー家に対し、権力を笠に着るような真似をした場合私が直々に締め上げる！　不安であるならば『ニューベリー家とアレクサンダー家はすべてにおいて対等である』と念書を書かせていただく！　だから婚約を白紙にするのは……ッ！」

「この通りだ」と言って未だに頭を上げてくれないジェイレン様にどうしたらいいのか。

オズウィン様もモナ様も身分を考えればおかしなことはしていない。男爵家の令嬢程度の私があれこれ言うべきでもない。辺境伯にこんなことをされてしまって、私は逆にどうしていいかわからなくなっていた。

「顔を上げてくださいませ、アレクサンダー様」

いつの間にか意識を取り戻したらしいお母様と見たこともないくらい真剣な顔をしたお父様がいた。こんな表情の両親を見たのは記憶の限りたぶん一度も無かった。

「娘も我々も、アレクサンダー家との家格の差から不安がありました。アレクサンダー家に嫁いだ娘が、身分差から辛い思いをしないか……親としてそれだけが心配でした」

お父様が堂々とした姿でアレクサンダー様に話しかける。あまりにも正しい貴族の姿をしたお父様を、私は黙って見ていた。

「もし娘が辛い思いをせずに済むという保証がいただけるのなら、私も妻も安心です。辺境伯が『誓約』にて保証してくださるなら、私たちは何も言いますまい」

お父様の「誓約」という言葉に思わずぎょっとする。おそらくお父様が言っているのは法的拘束力のある念書などではなく、魔法的拘束力のある「誓約書」のことだろう。

「誓約書」は特殊なインクで、魔力の込められた羊皮紙に誓約と名前を書き付けることで発動する特殊な魔法だ。誓約を破れば恐ろしいペナルティーが発生するという。聞いた話では誓約を破って失明したとか、雷に打たれて死んだとか……

いやいや待て待て。

――辺境伯相手に「誓約書」を書かせようとするなんてなんてことを言い出しているの!?

流石にやり過ぎだ、とお父様を止めようとするとお母様に視線を投げかけられて止められてしまう。

私がドキドキしながらジェイレン様とお父様を交互に見ていると、ジェイレン様はのっそりと立ち上がり、改めて頭を下げる。

「『誓約書』を書かせていただこう。道具は持ってきている」

ジェイレン様も想定していたらしく、その場で魔力の込められた羊皮紙に誓約書の文言を書き出す。お父様とジェイレン様が話し合いながら、内容を書いていった。

できあがった「誓約書」には、こう書かれている。

「キャロル・ニューベリーに対し、アレクサンダー家は身分を盾に行動・思想・発言を抑制させない。また、ニューベリー家に対しても同様である。万一婚約関係が解消された場合でもそれは継続する。特にオズウィン・アレクサンダーとモナ・アレクサンダーがそのような行動や言動をした場合、罰則が与えられる」

できあがった「誓約書」を受け取り、家族全員で確認する。

まさかアレクサンダー家から「誓約書」を受け取ることになるとは、ほんの数時間前まで考えられることではなかった。しかも貴族社会において驚くべき内容だ。

「誓約書」まで持ち出すジェイレン様は、よほど私を買っているらしい。私はお父様に羊皮紙を返し、こくりと首を縦に動かす。

「婚姻に関しては書かれていませんが……」

「もし婚姻関係がなされた場合は、こちらを破棄して新たな『誓約書』を作成させていただこう」

「娘の意思を尊重していただき、誠にありがとうございます」

深々と頭を下げるお父様とお母様。私もメアリお姉様も頭を下げる。

お父様がジェイレン様に羊皮紙を差し出した。

「こちらの内容でお願いいたします」

「妻たちの『誓約書』は後ほど」

「はい、お願いします」

お父様の手からジェイレン様に「誓約書」が戻される。

まずジェイレン様が指に巨大なナイフを当て、インク壺に血液を数滴落とす。オズウィン様にインク壺を回した。オズウィン様も自分の大きなナイフを取り出し、ナイフで指先を切ってインク壺に血液を落とす。モナ様もそれに倣った。そしてその血液の混ざったインクで「誓約書」に名前を記入してゆく。

魔力を帯びたインクは、夜空の暗い青に金の粒子が混ざっていた。完成した「誓約書」の文字が一瞬光る。三人が記入を終えると、ジェイレン様から私に誓約書が渡された。

しかも両手で。深く頭を下げながら。

「キャロル嬢。これで許してもらえるかはわからぬが、私たちからの誠意だ。どうか、愚息共々よろしく頼む」

「はっ、はい……」

丁重に差し出された羊皮紙に、私は軽く眩暈がしそうだった。辺境伯であるジェイレン様はもちろん、オズウィン様もモナ様も善人である。単純に互いが身につけた常識に差があっただけだ、と私は思うつもり、だったのだが……

軽いはずなのに、重すぎる羊皮紙を震える指先で受け取る。

なんというものを贈られてしまったのだろう、と私のお腹はますます捻れる感覚が強くなったのだった。

魔力の込められた羊皮紙は、ひどく重く感じる。

人生で「誓約書」を手にするなんて、この先何度あるだろう？　貴族であっても上級貴族でなければ一度も手にせず終わることもあるはずだ。しかもこんな自分の言動や思想を保証する内容だなんて。

そんな「誓約書」は物語の中でしか聞いたことがない。

オズウィン様の顔の怪我も、モナ様のたんこぶも私とのデートの内容を、ジェイレン様に咎められてできたものなのだろう。「まあ、そういうものだから」と私は流せなくもない。そもそも下級貴族と上級貴族で差があるなんて当たり前だ。だからこそオズウィン様とモナ様が本当は嫌々「誓約書」を書いたのではないか、私に対して反感を覚えていないか心配だった。

私はふたりの方をこっそり見る。

オズウィン様は申し訳なさそうに眉をハの字にして困った表情をし、モナ様はしょんぼりと小さい体を一層小さくしていた。

「その、キャロル嬢……本当に申し訳なかった」

「私も……本当にごめんなさい」

深々と頭を下げてくるオズウィン様とモナ様。相当こってり絞られたのだろう。オズウィン様の顔のガーゼとモナ様のたんこぶで十分に察した。これだけで十二分に心底反省して私に対して申し訳なさを覚えているのは分かる。

悪気がなかったのでしょう、そう言葉を掛けようとすると、メアリお姉様が裾を小さく引っ張って首を横に振った。これが腹芸、駆け引きか、と思いながら私は言葉を飲み込んだ。

「それでは、こちらの『誓約書』は当家で預からせていただきます」

「何卒、これからもよい関係であれますよう、祈っております」

「ああ、もちろんだ」

お父様とお母様も深々と頭を下げ、ジェイレン様も頭を下げる。

見送りのためにジェイレン様たちを門の前まで送った。

ジェイレン様が率いるようにして三人が帰っていく。馬車と馬が見えなくなるまで見送った。そして完全にアレクサンダー家の方々がいなくなり、別邸の中に戻った途端——お父様は泡を吹いて倒れた。お母様は腰を抜かした。

やっぱり無理をしていたんですかお父様お母様!!

慌てて使用人たちに担架を持ってこさせ、両親を寝室に運ぶ。おかげでその後屋敷内はてんやわんやだった。


お父様とお母様が落ち着いた頃。

私はニューベリー家としての文言があったのでお父様に「誓約書」を渡そうとした。しかしお父様は「お前が持っていなさい」と、まるで呪物でも見るかのように押しつける。

なので今は私の手元にある。

「誓約書」を宝石と銀で装飾された入れ物にそっと入れた。

なんだか酷く大事になった気もするが、ここまで保証されたならある意味安心だ。私も我が家も断りたいことは断っていいという、辺境伯からのお墨付きだ。これでもし嫁ぐとしてもとても気が楽になる。

後はお姉様の結婚が決まれば私は心置きなく辺境へ行けるということだ。ニューベリーの領地に後ろ髪は引かれるのだけれど。

お姉様も夢に区切りを付けた様子だったし、私はゆっくりとオズウィン様と交流を重ねていこうと思った。

そうなるとプレゼントのひとつもした方がいいだろう。マリーを呼んでプレゼントの相談をしようとしたが、ふと思い直す。

頭が辺境色に染まっているオズウィン様を、学園にいた男性たちと同じように考えていいものだろうか？　いや、よくない。

おそらくだが刺繍を施したハンカチなど、喜んでもらえるか怪しい。かといって食べるものもどうかと思う。では何が喜ばれるだろう？　自室の椅子に掛けながらうんうん唸る。

そういえばオズウィン様は「誓約書」のインクに血を垂らす際、ナイフを持っていた。モナ様もだが、自前のナイフがあるらしい。

ならナイフケースはどうだろう？

あのときのナイフは少し大ぶりだった。オズウィン様の使っているナイフはいくつもあるだろうから、大体の大きさを聞いてみよう。どのナイフも入る大きさのナイフケースにすれば多分使ってもらえるし、持て余しはしないだろう。

早速私はペンを手に取り、顔の怪我を気遣う内容とよく使うナイフのサイズについて尋ねる手紙を書きしたためた。

手紙を蝋で封するため、専用スプーンに蝋のかけらをいくつか入れる。スプーンの下に手を当て、ゆっくり熱を込める。溶けた蝋は象牙に薔薇の濃い赤が混ざった色だ。そこにほんの少し貝の粉末が混ざっていてキラキラとしている。

「あちち」

ある程度の耐性はあるものの、私も極端な高温や低温に触れ続けられない。耳たぶに触れながら蝋を手紙に垂らす。そこにニューベリー家の刻印を押してマリーを呼んだ。

「マリー、これをオズウィン様に届けるように言ってくれる?」

「はい、承りました」

マリーは手紙を受け取り、すぐに手配をしてくれた。

――オズウィン様に相談すれば、メアリお姉様の結婚相手を見付ける手伝いもしてもらえるかもしれない。そうしたら、メアリお姉様に完璧とはいえないけれど理想に近い結婚相手が見つかるかもしれない。上級貴族の三男か、四男辺りなら可能性もある。『有罪機構』の登場人物にはそういったキャラクターがいたはずだ。

メアリお姉様はあれでしっかりした人だというのが、ここ数日でよくわかった。きっと迎えた婿とも上手くやり、ニューベリーの家を上手く切り盛りするに違いない。

メアリお姉様と離れる可能性が現実味を帯びた途端、私の中のメアリお姉様に対する感情がこうも変化するとは思わなかった。

「こんなことならもっとメアリお姉様とたくさん話すんだったなぁ……」

一方的な苦手意識で避けていたことに、今更後悔する。

今はまだアレクサンダー家に確実に嫁ぐと決まったわけではない。だがせめて正式に結婚が決まり、私が家を出るまではメアリお姉様と話そう。

そう、心に決めた。

お父様やお母様、メアリお姉様、そしてニューベリー領の皆と別れるその日まで。

不安が解消されてもまた不安はやってくるものらしいです。

マリーに手紙を任せているうちに、スケッチブックを手に取った。せっかくならナイフケースは手作りにしようとデザインを考えるためスケッチを始める。

革細工は久しぶりだ。でもナイフの鞘を作った経験はあるので、そんなに長くはかからないだろう。考えながらシャカシャカと手を動かす。

牛革の厚くて丈夫なものを使うとして、色はどうしようか？　経年で色味は変わるが、オズウィン様の髪に合わせて赤みがかったものがいいかもしれない。

オーソドックスなのはラブレスポーチという純粋に鞘としての機能だけのシンプルなものだ。しかし便利さを思えばベルトで固定できるタイプの形状がいいと思われる。

模様は……どうしよう。

彫刻までするのは流石にやり過ぎな気がする。初めての贈り物にあまり気合いを入れてしまって引かれるのも嫌だが、飾り気がないのも考えものだ。

うーん、と少し唸ってから模様の本を手に取る。パラパラとめくり、相応しいものがないか探した。

ふと、鷲を単純化した模様が目に入る。

鷲は勝利と誇り、権威と力を表す。ゲン担ぎにはちょうどいいかもしれない。小さく刻印するくらいなら、煩くないだろう。

スケッチの中に鷲のシルエットを入れておく。

「結構いい感じでは？」

できあがったデザインは今まで作った中ではシンプルだけれど異性にプレゼントするものとしては……悪くないと思う。

ニューベリーの領地に帰ってから制作に取りかかることにはなると思うけれど、明日はタウンハウス近くの市場で材料を探してみるのもいいかもしれない。他の領地の高品質なものが集まる王都だ。きっとよい革が手に入るだろう。

のんびりとそんなことを考えていると、廊下から足音が部屋に向かって近付いてきた。

コンコンコンコンコン!!　と、かなりの速さで部屋の扉をノックする音が聞こえる。

「マ」

「おおおおおじょうさま!!」

「マリー？」と返事をするよりも先にマリーが見たことのない面白……いや、焦った表情で部屋に飛び込んできた。

何事かと思っていると、その手に掲げられたシルバートレーの上に仰々しく手紙が置かれている。ブルブルと震えているせいで手紙がトレーの上で踊っていた。

かなり質のよい紙を使っているようで、手に取っただけでその上等さがわかる。封蝋を確認して目を見開いた。なんと王家の紋が刻まれているではないか！

私が手紙の中を確認すると、そこには堅苦しさのない文面で「明日使いをやるので一緒にお茶を飲もう。美味しいお茶とケーキを用意して待っているよ」と書かれていた。相手は第二王子のエドワード様だ。

「何故⁉」と頭の中に大量の疑問符が浮かんでくる。何かしただろうか？　と新たな不安が湧いてくる。婚約者の方がもうすぐ療養から戻ってくるという話なのに何故⁉

何か話があったとしても、このタイミングで「お茶しよう」なんて何を考えているんだ⁉　と頭の中がぐるぐるしてくる。

――いや！　相手はあのエドワード様！　婚約者も戻ってきて、軽率なことをしようものならお相手の家から大顰蹙（ひんしゅく）間違いなし！　そして今や私は辺境伯御子息と婚約関係を結んでいる！

おかしなことなど起ころうはずがない！

そう、無理矢理考えることにした。

そうなれば行動は早く！

「マリー！　手紙を持って来た方はまだいる⁉」

「は、はい！　お出ししたお茶を召し上がっておられます！」

私は大慌てでペンを執り、返事を書く。

エドワード様が何を考えているかはわからないが、とりあえず失礼のないように、しかし早急に返事を書き上げる。

慌ててしまったため封蝋が歪んでしまった。でも仕方がない。マリーに手紙を持たせ、手紙を持ち帰ってもらった。

　その日の夕食の席。

　お父様とお母様は辺境伯の与えた衝撃の大きさからか、のそのそとリゾットを口に運んでいた。あっさりめのそれを、両親は力なく嚥下(えんげ)している。

　メアリお姉様だけがいつも通りのメニューをテキパキと平らげている。私は気が重くてまだ前菜までしか食べていない。

「……キャロル、日中マリーが慌てていたけど、何があったんだい？」

　心なしか十歳くらい老けたように見えるお父様が尋ね、お母様とメアリお姉様も私に視線をなげてくる。

　私は少し考えてから口を開いた。

「……エドワード様にお茶に呼ばれました」

　そう言った途端、お父様とお母様が椅子から転げ落ちた。メアリお姉様も難しそうな顔をして私を見ている。メアリお姉様も婚約者が帰ってくるエドワード様が私を呼んだ理由がわからないのだろう。

「誓約書」で保証をしてくださった辺境伯と違い、木っ端貴族が王族からの呼び出しを断れるはずもない。

「キャロル、流石に王族が軽率なことをするとは思えないけれど、必ず手が届かない距離をとるのよ？」

「はい……」

やっぱり変な誤解をされた……

パーティーの夜にお会いした際、茶目っ気のある人だとは思ったが、さすがに軽率なことはなさらないと思う。でも気を付けるに越したことはない。

人のものになった途端、欲しがる性分の人間はこの世にごまんといるのだから。

「エドワード様、学園時代婚約者の方以外周りにいるのはほとんど男性だったから間違いはないと思うけど……」

そこだけ聞くとまるでエドワード様が男性を侍らせていたように聞こえるのですが……いや、メアリお姉様の発言の意図をきちんと考えてみよう。

エドワード様は男性ばかり周りにいた……つまり女性関係に隙を作らなかったということだ。よって婚約者の帰還というタイミングで軽率な行動はとらないはず、という意味だろう。

それは流石に考えすぎだろうか？　男性を侍らせていたように聞こえてしまったメアリお姉様の発言は気に留めないように、頭の中から抹消した。

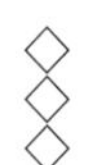

翌日。
腹が立つほど天気もよく、気温も暖かくちょうどいい。小鳥たちが可愛らしくさえずっている。
それに反して、私は迎えに来た馬車に乗せられている間、処刑台に向かう死刑囚の気分だった。

そして一分の隙も無く手入れされた城の中を案内されても楽しむ余裕はない。いよいよ処刑台が目の前に迫って来るような緊張感だった。

私は落ち着きなくメアリお姉様に借りたブローチの石を触っていた。

城内の一室へ案内され、緊張から心臓が飛び出そうになる。顔色が青くなっていないか心配だった。部屋に入ると同時に、中の人物も確認せずに頭を下げる。

「キャロル・ニューベリー、参りました。本日はエドワード・ブリュースター王子にご招待いただきまして……」

跪く勢いで頭を下げる私に「ぷっ」と噴き出す音が届いた。

「ははははは！　大丈夫だよ、そんなに堅苦しくしなくて」

「エドワード……」

あまりにも王族らしからぬ笑い声に、そろりと顔を上げる。そこには満面の笑みを浮かべるエドワード様と、ほんのり顔に傷痕を残すオズウィン様がいた。

何やら気まずそうな顔をしているオズウィン様と、まだ腹を抱えて笑っているエドワード様。私は思考が一瞬停止し、その後急激に動き出す。

何故オズウィン様が？　という疑問が頭に浮かぶものの、はたと気付く。

――ああ、要するに取り越し苦労だったと……

最初の心配とは異なって安心したものの、脱力しそうになる足にグッと力を入れる。ここでへたり込むわけにはいかない。

「まあまあ、とりあえず掛けておくれ、ニューベリー嬢」

気安く、エドワード様は椅子を勧めてきた。相変わらず気まずそうな顔をしているオズウィン様の隣に、恥ずかしさで赤くなっているだろう顔を伏せながら座った。

「キャロル嬢はお茶に砂糖は入れるかな？」

「あ、いえ、けっこうです……」

「そう、それじゃあ砂糖は無しでね」

エドワード様が命じて用意させたお茶はとても香りがいい。その気品ある香りさえ、今の私にはプレッシャーになる。

ああ、胃が捻れる……

出されたお茶の味も香りも楽しむ余裕は無く、半分以上を飲んだとき、エドワード様が人払いをした。笑顔ではあるが先ほどまでの飄々(ひょうひょう)とした様子はない。

「さて、今日ふたりを呼び立てたのはとても大事なことを尋ねるためなんだ」

エドワード様の言葉に、緊張からつばを飲み込んで硬い表情になる。心臓が大きくなったような気がして、膝の上で手をぎゅっと握った。

「初デートでオズウィンに魔獣肉食べさせられたって？」

「えっ」

思わず間抜けな声が口からこぼれた。

その反応にエドワード様は口元を押さえて肩を震わせ、オズウィン様は気まずそうに視線をずらしている。

「いやいやいや、オズウィンがまさか僕の話を真に受けると思わなくって……たしかに友人たちとかなり真剣に吹き込んだのだけどね？」

クツクツと笑うエドワード様。魔獣肉はこの人の入れ知恵だったのか、と思うと表情が虚無になっていく。

辺境育ちの純朴青年――とたぶん評していい分類――に妙なことを吹き込む性悪さ。メアリお姉様が間違ってもこの人と結婚しなくてよかったと思った。

オズウィン様は苦いハーブでも噛んでいるかのような顔をしている。

このとき私はメアリお姉様の言葉を思い出していた。「必要以上に謙る必要はない」「腹芸も必要だが、卑屈になって上の人の機嫌を取るのは違う」。

私がこのままオズウィン様の妻になる将来があるなら、未来のアレクサンダー家の者としてははっきり言わなければならない。

私は膝の上の手に力を込めて、緊張を隠す。大きく脈打つ鼓動を落ち着けるため、細く息を吐き出した。

「魔獣肉を黙って食べさせることを勧めたのはエドワード様だったのですね」

「ああ、そうだよ。辺境に嫁ぐんだ。魔獣肉、ましてや角鴨程度に臆するようではやっていけないからね」

エドワード様は私の表情の変化に、にやりとあまり品がいいとはいえない笑みを浮かべた。

――この野郎……

少し腹が立ったのでさらに付け加える。

「これが『魔獣は穢れ』と教義に書かれている国教の方が相手だった場合、外交問題になりますね」

私は「お前がやらせたことは場合によっては国同士の戦争になりかねないことだぞ」という意味を込めていう。メアリお姉様のような笑みを想像して表情を作った。

「そうだね。でも僕だって流石に信仰を冒すような真似はしないさ」

エドワード様は「そんなヘマはしない。相手は選んでいる」と返してきた。

――ますます腹が立つなこの人は……！

しかしそんなことを自らの手ではなく、オズウィン様をだましてさせたことの方に腹が立つのだ。

私は胸に手を当て口元には笑みを浮かべつつ、目には魔獣を狩るときの鋭さをたたえてエドワード様に向ける。

「確かにわたくしはそういった信仰は持ち合わせておりません……が、結婚するかもしれない相手に試されて、その後良好な関係が築けなくなる……そうはお思いになりませんでしたか？」

「しかしキャロル嬢は魔獣に慣れているようだろう？　元の形が解らない魔獣肉程度で臆するとは到底思えないけど」

エドワード様は私を観察するように目を細めた。

オズウィン様は私がエドワード様に何を言うのか、ハラハラしているようだったがここはそのまま見守ってほしい。王族だからとその下の身分の者をぞんざいに扱っていいと思っているならその考えは正してほしいものだ。

「さようでございますか。しかしそのような考えをお持ちであるならば、将来的にエドワード様は政治からは離れなくてはなりませんね」

ぴく、と眉を上げる。

下級貴族にそこまで言われるとは思わなかったのだろう。国を動かす者は賢く腹黒くはあっても相手を尊重できなければならない。

侮辱をされて命の奪い合いになるなんて、歴史の中ではよく起きている。

もう二百年以上前の話。

王国で新しく爵位を受けた女性貴族が、手袋の間違った長さを教えられ、女王陛下への謁見の際大層恥をかかされたことがあった。そしてその間違った作法を教えた貴婦人を、衛兵のサーベルを奪って斬りつけたという事件があった。

まさか王族であるエドワード様が知らないはずがあるまい。

「エドワード様の先ほどまでの発言……国王陛下がお聞きになったらなんと仰いますでしょうか」

「僕を脅すつもりかい？」

「いいえ、想像を巡らせただけです」

ほんの少し表情が歪んだエドワード様に見えるよう、ブローチに触れて見せた。その仕草にエドワード様ははっとした。

「下級貴族は密偵など使えないことが多いですから。自力で信頼性の高い情報を用意しなければなりません」

そう、メアリお姉様に借りたこのブローチは映像と音声を記録する道具だ。このままこれを外に持ち出せば、エドワード様の政治的適性は疑われることになるだろう。取り上げ方によっては醜聞だ。

本当は自分の身の安全と潔白のためにメアリお姉様が貸してくれた物だけれど、まさかこんな使い方をすることになるとは……

これだけでどうにかなるとは思わない。しかし国王陛下からエドワード様の信頼をそげるならかまうものか。メアリお姉様の言葉とアレクサンダー家の「誓約書」が、私がどうあるべきかはっきりさせてくれた。

上位の相手だからと無闇に謙るな。

卑屈になって相手の機嫌を取るな。

貴族は民を守るため、王族の誤ったことも正さねばならない責任を持つのだ。ましてや私は王族と並ぶ辺境伯の子息に嫁ぐのだから。

私は鋭さのある眼差しでエドワード様を見つめた。

沈黙が場を支配する。

睨み付けるような私の視線を受けていたエドワード様が急に「ぷすっ」と口から息をもらしまた笑い出したのだ。小馬鹿にするでもなく、心底嬉しそうに笑ったのだ。

「オズウィン！　君の婚約者は辺境伯夫人に相応しい子じゃないか！」

きょとん、としている私とオズウィン様に、エドワード様は友好的な笑顔を浮かべている。一体全体どういうことだろう？

頭に疑問符が浮かんでいるのが見えたのだろう。エドワード様は実に楽しげに私を見つめてくる。

「辺境を治める立場に立つなら、王族相手に臆するようじゃダメなんだ。不当だと、誤りであると思うならそれを正し、やり込める位の気概がないと」

エドワード様の言葉に私は目を見開き、すぐ眉間にしわを寄せて睨み付けた。

エドワード様の意図がわかったからだ。

「……要するにわたくしを試したということでよろしいですか？」

しかも二重に。

「そう！　その通り」

清々しいくらい爽やかで良い笑顔と返事をしたエドワード様に、これ見よがしに溜め息を吐いてやった。

エドワード様の悪戯というのは、王家の篩なのだ。相応しい者を見極める、その者の性根を暴く。なんとも腹黒いやり口だ。

「ニューベリー嬢、君は元々媚びない、間違いは正すという信条の持ち主だったみたいだね。まあ、ある出来事から変わったみたいだけれど」

「……」

私は沈黙する。エドワード様の言葉に息が止まりそうになった。

誰にも話していない、思い出したくもない出来事……そういうものが私にもある。その出来事以来、私は身分差には酷く気を遣うようになっていた。どうやらエドワード様はその辺りも容赦なく調べ上げたらしい。

なんともイヤラシイ人である。というかどうやって調べたというのか。

私がジトッとエドワード様を見ていると指を組み、まるで小説を読んだ後の考察でも述べるように語り出す。

「長い間それを押し込めていたようだったから心配していたけれど……どうやら『良いきっかけ』があったらしいね」

まるでメアリお姉様とのことも「誓約書」のことも知ったような口ぶりに、私の唇に力がこもった。

「腹芸に関してはそこまで求めていないから安心して？　できればなお良いってだけだけど」

「……努力いたします」

ぐ……結局エドワード様の掌の上だったのか、と思うとムカムカする。試合に勝って勝負に負けたような気分だ……

ぎゅうと膝の上でスカートを握る手が震えた。

「エドワード。俺はどうしようとかまわないが、キャロル嬢を試してからかうような真似は止めてくれ」

すっかり蚊帳の外になっていたオズウィン様が、エドワード様を睨み付けながらはっきりと言った。

エドワード様が「おや？」と眉を上げてオズウィン様に視線をやる。珍しいものでも見ているようだった。

「俺が常識知らずであることはここ数日で身にしみている。俺をからかうのもかまわない。だがそれにキャロル嬢を巻き込むな」

オズウィン様も思うところがあったのだろう。エドワード様のそれは王族として相応しい人間を選別するための行為だった。しかしオズウィン様は私の「相手を試しては良好な関係を築くことが難しくなる」という言葉を優先させてくれたのだ。

少し、嬉しい。

オズウィン様の言葉に思わず彼を見つめてしまう。すると視線に気付いたのか、気恥ずかしそうにオズウィン様は目を伏せてしまった。その仕草に私も反射的に恥ずかしくなり、目を伏せる。まるで思春期の少年少女にでもなったような気分だ。

「どうやら良好な関係は築けているみたいだね」

快活に笑うエドワード様を揃って睨み付ける。「仲がいいねぇ」と言ってきた。エドワード様は息をするのと同じように人をからかう人間なのだと諦めることにしておく。

「ああ、それでね。ついでなのだけれど、例の古木女の件、少し進展があってね」

ちょっと待て。

そっちの方が大事ではないのか？　むしろそっちが本題では？　まさかデートの件をからかう方を優先していたとでも？

私は信じられないものを見る表情になる。オズウィン様も同じ気持ちだったらしい。ジトリとした視線をエドワード様に向け、口を曲げていた。それさえも面白かったのか、エドワード様は笑顔のまま言葉を続ける。

「調査の結果、鍵を持っていた者たちに魔法をかけられた記憶は存在しない。その逆に衛兵たちが洗脳か暗示の類いをかけられていたとわかった」

「でも魔法にかかっていないと、鍵を盗まれた説明がつかない」

「そこがよくわからない」

鍵を持っていた人たちについてはわからないが、洗脳か暗示、という言葉を聞いて引っかかりを感じた。ごく最近、それらしいものに覚えがある気がしたからだ。

私は黙りこくる。

「そして魔法を掛けられた者たちから記憶を引き出したが、掛けた人間の顔も声も覚えていない」

記憶を引き出すなんて……そんなことができる人材がいるのかと王家の力に体がすくみ上がる。

拷問、尋問、諜報……そういった表には出てこない人材をたくさん抱え込んでいるのか……私の秘密にしていた嫌な思い出も調べ上げていたのだから、それくらい簡単なのかもしれない。

ゾッとしながらさぶイボを作っていると、オズウィン様が確認する。

「顔を見られたくなかったということは招待客の中に犯人がいたのか」

「おそらくね。それと手際がいい。けれど魔獣の持ち込みは、招待客には知られてなかったはずだ。少なくとも直前までは」

「偶然知ったとしても複数名ということはないだろう」

「洗脳か暗示の手際がいいが、古木女を使う辺り場当たり的な感じもする。複数犯ではないな」

あの日のパーティーに招待された令嬢たちはみなライバルであったが、あそこで魔獣を暴れさせて得がある人など誰もいないはずだ。

だってエドワード様かニコラ様の新しい婚約者探しという噂が立っていたのだ。そのふたりに見初められるのが目的だというのに、その舞台を台無しにするのはおかしな話だ。

それにもうひとつ気になる。

鍵を持っていた者たちは洗脳も暗示も掛けられていないと言うこと。

衛兵たちに魔法を掛けた人物は対面している事実がある。もし洗脳か暗示でもって鍵を持つ者たちに掛けたのだったら、衛兵たちのように顔も声も覚えていない人物の情報が出てくるはずだ。そして洗脳も暗示も、あまり複雑な命令はできない。つまり鍵を持っていた者たちと衛兵が掛けられた魔法は別物だ。

そこまで考えてはた、と気づく。

「……魔法の複数持ちですか？」

魔法の奇跡は基本的にひとりにひとつだけ。私も「熱を操る」魔法ひとつしか持っていない。しかしごく稀に複数の奇跡を持つ者も現れることがある。手際から考えるとあの魔獣乱入を企てた者は魔法複数持ちの可能性が高い。

「可能性は高い。しかし……」

「こういうときのために魔法情報は申請必須にすべきだと思うんだよなぁ」

自身の最大かつ最重要と言っても過言ではない奇跡——魔法の情報など登録必須にすることはま

ず不可能に近い。

奇跡の開示をすることで地位を示す貴族は少なくない。

国王陛下がいい例だ。回復の魔法と相まって陛下を支持する人々は貴族にとどまらず平民にも多い。

しかしそうやって開示することで利になるのは地位が高く身を守る術がある人々に限る。希少性、もしくは有用性の高い魔法を持つものは人買いに攫(さら)われることもある。そのため魔法情報の登録を快く思う者は少数派なのだ。

「まあ、少し時間はかかるだろうけど調べられるだろう。そうなったら解決だ」

エドワード様の言葉が素通りしてしまう。魔法の複数持ちはともかく、洗脳や暗示に該当する魔法を使う人物に心当たりがあるではないか。

あくまで自分の感覚しか証拠はないが――頭の中にイザベラ様の顔が浮かんでいた。

イザベラ様に「不安よね？」と言われる度に胸の中に妙なものが芽生える感覚になった。不安の種が芽生え、イザベラ様が見つめささやくほどそれが育っていくような、そんな感覚――

イザベラ様に与えられたあの感覚は魔法だったのではないだろうか？

「キャロル嬢？」

私が洗脳・暗示にイザベラ様を結び付けて考え込んでいると、オズウィン様が声を掛けてくる。

はっとして背筋を正すと、エドワード様は首を傾けてこちらを見ていた。

「何か心当たりでもあるのかな？」

見透かすようなエドワード様の言葉に、先ほどまでの考えを口にしようと思った――

「……いえ、確証もなく口にするのははばかられますので」

が、私はイザベラ様のことを口にはしなかった。不用意に疑念を持ちだして、メアリお姉様の友人を罪人のようにしたくはない。

イザベラ様が私に魔法を掛けたという証拠でもない限り、私が余計なことはすべきでないと思うのである。

「そう？　それじゃあ、また進展があったら連絡するから」

「恐れ入ります」

短いながら心底楽しめないお茶会は終わった。遅れて胃がぐるりとよじれる感覚に襲われる。

エドワード様が「土産に」と茶菓子を持たせてきた。可愛らしい箱にリボンで飾られている。

なんというか、こう……振り回された感覚が強かった。城を出るまではしっかりせねば、と気合いを入れて部屋を出ようとすると、エドワード様が思い出したように呼び止めてきた。

「ニューベリー嬢。さっきの映像、君のお守りになるなら持っていて良いよ」

なんとも余裕のある言葉である。あの程度で自分の優位は揺るがないと思っているのだろう。

私はツカツカと歩み寄り、エドワード様の前に音を立ててブローチを置いた。

「中の情報を削除した後、お返しくださいい。こちら借り物ですので」

それならこちらもこの程度の情報などに縋るものか。

あくまで顔は強さと余裕を出しつつ胸を張った。挑発するようにエドワード様を見てから部屋を辞してやる。

「強気だねぇ」

エドワード様の愉しげな声が届いた。だが知ったことかと聞こえないふりをしてやった。

後ろから小走りで追いかけてきたオズウィン様が追いつき、肩を叩く。

「キャロル嬢」

「オズウィン様」

先程までのエドワード様とのやりとりで、ほぼ幽霊だったオズウィン様は少し考えてから言葉を口にした。

「家まで送ろう」

「ありがとうございます」

オズウィン様は手土産を私の手から取り、エスコートをしてくれる。お互い無言で城の中を進んでいたが、途中、オズウィン様が足を止めた。

どうしたのだろう？　数歩進んでしまったため、オズウィン様を振り返る。

「……キャロル嬢、本当に申し訳なかった」

オズウィン様が腰を直角に曲げて頭を下げる。一瞬、ぎょっと目を見開いてしまう。

オズウィン様ってばまた軽々しく頭を下げる！

「お、オズウィン様？」

「魔獣肉もモナとの手合わせも、君に俺たちの常識を押しつけてしまった」

頭を上げないオズウィン様に慌ててしまう。

ジェイレン様に保証こそ貰ったが、まだ「下級貴族にそんなことしなくても……」という気持ちがでてしまうのは思い出したくない幼い頃の過ちのためだ。

それにエドワード様と違って、素直な態度を取られるとキツく言い返す気も失せる。

私は耳の後ろをかきながら「気にしておりませんから」としか返せなかった。

「ニューベリー男爵のタウンハウスまで頼む」

オズウィン様は待っていた御者に目的地を告げる。

「かしこまりました」

またアレクサンダー家の馬車で、タウンハウスまで送ってもらうことになる。

城から出るタイミングで、オズウィン様がお付きの人から何かを受け取っていることに気付いた。

ホルダーに収められたナイフだった。かなり大ぶりなナイフをオズウィン様は手慣れた様子で腰に隠すように装着する。辺境の人々は基本的に常にナイフを携帯しているのがよくわかる手際の良さだった。

そのとき私ははっとする。馬車に乗り込む前に、オズウィン様に向かって私は申し出た。

「……あの、オズウィン様。もしよろしければそのナイフの採寸をさせていただけないでしょうか？」

オズウィン様がきょとん、とした表情をしていたので慌てて付け加える。

「あの、お手紙を書かせていただいたのですが、ナイフケースを贈らせていただきたくて……！普段お使いになっているナイフのサイズを伺いたくて……！」

あっ、でも採寸する道具もない――

そもそも今日会えると思わなかったのだから当然なのだけれど……

あわあわ、と身振り手振りで話す私に、オズウィン様は微笑ましいものを見る目を向けてくれる。そして腰に手を回し、ホルダーごとナイフを外して私の手に乗せてきた。

私の前腕ほどの長さと幅のあるナイフはずっしりとしていて、中型の動物程度なら一振りでその息の根を止められそうなほど貫禄がある。この重さを易々と操るであろうオズウィン様を想像し、彼の強さを実感した。

「俺が一番使っている剣鉈だ。これをキャロル嬢に預けよう」

「えっ、よ、良いのですか？」

まさか借りられると思わず、私は慌てた。かなり使い込まれているらしく、握りの部分は変色している。刃を見ずとも、オズウィン様愛用の武器なのだとわかった。

「ああ、婚約者殿が俺にプレゼントを、と言ってくれているんだ。どうか預かってくれ」

なんだか信頼されたような気がして、妙に嬉しかった。武器は戦地で背中を預けられる者か実力を認めた相手にしか預けないという人間も多い。

婚約して間もない私に預けてくれたことに対し、深く頭を下げた。

「このナイフに相応しい鞘を作らせていただきます」

次はオズウィン様が目を瞬かせていた。

「キャロル嬢が作るのか？」

「はい。革で作らせていただきます」

意外、だっただろうか。

刺繍や手芸をする令嬢は少なくないが、それを革で行う人はあまりいない。ものによっては分厚いし、縫いにくいし。

それに革に刺繍をするのは遊牧民が多い。

私はよく狩りをする。その度狩人に聞いて教わってきたので、皮を剥ぐことも加工することもできる。

ちょっとした自慢だ。

お父様やお母様、メアリお姉様や学園時代の友人にも、自ら狩った動物の革で色々作った。特に花のブローチは友人にも好評で、会う度に彼女たちの帽子や胸元を飾っていた。

自信があるので任せてほしい。そんな私の熱が表情からオズウィン様に伝わったらしく、彼は目を細めて微笑んだ。

「それは楽しみだ。まさか初めてもらえる贈り物が手作りとは」

オズウィン様の「手作り」という言葉に急に恥ずかしくなる。

学園時代、平民出身の生徒たちが調理の授業で作った手製の菓子を好いた相手に渡しているところを見たことがあった。

木っ端ではあるものの、貴族である私は料理を——狩りで仕留めた獲物を焼くくらいはしていた——しない。そのため彼らがするような手作りのものを相手に贈る、という甘酸っぱい行為に私は縁が無かった。

今回手作りするものは菓子ではない。しかし菓子と違って一瞬で消えないものでもある。

「はい、お任せください」

私はナイフをぎゅっと胸に抱き、オズウィン様を見つめた。


「オズウィン様はやはり普通の動物は狩らないのですか？」

乗り込んだ馬車の中で、私はオズウィン様に尋ねた。

辺境では魔獣を狩ることが日常である。そんな彼らはただの動物を狩らないのだろうか？

素朴な疑問だった。

「そうだな、基本的に辺境では普通の動物は狩るより先に魔獣に食われるからなぁ。だから小型であっても狩るのは魔獣かな」

なるほど、魔獣でない獣は辺境の食物連鎖最下層に問答無用で放り込まれるのか。なんとも厳しいものである。

うんうんと唸っていると今度はオズウィン様が尋ねてきた。

「ニューベリー領では何を狩ることが多いんだ？」

「そうですね、鹿と猪が多いです。あとアナグマも」

「やはり農作物を荒らすからかな？」

「そうです。領地の生活に直結しますから」

狩りのこととなると会話のやりとりのテンポが上がる。

オズウィン様は普段狩っているのは魔獣ばかりだから、物足りないかもしれない。けれど辺境以外で狩るものと言えば農作物を荒らす獣の方が圧倒的に多い。

それにたまに熊だって出る。

人里に降りてこないならいいのだが、人間の食べ物の味――または人の味を知ってしまった熊は早々に狩らねばならないのだ。その地域の狩人組合総出で熊を狩りに行く。

狩りは技術と金がいる。だからたまに現れる「はぐれ」魔獣の素材は高く売れ、狩人組合の支援に役立つのだ。

「狩人には積極的な支援を行っています。後継者育成には特に力を入れているのです」

「キャロル嬢が狩りをするのもその一環かな？」

メアリお姉様の小言から逃げたのが始まりだった、とは流石に言えない。しかし私の狩りへの参加が狩人組合の後押しをしているのは事実だ。

「そんなところです」

私は少しごまかすように笑った。オズウィン様は私をじっと見て、少し間を開けたあと、口角を上げて笑みを作る。

「おかげでニューベリー領には女性の狩人も多いです。罠猟の道具も盛んに作られていますし」

「女性の狩人も男性並に狩りに赴くのか？」

「いいえ、男性ほどではありません。罠を作って仕掛けるのが半分、直接赴くことが半分でしょうか」

女性は月のものがある。

獣は血の気配に敏感だ。もし熊などの他の動物を襲う獣に嗅ぎつけられればどこまでも追ってくる。そういった危険から女性の狩人は罠猟と半々なのだ。

オズウィン様は「ああ」と納得した様子だった。

「たしかに辺境でも女性は月のものがあるときは魔獣狩りに参加していないからなぁ」

オズウィン様がけろりと言うものだから反応が遅れた。月のもののことに気付いてあっさり返されると思わなかった……いや、下手に恥ずかしがる方が良くないのだけれど……

少し黙ってしまった私に、オズウィン様が「あっ」という顔をする。声を小さくして「すまない……」と謝罪をしてきた。

「いえ、でも大事なことですから……」

月のものは人によって辛さは様々だ。けれど狩猟において狩人が血の臭いをさせているのは良くない。

どんなに元気であっても、その血の臭いは獣に悟られ、場合によっては襲われる。そういった配慮から、女性の狩人は月のものの時には狩りに出ない。辺境でもそれは同じであるらしく、安心した。

——流石に月のものの時に魔獣狩りに参加しろなんて言われても、絶対できないもんね。

タウンハウスに着いて、オズウィン様と別れた。手にはエドワード様に持たされたお土産と、オズウィン様の剣鉈。

私は迎えてくれたマリーにお土産の箱を渡した。

「マリー。これ、エドワード様にいただいたお菓子ね。お母様にお茶にしましょうと伝えてもらえる？」

「えっ⁉　お、王子様からの頂き物ですか⁉」

こくりと首を縦に振ると、マリーはまるで国宝か聖遺物でも掲げるように震える足取りでキッチンに運んでいった。マリーがキッチンへ消えてから数秒後、どよめきが聞こえる。

――王子様から下賜された品だって⁉

――誰が切り分けるんだ⁉

――コック長がしてくださいよ！

まあ、普通に考えれば王族からの頂き物なんてまずないもの。そういう反応にもなるかぁ。けれど私にはエドワード様のお土産よりも、オズウィン様からの預かり物の方が重要だった。私は大事に剣鉈を抱きかかえて自室へ向かった。

私は自室に戻り、ナイフケースのスケッチをおいた机にオズウィン様の剣鉈を置く。握りの部分に手をかざすと本当に大きいことがよく分かる。

明日は革を買いに行こう。良い革を買って、オズウィン様にプレゼントしたい。オズウィン様と少しずつではあるけれど、良好な関係が築けている気がして、私は今ほっとしていた。

剣鉈の柄を掴み、鞘から抜き放つ。厚みがあり、軽く掴んだだけではまっすぐ構えることもできないほどの重み。

――これほどの剣鉈をたやすく操るのだろうな……

空を斬って、切っ先を見つめる。

オズウィン様のたくましさを感じ取り、再び剣鉈を鞘に収めた。

「では、いただきましょう」

皆が揃ったところでお母様が口を開いた。

コック長に切り分けさせたエドワード様からのお菓子と、香りの良いお茶が並んでいる。お父様はビクビクしている。本人がいないのだからそこまで顔を青ざめさせなくても……と思ってしまうが口にはしない。

お父様の蚤の心臓は直せるものじゃないし。

皿に載せられていたのは意外なことにクリームも果物も乗っていない、素朴な見た目の焼き菓子だった。厚めのクッキー生地の表面にフォークか串で細かい模様が刻まれている。卵が塗られ、つやつやとした焼き色は輝いているように見えた。質の良いバターの良い香りが鼻腔をくすぐる。

「あ、サクランボジャム」

断面から見えたのは黒サクランボのジャムだった。しかも果肉がゴロゴロたっぷり入っている。

カスタードクリームが一緒に入っているものも美味しいが、やっぱりイチジクやサクランボのジャムだけのタイプが好きだ。煌びやかな菓子ではなく、一見素朴なのに上質な素材を使って職人が作ったものを選ぶエドワード様のセンスが、少し卑怯だと思った。

「エドワード様からの下賜品と聞いたせいで、余計美味しく感じてしまう……」

「流石にそれは色眼鏡を掛けすぎでは……確かに大変美味しいですけども」

「さくさくほろほろ……良いバターが使われていますね」

「サクランボジャムの酸味でちょうどいい感じね」

鳥が啄むように一口ずつ小さく味わうお父様を余所に、メアリお姉様は上品に、どんどんお菓子を口に運ぶ。美味しく味わっている様子がうかがえた。私も大きめにフォークで切り分け、しっかりと噛みしめて味わう。

このしっとりしているのに軽い口当たり、底の部分はざくりとした歯ごたえ。絶妙なバランスがたまらない……アーモンド入りの厚めのクッキー生地なのに、しっとりしていて優しく口の中でほぐれる。

鼻を通るバターの香りはまろやかで濃厚――酸味のある黒サクランボのジャムで生地の甘さが中和され、口内に瑞々しさが広がる。

一口、また一口とフォークが進む。

――うぅん、ずるい……

エドワード様が上品でない笑顔を浮かべて勝ち誇っている様子が頭に浮かぶ。しかしこればかりは白旗を挙げるしかない。お茶とも相まって、大変美味しい。

あまりにも美味しいのでまた食べたいと思ってしまったが、王城のシェフが作ったのかもしれない。そうなると再び食べることは叶わない可能性が高い。私はしっかりと噛みしめて味わう。

「エドワード様はお菓子選びの趣味がとても良いですね……」

「多分これ、エドワード様が作ったものよ？」

メアリお姉様の言葉にお父様とお母様はお茶でむせかえり、私は目を丸くする。

今なんと？　エドワード様が作った？

「エドワード様ね、学園時代から婚約者の方と一緒にお菓子を作ってはご友人たちに振る舞っていたから」

「……」

脳内に浮かぶエドワード様はコック帽を被り、泡立て器を構えて高らかに笑っている。私はよくわからない敗北感に打ちのめされるのだった。


その輝きはダイヤモンド、だそうです。


第二王子謹製の焼き菓子で敗北感に打ちのめされた翌日。オズウィン様の剣鉈をしっかりと握りしめ、革を見に行くためマリーを伴いタウンハウスを出た。

王都の市場には革を扱う店が多々あるが、その中で、ひとつ気になるところがあった。

露天的に出しているというのに、扱う革が驚くほど種類豊富だったのだ。そこの店番に店の名前と住所を尋ね、店舗へ赴くことにした。

店構えとしては少々古めかしく、扉は重厚で良く磨かれている。

店の名前は「革千万」。自信の表れのような名前だった。

「いらっしゃいませ」

やわらかな、だが店と同じように深みのある声が私たちを迎え入れる。

丁寧に陳列がされているが、棚の全面だけでなく、天井からも革が吊るされているものだから圧巻の一言だった。店内は革のにおいで満ちている。

ニューベリー領でもよく見る鹿や猪はもちろん、馬や牛、豚に羊もあった。

「ひゃぁ〜、ここは品揃えがすごいですね、お嬢様」

「本当。爬虫類も魚もある」

目に留まった細やかな鱗のフィッシュレザーを手に取った。フィッシュレザーを扱っている店は滅多にないから珍しい。

「魚ですか⁉　破れないんですか⁉」

マリーが驚きながらフィッシュレザーをのぞき見ている。すると眼鏡を掛けた初老の店員が近づいてきた。彼はグレイヘアのオールバックで優しげな笑顔を浮かべている。

「もちろんです。フィッシュレザーはミモザの樹皮から抽出した成分でなめしてあります。生臭さなど一切無く、薄さからは想像できない強度となっていますよ」

「はぁ〜、魚の皮を食べる以外にもこんな風にできるんですねぇ」

マリーはカリカリに焼いた魚の皮が好きだったはずだ。カリカリに焼いておやつに食べていたのを見た覚えがある。マリーの話では料理長に頼んで破棄される魚の皮を貰って作ったとかなんとか。物珍しげにフィッシュレザーを見るマリーに、初老の店員は孫でも見るような優しい眼差しを向けている。

「経年で濃く深い色合いになります。かさついた場合は革用のオイルで手入れをしていただくと直りますよ」

店員は商品を売るより、まず知ってもらいたいらしく熱心に説明をしてくれる。マリーはほへー、と感嘆の声を漏らしながらその説明に耳を傾けていた。店員は一度奥に引っ込み、何やら大きな物を持ってきた。

「よろしければこちらをご覧ください」

「ありがとうございます」

分厚いファイルを渡される。そこには動物の種類となめし方、染色の違いごとに変えた小さな革が並んでいた。豚や鹿、猪に馬。魚や蛇――ひとつひとつ指で撫でてみるとそれぞれ個性があって面白い。

豚革は軽く、密度が高くしなやかで、薄くできるようだ。

牛革は繊維組織が均一で整っていてとても丈夫だ。

山羊革は弾力性に優れている。

鹿革はしっとりとした柔らかさがあって触り心地が良い。

蛇革は模様が美しく、触り心地に特徴がある。

「色々ありますねぇ、お嬢様」

「そうね。どれも良い革。良い職人がいるのね」

店員が持ってきた見本の革に触れながら見ていると、彼の背後にある硝子ケースに入れられている革が目に入る。

「その革は？」

「こちらですか？」

店員が目を輝かせ、硝子ケースを開ける。見慣れない滑らかな表面の革は繊維組織が細かすぎて光を帯びているように見えた。

「こちら金剛一角馬（こんごういっかくば）の革です！」

「えっ、魔獣の？」

「その通りです！」

店員は鼻息荒く、興奮気味に語り出した。

「魔獣の中でも一際（ひときわ）美しい金剛石の角を持つ馬！　その角から採れる宝石の希少さと輝きばかりが取り沙汰されますが、筋肉が多い臀部から採れるレザーはまさに革のダイヤモンド！　魔獣は活動的なため傷が多いことがありますが、この金剛一角馬の革は大変美しい仕上がりとなっています！」

一気に語ってムフー、と鼻息を吐く店員の額にはうっすらと汗をかいていた。ぴっちりと整えられていた前髪が一房ほつれている。

「はわ……」

店員の勢いにマリーは若干腰が引いていた。しかし彼が熱心に語るだけあって、金剛一角馬の革はとても美しい。

魔獣の革は普通の動物より全体的に丈夫なものが多い。魔獣の革から作られた防具は金属製の盾や鎧と比べてずっと軽く、それでいて頑丈なのだ。加工の仕方では強弓から放たれた矢の鋭い鏃（やじり）も弾くし、達人の剣で何度も斬りつけてようやく傷をつけることが叶うほどの強さになる。

とても魅力的だ。

きっと素晴らしい鞘ができるだろう。

「こちらをいただけますか？」

「はい！　ありがとうございます！」

一も二もなく、私は購入を申し込んだ。

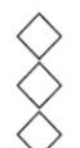

丁寧に包まれた革をマリーに預け、私たちは店を出た。マリーはしっかりと革を胸に抱きしめている。

「はわ……金剛一角馬の革なんて初めて持ちました……」

「ドキドキしちゃう？」

「心臓が口から飛び出そうです～」

さほど大きくはないが、良い値段がした金剛一角馬の革。しかし辺境伯の御子息であるオズウィン様に贈るものならこれくらい上質なものであるべきと思った。

良い買い物に満足していると、マリーが上目遣いでチラチラと視線を投げてくる。

「お嬢様〜他にはどこか行かれないのですか？　お菓子屋さんとか、布屋さんとか、レース屋さんとか、香水屋さんとか……」

「頼まれたの？」

「はい！」

王都への付き添いはメイドたちの中でいつも取り合いになる。ニューベリー領にはない、王都の洒落た店を訪れるチャンスがあるからだ。そしてニューベリー領で留守番をする他の使用人たちにお使いを頼まれることも多々ある。

私はお財布から銀貨を五枚取り出し、マリーに渡す。目を丸くしているマリーに、指を立てて笑って見せた。

「革を私の部屋に置いてきたら好きに見てきなさいな。これは私が一人で散歩するのを内緒にしてもらう口止め料。あとお使いの足しにして。夕食の準備までには戻るのよ？」

せっかくの王都だ。

私もたまには一人で店や市場を回りたい。せっかくだから本屋に直接赴いて数冊買いたいと思うし。

マリーはぱっと顔を明るくし、頬をピンクに染めて元気よく返事をする。スキップをしそうなマリーを見送って、私は店が連なる通りを歩き出す。

どうせなら革に合わせた糸も買おうかな、と急に考えが浮かぶ。本を買う前に探せば、あとは書店でゆっくりできるだろう。

オズウィン様の髪の色に合わせて、赤系統の糸にしようか……そんなことを考えながらオズウィン様の剣鉈を抱きかかえて歩いていると、体が引っ張られた。前のめりになるほどの強さで、剣鉈を奪われたのだ。

剣鉈を奪ったのは小柄な少年で、私は一瞬あっけにとられたが、すぐ彼の後を追いかける。

オズウィン様が預けてくれた剣鉈を奪われるなんて！　信頼を裏切るような真似をしてしまった罪悪感から少年を追いかける足に力が入る。

少年の足は速く、何度も道を曲がって私を撒こうとした。幸い今日は踵の高い靴は履いていない。私はじわじわと少年に追いつきつつあった。

「待ちなさい！」

声を掛けたのとほぼ同時に、少年は再び角を曲がって人気の少ない道に駆け込む。私もそのまま少年を追いかけ、勢いのまま、飛び込むように角を曲がった。

――絶対に捕まえる！

ブレーキを掛けるように強く地面を抉って向きを変える。しかし少年よりも先に目に飛び込んできたのは、

「あら、奇遇ね。キャロルさん」

オズウィン様の剣鉈を持った、イザベラ様だった。黒く艶やかな髪をさらりと耳にかける。酷く美しい笑顔を私に向けて。

挿話　マリーはご機嫌。

ニューベリー家メイドのマリーは足取り軽く王都を歩いていた。メイド仲間に頼まれた買い物であちこち回るのは楽しい。しかもキャロルお嬢様がお小遣いをくれたのだ！　なんと満月銀貨を五枚も！　メイド見習いのお給金半月分近くなんて、キャロルお嬢様は太っ腹だ！　前にキャロルお嬢様がくださった王都のお店のファッジをメイド仲間全員に買っても使いきれない！　チョコレート、マシュマロ、ナッツ入り、ドライフルーツにミルクとコーヒー……

キャラメルのような質感だけれどキャラメルより甘く、噛むと口の中でほろりと崩れる王都のファッジに思いを馳せる。

ウキウキと軽い足取りで商店の並ぶ通りを歩いて行く。あちこちから漂う甘いチョコレートの香りや香ばしい焼き菓子の匂いが鼻腔をくすぐる。よく熟れた瑞々しい果物と、バターのこってりとした脂肪分が鼻腔から舌に乗りじゅわりと口内を潤した。

マリーはお菓子屋の並びを食い入るようにして見て回る。

果物の砂糖漬けとナッツを甘橙の花の水と練り合わせて焼いた菱形のお菓子は作る手間がかかって繊細だ。王都でなければこれは食べられない。

砂糖と蜂蜜、卵白を混ぜて煮込んだ中にナッツとドライフルーツを加えた、白くねっちりしたお菓子は甘くて濃厚で、メイド仲間の間で大人気だ。

まるごと果実の砂糖漬けも贅沢でたまらない！

口の中を甘い想像で一杯にしながら店を一軒一軒見て回った。

ふと濃厚なバターとスパイスを合わせた林檎の匂いが鼻をくすぐってきた。

「焼きたてですよぉ」

「わぁ！」

半円状で手持ちができるアップルパイが、できたて熱々で出てきたところだった。

葉っぱのような模様が描かれたパイは表面がつやつやしていて思わず涎が出た。その魅惑的な姿のパイに目を奪われ、マリーはゴクリと喉を鳴らす。

「アップルパイ、ひとつください！」

「アップルパイ、ひとつください！」

丁度声が重なった。

隣を見ると同じくらいの身長の女の子が同じようにマリーを見ていた。二つしばりの髪を揺らす、ズボン姿の女の子。ちょっとつり上がった狐っぽい目の子だった。

「貴女もアップルパイ？」

「はい！　焼きたてでとっても美味しそうだったので！」

「そうよね！　やっぱり焼きたてが美味しいと思うわ！」

ズボン姿の女の子は嬉しそうにマリーに笑いかける。店員はふたりの様子を微笑ましく見て、声をかける。

「お嬢さん方、アップルパイをひとつずつでいいかい？」

「はい！」

「おねがいするわ！」

あつあつのアップルパイを紙に包み、店員が差し出す。

ふたりは銅貨を一枚差し出し、店の外の椅子にかけた。手の中で熱を発するアップルパイを掴み、その輝くアップルパイを見つめる。

「いただきます！」

ふたりは同時にアップルパイにかじりつき、

「あふっ！」

同時に口の中をやけどした。

サクサクのパイ生地から出てきたシナモンとレーズンの入った林檎のフィリングは容赦なくふたりの舌を襲う。それでもはふはふと口を動かしてバターの風味と甘いフィリングを堪能した。

「おいしいっ！」

「はふっはふっ、あちゅい、けろ、おいひいっ！」

少女ふたりが夢中になって食べるアップルパイに、通る人々が興味をそそられ足を止める。

少女たちの幸せそうな表情にアップルパイを注文する人だかりができていた。

「ごちそうさまでしたっ」

アップルパイを堪能したふたりは満足そうに笑う。

そしてお互い顔を見合わせて、また笑った。

「貴女、口の周りにパイのかけらがついてるわよ？」

「やだ！　でもお嬢さんもパイのかけらがついてますよ～」

「あらやだ！」

この日はふたりの少女のためか、この店のアップルパイがよく売れたのだった。

手袋を投げる意味はご存じでしょう？

微笑むイザベラ様の側には先ほど私から剣鉈を奪った少年がいた。少年は虚空を見ているようなぼんやりとした目をしている。

──一体、どういうこと？　あの少年の様子はどう見てもおかしい……。

私が少年に視線をやっていることに気付いたイザベラ様が、「ああ」と彼を見やる。滑らかな指先でそっと少年の顋を持ち上げると、目を赤く光らせてのぞき込んだ。

「もう行って良いわよ。このことはすべて忘れてね」

「は、い……」

少年はイザベラ様に向きを変えられ、しっかりとした足取りで去って行く。このときイザベラ様が洗脳かそれに類する魔法が使える確信を得た。しかし同時に不安が浮かぶ。

城で行われたパーティーの時、衛兵たちの記憶から自身の情報を消していた。にもかかわらず今堂々と私に顔をさらしている。

それは私の記憶からイザベラ様の情報を消すから全く問題にならないということではなかろうか？

「これ、お返しするわ」

私の不安を余所に、イザベラ様は剣鉈を片手で差し出す。私は体を強張らせつつ、視線だけを動かしてイザベラ様を見た。

私の警戒を感じ取ったのだろう。イザベラ様は一層優しい笑みを浮かべて「さぁ」と、剣鉈を差し出した。

「大切なものでしょう？」

そうだ。

オズウィン様から預かった剣鉈だ。いつでも魔法を発動させられるように、私はそろりと剣鉈の鞘を掴んだ。

「おかえりなさい、キャロル」

タウンハウスの玄関で、メアリお姉様に声を掛けられた。

――あれ、いつの間に帰ってきたんだっけ……マリーと別れてその後……

ぼんやりしたままその場に立っていると、メアリお姉様が顔をのぞき込んできた。

「どうしたの？　ぼーっとしちゃって……」

目の前で手をひらひらとされて、思わず体が跳ねた。意識が完全に戻ってくる。手にはオズウィン様の剣鉈があった。

「あ、た、ただいま戻りました……」

「もしかして立ったまま寝てたの？　やぁねぇ。早寝早起きしないとだめよ？」

「ははは……」

誤魔化すように笑う私から視線をずらしたメアリお姉様が、使用人を呼び止めた。メアリお姉様の手には手紙が握られている。

「これをペッパーデー子爵のイザベラのところまでお願い」

かなりしっかりとした封筒に、リボンと花も添えている。何か祝い事なのだろうか？

不躾にもじっと見ていたことに気付かれたらしく、メアリお姉様が使用人を見送ったあとに口を開いた。

「イザベラがね、結婚するそうなの。予定が早まってしまったって」

「えっ」

「遠いところへ嫁ぐから、多分もう会えないって……」

メアリお姉様が寂しそうな顔をしている。

王都にいる間はイザベラ様とは頻繁に出かけていたようだった。よくよく思い出してみればメアリお姉様宛の手紙で一番目にしたのはペッパーデー家の家紋の押された封蝋の手紙だ。

「しかも相手方の意向で式も行わないそうなの。だから親友としてお祝いの手紙だけね」

そうなのか……

今まで見たことがないくらい、悲しそうな横顔のメアリお姉様に、妙に胸がぐずつく。

「キャロルもオズウィン様に嫁ぐだろうし、私も早くお婿さんを探さないと」

その言葉を聞いて、私は胸の中に強い感情が湧いてきた。

――オズウィン様との婚約を断らないと。

辺境伯の家に、私のような娘が嫁ぐなんて無理だ。家柄からして、本来なら私には到底無理な縁談だったのだ。

アレクサンダー家という辺境の守護を担う家で、私に何ができる？

私はただ少し狩りができるだけの男爵令嬢だ。魔法だって熱を操ることができるだけのつまらないもの。普通の御令嬢よりは強いかもしれないけれど、私より強い人も上手く狩りをできる人もたくさんたくさんたくさんいる。私よりも強力な魔法が使える人も魔獣を狩ることができる人もたくさんたくさんたくさん……

とてもとても、私には――

「キャロル？」

メアリお姉様に頬をつつかれる。

私の胸の中は不安と圧迫感で一杯になっていた。そして焦燥感に駆られるように、私は自室に向かって駆けだした。

ドレスをベッドに脱ぎ捨て、ズボンとシャツに着替える。髪をきつく縛り上げ、腰に水を入れたボトルを携えて胸をベルトで押さえる。

ドレスと一緒にベッドに投げた剣鉈を睨み付けてからひっつかみ、私は馬房へ走った。

「お、お嬢様!?」

「アンカーを連れていくわ」

馬の世話係に一言告げ、そのままアンカーに跨がる。踵でアンカーの腹を蹴り、駆けだした。

目指すはアレクサンダー家のタウンハウスだ――


愛馬のアンカーに乗り、アレクサンダー家のタウンハウスを目指す。急かすように心臓がバクバクと音を立てていた。

――早く！　早く！　早く！

手袋の中に汗を感じながら、アンカーの腹を蹴って前へ前へと走らせる。アンカーの息づかいから全力であることがわかるのに、酷く遅く感じた。

アレクサンダー家のタウンハウスは伝統的な貴族たちの別邸が建てられた地区にある。その中でも一際大きく広い屋敷と庭を見付け、迷うことなく門へ向かった。

アレクサンダー家の権力の大きさがうかがえる大きな屋敷の前で馬を止めると、ふたりの門番が訝しげにこちらを見てくる。

「失礼ですがレディ、当家にご用でしょうか？」

私は馬上から飛び降り、門に掲げられた家紋を確認する。間違いなくアレクサンダー家のものだ。

私は門番を睨み付けるように視線をやった。

「ニューベリー男爵の娘、キャロル・ニューベリーです。オズウィン・アレクサンダー様はご在宅ですか？」

「はい、少々お待ちくださいませ」

私の名前を聞いて、アレクサンダー家とどういった関係かすぐに理解したらしい。

門番の一人が屋敷に向かい、もう一人は馬を預かると言って手を差し出した。私はアンカーの手綱を渡し、大股で歩きながら屋敷へ向かう。

私に追いついた門番が、扉を開けて屋敷の中へ導く。令嬢としてはあり得ない歩幅と速さで玄関へと入ると、丁度ジェイレン様と門番が話していた。

私に気付いたジェイレン様が腕を広げ、のしのしと嬉しげに出迎えてくれる。

「ああ、キャロル嬢ではないか。今日は一体どういった用向きかな？」

先触れもなく訪れたというのに、ジェイレン様は満面の笑みだ。私は背筋を正し、踵を揃えてジェイレン様に向かって口を開く。

「オズウィン様に決闘を申し込みに参りました」

「そうかそうか決闘か！　……決闘？」

ジェイレン様が私の言葉を反復したとき、丁度オズウィン様が現れた。鍛錬中だったのか、木剣を携えている。

「キャロル嬢、ようこそ。急だったな」

ちょうどいい。

私は手袋を取り、その顔面目がけて投げつけた。

「ぶっ」

手袋を顔に叩きつけられて声を上げるオズウィン様。顔からずり落ちた手袋を反射的に掴むが、何が起きたのか理解していないようだった。

「オズウィン・アレクサンダー様、決闘を申し込みます」

広い玄関ホールに私の声が響いた。

オズウィン様は目をパチパチと瞬かせ、私と手袋を交互に見る。ジェイレン様はハッとしてオズウィン様に向かって声を上げた。

「おっ、オズウィン！　お前キャロル嬢に何をした⁉」

ジェイレン様の顔は引きつっていた。動揺から声もオズウィン様を叱りつけるような強めの言葉になっている。一方のオズウィン様は呆然として立ち尽くしていた。

「いえ、俺は何も……」

「決闘」と言われて驚いているのだろう。私はオズウィン様を睨み付け、はっきりと告げる。

「オズウィン様と私の婚約関係の訂正を求める決闘を挑みます」

「キャロル嬢！　愚息が何かしでかしたのか⁉」

ジェイレン様は辺境の守護者らしからぬ慌て具合で私を見てくる。ジェイレン様の言葉は見当違いだ。

「いいえ、オズウィン様は何もしていません」

「なら何故……！」

ジェイレン様には一瞥もやらず、私は強い眼差しのままオズウィン様に歩み寄る。そして預かった剣鉈を押しつけるように差し出した。

「お返しします」

オズウィン様は私をじっと見てくる。まるで何か探るような眼差しだ。

神経が苛立つ。私は眉間に込めた力を緩めることなく、オズウィン様の視線を真っ向から受け止めた。

オズウィン様は剣鉈に視線を一度落とし、若い狼のような凛々しい顔つきで姿勢を正した。

「この決闘、受けさせていただこう」

「オズウィン！　何を勝手なことを……！」

オズウィン様の返答にジェイレン様が叫ぶ。そんなジェイレン様を手で制し、オズウィン様は私を見つめた。

「決闘の内容は？」

「一対一にて、勝敗の決定は続行不能になるか、降参の言葉が出るまで」

「得物と魔法は？」

「どちらも使用可で。私はこれを」

腰に携えた、水の入ったボトルを揺らす。それを見てオズウィン様は腰に剣鉈をくりつけ、笑みを浮かべる。

「なら俺は素手で」

一切の迷いなく、彼はそう答える。

――素手？　私を見くびっているのか？　あまりにも傲慢(ごうまん)……ッ！

奥歯を噛みしめ、眉間に一層力を入れる。

だがオズウィン様は大体の武器は使えると言っていたことを思い出す。同時に「防具で固めている相手にはメイス」とも。そして素手での戦いを求めたことから推測するに、オズウィン様の魔法は直接触れないと発動しないのだろう。使用範囲的制限がある確率が高い。

ごくごく限定的な使い方しかできないはずだ。だが油断する気はない。

なにせ辺境伯の子息という以前にオズウィン様は辺境の戦士。強くないはずがない。だが私も負けるわけにはいかない。

「俺とキャロル嬢の婚姻関係の訂正と言っていたけれど、どういう風に訂正を？」

「私ではなく、メアリお姉様と婚約をしてください」

「君の姉上と？」

オズウィン様は眉を片方上げる。ジェイレン様もどういうことだと言わんばかりの顔をしていた。

ジェイレン様は疑問符を頭に大量に浮かべながら尋ねてきた。

「キャロル嬢、何故またそんな……」

「私よりもメアリお姉様が将来の辺境伯夫人に相応しいからです」

オズウィン様は口元を押さえて考え込むように私を見つめた。

何を迷う必要がある。

「わかった。それじゃあ、俺が勝利した場合……そうだな」

焦らすような様子に、私は苛立った。オズウィン様が口を開くより先に私は手を前に突き出す。

「それはオズウィン様が勝利したあとで結構です。それよりもすぐ決闘を」

きっぱりと言うとオズウィン様は手の向こうで口を大きく横に伸ばして笑みを浮かべた。

「わかった。それでは鍛錬場で良いかな？」

「ええ、もちろんです」

オズウィン様はジェイレン様に何か耳打ちをする。そしてすぐ私の方を見た。怪訝そうな表情をしたジェイレン様に、片眉が上がる。

「案内しよう。決闘の見届け人は父上で良いかな？」

誓約書の件がある。流石にジェイレン様が息子に肩入れをするような判断をすることはないだろう。

「ええ、お願いします」

私は闘志をみなぎらせてオズウィン様の後に続いた。

男爵令嬢は姉の結婚を望む。

鍛錬場に遮蔽物はなく、そこらの中流貴族が所有するダンスホールよりも広い。この空間にいるのはキャロルとオズウィン、そしてジェイレンの三人のみだ。

キャロルとオズウィンは、鍛錬場の中央に立ち、相手の目を見合う。ジェイレンは心配からか、偶に視線だけをキャロルに向けていた。

「これより、キャロル・ニューベリーとオズウィン・アレクサンダーの決闘を行う。立会人はジェイレン・アレクサンダー。勝敗の決定は戦闘の続行が不可能になった場合と降参の言葉があった時のみ！　魔法・武器ともに使用を許可する！　異論は⁉」

ジェイレンの太い声に若いふたりは通る声で答える。

「ありません」

「ございません」

「ならばここに宣誓を」

キャロルとオズウィンは胸に手を当て、ジェイレンに向かって姿勢を正した。

「キャロル・ニューベリーは決闘に際し、我がニューベリー家の誇りに誓い、全力で戦います」

「オズウィン・アレクサンダーは決闘を受け、アレクサンダー家の名誉に誓い、正々堂々と戦います」

ふたりの宣誓を聞き入れジェイレンは位置に就くように言う。

キャロルはボトルの蓋を開け、拳を作った右手に滴らせた。手に近いところから凍ってゆき、剣のような氷柱ができる。ボトルを腰に戻し、目を見張るオズウィンに向き合って氷柱を構えた。

オズウィンは右手を前に、右足を前に出した構えを取る。仮にも武器を持つ人間と対峙しているというのに、彼には緊張感というものは一切感じられない。

舐められていると感じたらしいキャロルはかすかな苛立ちに、下まぶたを痙攣させた。

「始めェッ！」

ジェイレンの叫びで戦いの火蓋が切られた。

キャロルは背を低くしてオズウィン目がけてまっすぐ駆ける。対するオズウィンは迎えるように悠然と待ち構えていた。

キャロルは氷柱を素早く振り抜くが、オズウィンは迫る腕を受けることなく回避し続けた。

一見情熱的なダンスにも見えるその攻防は激しい。瞬きをすればすぐに一太刀あびてしまうほどの速さだ。

キャロルは更に姿勢を低くし、地を這う蛇のような足運びですかさず脚を狙う。

「おっと！」

素人であればここで体勢を崩すところ、オズウィンは持ち前の身体能力でバランスを取り持ちこたえた。キャロルは低い位置から体をバネのように使い、氷柱を突き出して肩を狙う。

今まで円を描くように操っていた氷柱を急激に点の攻撃に変化させたのだ。

迷いなく全力を乗せられて突き出した氷柱の刺突を、オズウィンは身を沈めて回避する。しかし予想外の突きに一瞬反応が遅れたのか、頬から耳にかけて氷柱がかすめた。

オズウィンの頬に赤い線が走る。

「つ……ッ！」

オズウィンはキャロルの体の下に潜り込み、下からすくい上げるようにして放り投げる。オズウィンの圧倒的な膂力でもって、キャロルは軽々と宙を舞った。

体が空中に浮き、キャロルの視界がひっくり返る。オズウィンは攻撃の流れを途切れさせようとしたのだ。

すぐさま体をひねりながら視界にキャロルを捉えようとする。しかしキャロルは体が滞空しているわずかな時間に氷柱の根元を溶かして外し、そのまま投擲した。

「ぐっ⁉」

振り返りざまにオズウィンの肩に氷柱が突き刺さる。氷柱を引き抜く間、キャロルは着地し再びボトルから水を滴らせて右手に氷柱の剣を作り上げた。

シャツに滲む血の様子から、それなりに深く刺さったらしい。しかしオズウィンは動じず、血の出る肩を手で押さえた。

「すごいな、キャロル嬢」

キャロルを視線で捉えるオズウィンの表情に動揺はない。声も弾んでいる。

手を離すと傷が塞がっていた。回復魔法の使い手であれば、わずかな時間で治せる程度だったのだろう。

オズウィンの初めて見る魔法を観察しながらもキャロルは睨み付けていた。

キャロルはオズウィンの魔法を確かめるかのように、再び懐に入ろうと距離を詰める。氷柱の剣と蹴りを織り交ぜた流れるようなコンビネーション。円を描く攻撃の軌道は徐々に速さと力が乗っていく。

顔を斬りつける攻撃が来る――そう判断したオズウィンは体を引いて回避をしようとした。

キャロルはオズウィンの顔に氷柱が肉薄した瞬間、氷柱に熱を加えて高温の蒸気に変える。

「あっつッ⁉」

突然顔に高温の蒸気を浴びれば、大体の生き物は怯む。当然オズウィンも反射的に顔を押さえて体をのけぞらせる。その勢いで数歩下がったが、地面を強く捉えて踏みとどまった。

しかしオズウィンのがら空きになった脇腹に、キャロルの硬いつま先がめり込む。

「ぐっ！」

蹴りが当たった瞬間、キャロルは素早く足を引いて距離を取った。接触時間を短くすることで、受け手のダメージは大きくなる。さらに脚を掴まれることを回避したのだ。

モナとの手合わせが児戯(じぎ)に思えるほどの手並みである。

ジェイレンは固唾(かたず)を呑んで激しい攻防を見守っていた。

オズウィンは脇腹を押さえながら身をかがめて呻く。キャロルは距離を取り、用心深く身構える。

辺境で魔獣を狩るオズウィンを、この程度で倒せるとは思っていないといわんばかりの表情だ。

オズウィンは魔法を使ってみせたが、キャロルはまだその正体を掴めていない。

しっかりと見極めるため、睨めつけるように見ていた。

「くっ……くく、くふっ……ふふ、あはははは っ！」

突然オズウィンが笑い出す。蹴られた痛みに呻いていたのではなく、腹を抱えて笑っていたのだ。端から見れば頭がおかしくなったのかと思うような笑い方である。実際、ジェイレンは息子の頭がおかしくなったと思っている表情だった。

その様子にキャロルは一瞬あっけにとられたが、すぐに怒りの表情に変化させる。下まぶたを痙攣させ、睨む表情は愛想笑いをしていた令嬢の物ではない。

その表情を見て、オズウィンは一層嬉しげに笑った。

「はっははは！　キャロル嬢がここまで動けるとは！」

「舐めているのですかッ⁉」

キャロルは顔を赤くして叫ぶ。しかも額に血管を浮かせて。

オズウィンはキャロルに向かって頬を紅潮させながら興奮気味に答える。

「舐めてなどいないさ！　古木女を倒したときも、モナと手合わせしたときも素晴らしかったがあのとき以上だ！」

まるで最高のライバルを目の前にした少年のような顔だ。

そんな表情のオズウィンにキャロルは奥歯をギリ、と強く噛みしめ、再び氷柱で襲いかかった。

先程よりも無作為に氷柱の斬りつけと刺突を繰り出す。

オズウィンは楽しそうに、まるで踊るように氷柱を回避し続けた。

「素晴らしい！　本当に素晴らしいよキャロル嬢！　空中へ退避しない冷静さ！　投げられて即座に氷柱を投擲する判断力！　着地も完璧だし、魔法の使い方も興味深い！」

オズウィンは熱っぽい笑みを浮かべ、キャロルの攻撃を捌いていく。そのたびにキャロルは心を掻き毟られていくかのように奥歯が軋むほど強く噛みしめた。

激しい攻防で氷柱の切っ先がオズウィンに傷を作り始める。

みぞおち目がけて鉄板入りの踵が突き刺すように蹴り出され、オズウィンの体を穿つ。そこに体重が乗せられ呼吸を詰まらせた。しかしキャロルはオズウィンの表情を見てうなじの産毛が逆立つ。獣が威嚇するときのような、歯をむき出しにする笑みをオズウィンは浮かべていたのだ。そのあまりにも貴族らしからぬ笑みは、まともな令嬢であるなら恐怖するだろう。しかしキャロルはふたつの意味で、今は「まとも」ではなかった。

「貴方は本ッ当に頭辺境だな!!」

キャロルは氷柱をオズウィンに向けて突き出し叫ぶ。その叫びにオズウィンだけでなく、ジェイレンまであっけにとられている。

己の身分をわきまえたキャロルなら、絶対に口にしない暴言だ。辺境伯であるジェイレンがそこにいるというのに、それでも決壊した感情は止まらない。

「頭の中に詰まっているのは魔獣と戦うことだけですか!?　私を選んだ理由がすべてそこに帰結するんじゃないですか!?」

キャロルは叫びながらオズウィンに突っ込む。激情に駆られるキャロルの身のこなしは、先程までのダンスのような一種の美しささえあった動きではなくなっていた。

感情のままにオズウィンを切り刻まんと乱暴に手数を増やしていた。その間も暴言は炸裂する。

「そもそも貴方が頭辺境すぎるせいでエドワード王子に騙されたんでしょうが！」

「それは耳が痛い！」

「妹君との手合わせの時だってそうだ！　私が男爵家の娘だから怪我をさせることも下手な手加減も許されないのに！　どれだけ神経を使って手合わせをしたと思っているんですか！」

「申し訳ない！」

「そもそも辺境伯御子息たる貴方相手に男爵家の私が接待していないとお思いで⁉　貴方の接待のために珍味屋も武器屋も夕日の丘も行ったに決まってるでしょうがッ‼」

罵声を浴びせられるほど、氷柱が体をかすめるほどオズウィンは楽しそうに笑みを浮かべる。

怒るキャロルと笑うオズウィン。

その温度差はあまりにも酷い……

見届け人であるジェイレンは口をあんぐりと開けて見ていた。

キャロルは瞬間的に氷柱を溶かし、氷の手甲にして殴りつける。手甲がオズウィンの体に当たった瞬間、熱い蒸気となって襲いかかった。

「あつゥッ！」

「私はずっとお姉様が嫁ぐと思っていたから婿をとってニューベリー領にい続けるものだと思って

いました！　それが辺境⁉　いきなり言われて不安ばかりに決まってるでしょーがッ‼　しかも王家のお墨付きまでもらってしまった状態で弱音なんか吐ける訳がないでしょう⁉」

喉が裂けんばかりに吠えたキャロルは、肩で息をしていた。

決闘中だというのにオズウィンから視線を外し、床を睨み付けていた。しかも一切構えもとらずに。

鍛錬場が静まりかえる。

あるのはキャロルの呼吸音だけで、それ以外には衣擦れの音さえなかった。

「私はアレクサンダー家に相応しくないッ！　魔獣を少し狩れるくらいの私が嫁いでやっていけるわけないッ！　メアリお姉様の方が！　メアリお姉様の方がオズウィン様のような上位の貴族には相応しい！　怠惰な私よりも‼」

荒くなった呼吸が整い、キャロルは腰のボトルを取り、オズウィンの足下に投げつける。蓋を外していたらしいボトルは水を撒き散らし、オズウィンの足下を濡らして転がった。

やけっぱちな行動にオズウィンはまっすぐに視線をやる。

キャロルは唇を震わせ、爪が食い込むくらい強く手に力を込めた。

「だからメアリお姉様と結婚しなさいよおぉぉおッ‼」

ダンッ！　と強く床を踏みつけた次の瞬間、キャロルの足下からオズウィン目がけて水が凍っていった。そのあまりの速さにオズウィンは回避する間もなく動けなくなる。しかしそこまで厚い氷ではない。ほんの数秒その場に縫い付けられるだけのことだ。

だがその数秒の隙を逃すほどキャロルは優しくはなかった。

「うぅらぁッ!!」

キャロルは助走をつけて走り出す。オズウィンの襟を掴み、勢いのままみぞおちに膝を叩き込んだ。

「カハッ！」

衝撃でオズウィンの足を固定していた氷が割れ、体をよろけさせる。勢いと体重で得られた相乗効果はキャロルに確かな手応えを感じさせた。

体の中心にこれほどの攻撃を受け、無事でいられる訳がない。

着地したキャロルは追撃のため、襟に手を伸ばした。オズウィンを地面に倒れさせればキャロルが圧倒的有利になる。仰向けに倒れれば腹を晒し防御に回ることになる。それを狙い、キャロルはもう一度みぞおちに膝蹴りを加えようとした。


「捕まえた」


肉食獣が獲物を捕らえたかのような笑みを浮かべたオズウィンが、キャロルの後頭部を掴む。

キャロルが執拗にみぞおちを狙っていたことを見抜いて、オズウィンは待ち構えていたのだ。

次の瞬間、鈍い音がした。

オズウィンがキャロルの頭に頭突きを喰らわせたのだ。

白い星が散る。

キャロルは脳みそが揺さぶられ、着地に失敗した。すぐさま体勢を立て直そうにも視界はチカチカ。足はフラフラ。

まともに立つこともできずに床に手をついた。一方のオズウィンは格好こそ薄汚れていたが悠然と立っている。

たった一撃で圧倒的な不利に立たされたキャロルは床に爪を立てた。

「こ、の……ッ！」

それでもキャロルは諦めない。その様子は誰の目にも明らかに異常だった。

今のキャロルには目に見えて全く勝機がないというのに、負けを認める正気もない。この決闘に勝ち、メアリをオズウィンの婚約者にすることだけに執着しているようだった。

オズウィンの勝利はあと数秒後だ。もしここに素人格闘解説者がいたとしても同じように勝敗の予想を付けただろう。

だが予想を超える行動をとるのがオズウィン・アレクサンダーという男だった。

「すまない、キャロル嬢！」

オズウィンは九十度に腰を折り、頭を下げる。突然の謝罪にキャロルは困惑した表情を浮かべた。

顔を上げたオズウィンは凛々しい表情で、真剣な眼差しをキャロルに向けた。先程まで楽しげな表情を浮かべていた男と同一人物とは思えない様子である。

その落差はキャロルだけでなくジェイレンさえも混乱させていた。

オズウィンは腰を折り、頭を下げたまま言葉を続ける。

「君の不安に対して、俺は鈍感だった」

その声は真剣そのもので、己の愚鈍さを大層悔いて反省していた。その声音だけで彼が心底誠実であることが伝わるほどのまっすぐさである。

オズウィンに貰った頭突きによる眩暈は落ち着き、視界も平常に戻った。

キャロルは珍獣でも見るようにオズウィンに視線を向ける。

頭を上げた彼の表情は先程まで全力で戦っていた相手に向けるには穏やかすぎる。視線が絡まり、胸がぎゅっと締め付けられたらしく、キャロルは一瞬呻いた。

「だから俺に本心をぶつけてほしい。さっきのように」

こんなにもまっすぐに向けられる言葉はキャロルに気恥ずかしさ以上の感情をかき立てた。胸の中がカッと熱を持つ。

「なんなら拳と一緒に」

予想外といえば予想外。らしいといえばらしいオズウィンの言葉。

一気に脱力してしまうような台詞に、キャロルの表情は緩んだ。

幼い子どもに向ける「仕方ないな」という笑い方は、先程まで拳を交えていた相手に向けるものではないだろう。

小さな溜め息を吐いたキャロルは、眉を下げてオズウィンのブルーグリーンの瞳を見つめる。

「……オズウィン様は本当に頭辺境ですね」

「面目ない」

眉毛は少し申し訳なさそうに、しかし口元は楽しげなそんな表情をオズウィンは返す。

鍛錬場には若葉のような瑞々しい空気が、汗の匂いに混じって漂っていた。ふたりの間には先程までの激しい感情ではなく、穏やかなものが満ちている。

「私の負けです」

「この勝負、オズウィン・アレクサンダーの勝利ッ！」

ジェイレンが勝敗を告げる。

キャロルの顔は晴れやかで、馬で乗り込んできた時の険しさはない。

オズウィンは手を差し伸べ、キャロルはその手を掴んで立ち上がる。しっかりと握られた手はお互いボロボロだった。

互いを讃え合う、そんな握手をしていた。

だがキャロルの顔が急激に青ざめていく。笑みを浮かべているのだが、サーッと血の気が引いていく。まるで取り憑いていた「何か」が消えたような、オズウィンとジェイレンが見ても明らかな変化だった。

そこからキャロルはウナギのように滑らかに握手から逃れ、華麗と表して良いくらい素晴らしい身のこなしで土下座をした。

「もっ、申し訳ございませんでしたッ！」

地面に額が付かんばかりに下げられた頭。

指先まできっちり揃えられた手。

膝を折りたたみ小さくなった体。

まるで斬首を待つ罪人のように差し出された首。

見事な最敬意の詫びである。

「暴挙と暴言の数々！　たかが男爵家の小娘が許されるような行いではございません！」

腹の底からの陳謝は本来のキャロルであった。まさに先程、魔法が解けて正気に戻った、というのが第三者の目から見ても明らかである。

オズウィンやジェイレンが言葉を口にするより先に、キャロルは許しを請う。もう完全に彼女の額は地面にこすりつけられていた。

「しかし何卒何卒！　罰するのはわたくしだけにしてくださいませ！」

顔面に手袋を叩きつけ、決闘の場であるとはいえ氷柱で刺し、斬りつけ、極めつけにはみぞおちに飛び膝蹴りである。

ここまでやっておいて思うところがないはずがないとキャロルはひたすら萎縮している。

体を震えさせ、必死に助命を請うているのだ。正気を失っていたとはいえ、家族を、領民を巻き込むことは絶対にしたくないという命がけの土下座だ。

なんとかならないものかと死に物狂いで考えを巡らせていたが、キャロルの頭の中は後悔で埋め尽くされている。

「作法や何やら含めてもメアリお姉様の方が上級貴族に相応しいけど……でも魔獣狩りのできないメアリお姉様を辺境に行かせてやっていけるわけないじゃない馬鹿……」

何故自分がこんなことをしたかという、手遅れな後悔で頭の中は絶望に染まっていた。キャロルは顔を上げずにブツブツとつぶやきながら冷や汗を流す。

彼女が低くつぶやく言葉はよくよく聞かねば呪詛にも聞こえかねない独り言であった。

キャロルの頭上でぷっ、と息がもれる音がした。

次の瞬間、オズウィンの笑い声が降り注ぐ。恐る恐る顔を上げるキャロルに、オズウィンは目の端に涙を浮かべて笑っていた。ジェイレンも笑いをこらえようとしているのか、口を歪ませて笑い声をかみ殺している。

「キャロル嬢、我が家は貴女にそういったことはできない。つい昨日『誓約書』を作って渡したじゃないか」

「あ」

キャロルは自分のやらかしの大きさに、「誓約書」の存在が完全にすっぽ抜けていたらしい。

血を用いた「誓約書」により縛られたアレクサンダー家は、キャロルを始めニューベリー家に手を下すことはできない。しかし無礼千万なことをしたには変わりなく、キャロルは気まずさと恥ずかしさの入り交じった顔をし、顔を伏せたまま立ち上がった。

その間もまだ笑っているオズウィンはよほどツボに入ったらしい。羞恥心に顔を赤くするキャロルのためになんとか笑いを抑えようとするが、二、三度失敗している。

深呼吸をして笑いを止めたオズウィンは、咳払いをしてキャロルに向き直った。

「もともとキャロル嬢が正気でないことには気付いていた。だから先の決闘のことも含め、気にすることはないんだ」

顔中に「何故」と書かれているキャロルに、オズウィンは腰の剣鉈をホルダーごと差し出す。オズウィンの手に収まってようやく釣り合う大きさのナイフの鞘には不格好な文字が焼き付けられていた。

「イザベラの魔法は洗脳」

そう端的に刻まれていた。

キャロルの手が掴んだ時の大きさにおさまっているのを見るに、これを焼き付けたのは自分だろうとキャロルは察する。

——そうだ。あの時私はイザベラ様に洗脳を……

「キャロル嬢」

「えっ」

警戒をしながら剣鉈を掴んだ瞬間、オズウィン様に名前を呼ばれた。その声にぱっと顔を上げる。剣鉈を差し出しているのはオズウィン様だった。声も、見た目も。一瞬、頭が混乱する。それが隙になった。

「っ⁉」

私は両手首を掴まれ、壁に縫い付けられる。鼻が付きそうな距離に、イザベラ様の顔が肉薄した。オズウィン様は影も形もない。しかし何が起きたのか、すぐに理解した。

――イザベラ様は変身もできる……⁉　いや今のは幻覚の魔法……！

鍵番は魔法を掛けられた記憶がなかった。つまり直接個々に掛けるのではなく、周囲の認識を変えたのかもしれない。

変身と言うよりも相手の認識を歪める魔法の可能性が高いだろう。そこに洗脳の魔法まで使えるとなると厄介すぎる。

私は即座に接触部分から高熱を発してこの状況を打破しようとした。

「私を見なさい」

「あ……」

ガン、と頭を揺さぶられるような感覚に襲われ、直後思考に霞がかかる。

――まずいまずいまずい！　魔法を掛けられている！　何をされるかはわからないが危険であることは間違いない！

私はイザベラ様が次の行動を起こす前に手に力を込めた。

「ねえ、キャロルさん……辺境伯の御子息であるオズウィン様との婚約……不安でしょう？」

ぞわりと背筋を撫でられる感覚に、口から声がもれる。怪しく光るイザベラ様の目から視線を逸らすこともできず、私は呻いた。

「身分差もあって、自分が不釣り合いだと思っている。そうでしょう？」

私の中に芽生えていた不安が、ざわつきながら育っていく。身動きも取れず、顔を逸らすことも目を閉じることもできずに不安だけが胸をかきむしる。

イザベラ様の粘性のある甘ったるい声が耳朶にまとわりつく。それなのに不快感はなく、むしろ脳に染みこむような不思議な快感さえあった。

「だからね、オズウィン様に不安な気持ちをぶつけて、婚約を断りましょう？　ね？　それが良いわ」

――婚約を、断る……

まるで妙案のように感じられた。不思議とそこに一切の疑問は浮かばない。

「それが、いいと思い……ます……」

イザベラ様の口が弧を描く。私の肯定に、彼女は笑ったのだ。

「そう、そして自分の代わりにメアリを……貴女のお姉様をオズウィン様の婚約者に推薦するの。きっとメアリは貴女の代わりにアレクサンダー家でも上手くやるわ」

そうだ。

メアリお姉様は私よりずっと努力家だ。戦えないとしてもメアリお姉様は勉強熱しんだからアレクサンダーけでもだいじにされるきっとオズウィンさまのこともしっかりたてておりっぱにあれくさんだーけをもりあげるにちがいない――

あたまがぼんやりする
こえがきこえる
「おずうぃんさまとのこんやくをことわりましょうね」

はい
「めありにかわりにとついでもらいましょうね」

はい

イザベラにされたことが次々と思い出され、キャロルの血の気が引いていく。

それと同時にオズウィンの鞘をダメにしたという事実も――

「ご、ごごごめんなさい……代わりのものを……」

半べそになりながらキャロルはオズウィンを見ていた。

証拠による身の潔白よりもオズウィンの物に焼き印を付けてしまったことを謝罪する。彼女の今の様子は心に染みついた「身分の高い者に対する畏れ」が在り在りと出ていて、すっかり魔法が解けたことを示していた。

オズウィンは明るい表情で応えようとするが、口を開いて数拍止まる。視線を上方に向ける様子は何かを考えているようだった。

「キャロル嬢が新しい鞘を作ってくれるのだろう?」

「はいもちろんです心を込めて作らせていただきます」

「それは楽しみだ」

心底落ち込んでみっともなく泣き出しそうになっているキャロルと、からかう形になっているオズウィンは端から見ると微笑ましい。

そんな中、「うぉっほん！」とジェイレンのわざとらしい咳払いにふたりはハッとする。タイミングを見計らっていたらしいジェイレンが口元に拳を当ててふたりを見ていた。

「あ、失礼しました父上」

すっかり忘れていました、と顔に書いてあるオズウィンに、ジェイレンが睨みをきかせる。

「キャロル嬢、君にかけられていた魔法は王城で起きた古木女の暴走に関わるモノとよく似ていた。詳しく調べれば同一犯かどうか、判明するだろう」

ジェイレンの言葉にキャロルは目を見開き、その先に思考を走らせる。

キャロルのメッセージから、「古木女暴走の犯人はイザベラ」と判断が下されるのだろう。

そこでキャロルはメアリの言葉を思い出していた。

——イザベラがね、結婚するそうなの。予定が早まってしまったって。

さぁ、とキャロルの顔面が青ざめる。

この話を聞いたのが昼頃。もう数時間もすれば日が沈む。

「た、大変……！」

「どうした、キャロル嬢」

「イザベラ様が王都から逃走する可能性があります！」

「何？」

キャロルがメアリから聞いたイザベラの急な結婚のことを説明し、オズウィンとジェイレンの顔が険しくなる。

時間が経てば経つほど、イザベラは遠くへ逃げてしまう。オズウィンとジェイレンは素早く動き出した。

「イザベラ・ペッパーデーの確保に動くぞ！」

挿話　イザベラ・ペッパーデーは愛しい友人のためならなんでもできる。

ペッパーデー子爵家には子どもがふたりいる。それは双子だった。

双子の運命は、ふたりが生まれて間もない頃に訪れた旅の占い師により決められた。

私と兄が生まれて数日経った日の夜だったらしい。

見るからにみすぼらしく、男女の区別も付かないほどの枯れて老いた占い師に両親は始めこそ眉をひそめたそうだ。しかし占い師が見せた、アミュレットを目にした途端、態度を一変させ占い師を大層もてなしたのだという。

そしてもてなしの礼に、ペッパーデーを占った。

「双子の先に生まれた方は家を継ぎ、後に生まれた方は家を滅ぼすだろう」

その言葉に驚愕した両親は、占い師の助言を元に兄・ナイジェルと私・イザベラを育てるようになった。

両親は私を養子に出すことも、命を奪うこともしなかった。そうしなかった理由は主にふたつ。

ひとつは世間体。

ペッパーデーの領地は繊維産業を主体に、服飾やジュエリーに力を入れている。甲斐あって先代の国王陛下から王室御用達の名誉を与えられた。そんな名誉を賜ったばかりで注目される時期に子どもが死んだり、養子に出すというのは控えたかったのだろう。

もうひとつは私の希少性。

魔法というのは基本的に一人にひとつしか与えられない奇跡だ。それを私はふたつ与えられていた。暗示と認識の書き換え――これが私の魔法だった。癒やしの力を持つ訳でもなければ、魔獣を討つことができる火力もない。魔法の能力としては正直強力なものではなかった。

暗示は本人の心が抱えているものを増幅させたり強めたりすることはできるけれども、全くないものはどうにもできない。

犬が苦手な人間を、犬を見ただけで気絶するようにはできても、猫に関心のない人間を猫中毒にすることはできないのだ。一を百にすることはできてもゼロを一にすることは無理なのだ。

そして認識の書き換え。

これは範囲が決まっている。私を中心にして百二十から百六十歩前後、高さは多分二階くらいまで。その範囲の生物の認識を変化させる。

その範囲の存在であれば人間であれ動物であれ、その視覚情報から始まり嗅覚味覚聴覚すべての感覚を改ざんできる。

私を認識できないようにすれば私は透明人間になれるし、目の前に扉があってもそれを壁と認識させることができる。

珍しい魔法の複数持ちとはいえ、その力を家族は「卑しい」と嘆いた。まるで詐欺師のようだと。

ごく稀に父母に命じられ、暗示を行うことをしていた。他の領地から職人の引き抜きを行う際不和を作り出したり、競合相手になりそうな商売敵を自滅させたり……

そのたびに両親は言葉でこそ褒めていたけれど、その目は蔑みの色しか無かったのをよく覚えている。

だが魔法の複数持ち故、人買いに売れば高値になるはずの私は生きる財産としてペッパーデーの家に繋ぎ止められていた。

自分を誇りに思ったことも自慢したこともない。幸い兄ほどではないが一応の教育は施され、王都の魔法学園にも入学させてもらえた。

それでも父には「余計なことはせずにいろ」と言われた。

加えて母には「人とは距離をとりなさい」と言われた。

更に兄には「必要最低限以外関わるな」と——そう繰り返し言われながらの入学だったが。

人とは距離をとり、教室でも目立たず、クラスメイトと極力関わらず、成績は可もなく不可もなく……そうやって影か幻のように過ごしていた。だがそんな私の学園生活で光が差し込んだ。

それがメアリ・ニューベリーとの出会いだった。

「あら、それ『有罪機構』？」

入学してから半月ほどした頃の放課後。

各クラブが新入生を獲得しようと熱心な勧誘をしている時分だった。静かな図書館の隅で本を読んでいた時に声をかけられた。

「え、と……ニューベリー、さん？」

「ご機嫌よう、ペッパーデー様」

男爵家の令嬢、メアリ・ニューベリーは気さくに、しかしどこか嬉しそうに話しかけてきた。

彼女とはクラスが同じだけでまだ挨拶くらいしかしたことがない。というか、大半のクラスメイトと挨拶か最低限のやりとりしかしたことがない。

メアリは深い緑の目をキラキラさせながら、私が読んでいた本を指さしていた。

「ペッパーデー様はお好きなんですか？『有罪機構』」

何か期待するような眼差しを向けられて、私は少し戸惑った。『有罪機構』は正直なことを言うとあまり好きではない。主人公のアラキエルの「双子の片割れで家族に軽んじられた」という設定がまるで自分のようで嫌だった。それでも創作物の中に救いを求めてしまい、つい読んでしまっていた。

私がなんと答えてよいものかと考えあぐねていると、メアリはガーベラが咲いたような満面の笑みを浮かべて話しかけてきたのだ。

「私『有罪機構』大好きなんです！　特に主人公のアラキエルがお気に入りですの！」

「そう、なの」

そのままほぼ一方的にアラキエルを主軸に『有罪機構』について話し続けるメアリ。私はあっけにとられつつ、相槌を打つしかなかった。

メアリの嵐を思わせる一方的で激しい会話から解放されたのは、司書教諭が閉館の見回りにきたときだった。

「ペッパーデー様、今日は本当に楽しかったわ！」

図書館から追い出された後も、無邪気に笑うメアリ。

正直どう接していいかわからなかった。学園生活で波風を立てないために、当たり障りなく接するのが一番だとは思った。

「……そうね。それでは失礼いたしますわ」

「またお話ししましょうね！」

無難な返事をしたはずだった。

無邪気に手を振り去って行くメアリに呆然とする。

「……春の嵐のようなひと」

そう思わず呟くくらいのインパクト。胸に残ったのはムズ痒くなるようなくすぐったさとやわらかな温かさ。

自分の唇に触れ、熱い溜め息がもれたことに、その夜はベッドの中で落ち着けなかった。そして宣言通り、翌日からメアリは私に話しかけてきた。始めは相槌ばかりだったのが、いつの間にか声を出して笑うようになっていた。

積み重ねというものは恐ろしく、いつも明るく笑顔のメアリと接触が増えるにつれ、強く惹かれていた。もうどうしようもないほどに。

彼女のために何かしてあげたい。強く熱くそう思うようになっていた。

そんな可憐なメアリの夢は「王子様と結婚がしたい」だった。

私は彼女の夢を叶えるために、初めてメアリのために魔法を使った。


ペッパーデーの名産は美しい布やそこから作られる服、そして刺繍やジュエリー。

先代の王妃様は煌びやかで美しい物を好んでおり、それもあってペッパーデーは王室御用達を賜っていた。

しかし現在の王妃様——アイリーン様の好みは真逆であった。それでもまだ先代王妃の影響の残っているうちは、若い御令嬢たちにもペッパーデーの名産は受け入れられやすい。

だからこそ第二王子の婚約者を始め、公爵宰相や将軍の子息の婚約者たちを狙うには丁度良かった。

私は押しつけがましくならないよう細心の注意を払いながら、彼女たちにペッパーデーのレースやリボンを贈った。

余計な下心を見せない。それでいてわかりやすく「我が家の名産を是非ご利用ください」程度の媚びを示して。

ある程度会話ができるようになればそれを重ねていけばいい。その後は早かった。

人の不安や不満は顔にも声にも仕草にも……生理的な反応にも表れる。そういった反応を読み取ることはたやすい。私が人の印象に残らず、波風を立てないために身に付けた技術だ。

　私はやりとりの中で令嬢たちの中にあった不安を拾う。そして暗示を使い、彼女たちの心にあった「婚約への不安」を増幅させ、かき立てる。

　不安が不安を呼び、彼女らは婚約者たちにストレスや不満をぶつけるようになった。

　彼らの不和を誘発させ、婚約が白紙になり、メアリという素晴らしい女性を知る——そうすれば間違いなく彼女はお歴々相手であっても選ばれる。彼女が夢見た「王子様との結婚」もしくはそれに近い夢を叶えてあげられる——その確信があった。

　しかし慎ましやかなメアリは不仲になりつつあった彼らの間に割って入ることなどしなかった。あったのはあわよくば婚約者の座を狙えるのではと考えた身の程知らずな令嬢たちによる、醜い婚約者の座の奪い合い。

　第二王子の婚約者を罠に嵌めて婚約破棄を狙う者。

　公爵家嫡男と既成事実を作ろうとした者。

　宰相閣下の御子息の部下になることで距離を縮めようとした者。

　将軍閣下の御子息の婚約者を襲わせようとした者——

　馬鹿な令嬢たちの騒動のせいでメアリは彼らと関係を劇的に変化させるほど関われずに卒業式を迎えてしまった。

　分をわきまえない厚かましい令嬢たちが余計なことをしてくれたおかげで卒業式は大騒ぎ。彼女たちがやれ婚約者は彼らに相応しくないとか自分の方が相応しいとか……そんな風に喚き散らしてめちゃくちゃにしてしまった。

彼らの婚約者たちは責任を感じ、気を病んで療養することに。結局、王太子殿下を始め、現在の婚約は一旦白紙にされたという結果だけが残った。

可哀想なメアリ。

メアリが貞淑(ていしゅく)で控えめな令嬢であったから、王太子たちはメアリを見付けられなかった。彼女のためになんとかしたいと思っていたのに。

だがメアリが情報通のご婦人から聞いた話だと第二王子がこの騒動を利用したのだという。令嬢とその背後にいた者たちの領地を没収し、役職を取り上げて政の妨げになる連中を追い出したのだ。なんという辣腕(らつわん)な方であるかとエドワード様におののき、メアリとのお茶会で青ざめたのはよく覚えている。

同時にメアリが巻き込まれなかった幸運に胸をなで下ろした。

私がメアリと出会ってから五年、少しずつペッパーデー領の繊維産業に変化が起きてきた。理由は世で主流になりつつあった「アイリーン好み」のせいだ。

アイリーン様は辺境伯の妹君である。そして彼女に与えられた奇跡は「百倍」——制限こそあるものの、筋力をはじめ、感覚感度も百倍にできるという、一個人の力を兵器のように強くすることができるお人であった。

そんなアイリーン様が好んだのは華美と豪奢に重きを置いていたファッションよりも、強靱さとしなやかさを兼ね備えたもの……

ドレスは水をはじき、刃も通さない強い布を。

首飾りは目くらましや矢避けのアミュレットを兼ねた物を。

今までは辺境や兵士ばかりが身につけていた、戦うことを前提にした繊維や飾り。

そんな質実剛健な物を改良し、美しさと強さを兼ね備えた「アイリーン好み」。「アイリーン好み」は貴族だけでなく市井でももてはやされるようになる。

私が魔法学園を卒業する頃にはそれが顕著になっていた。その頃、焦りを感じた父は魔獣素材に手を出し始めた。

魔獣素材は強く、様々な効果があるのだ。

氷蜘蛛の糸から織った布は透けるように薄いが、矢で穿つことができない。火炎蚕の糸から織った布は燃えることなく、鬼牙貝の真珠層は暗闇で光を放つ——大層魅力的な素材ではある。しかし魔獣素材を扱う技術の蓄積はペッパーデーにはなかった。そんな中でも試行錯誤をしていたが、とうとうペッパーデーは王室御用達の認定を脱落することとなる。

王室御用達の有無は天と地の差。

そこから一気にペッパーデーの産業は傾いた。

——美しいだけで、そこに実がない。

それがペッパーデー領のブランドに付けられた評価だった。事業がままならない父は荒れ、クラブに入り浸るようになり、母と兄は焦り出す。

ほんの数年前まで陸爵も噂された輝かしさはすっかり消え失せてしまった。そんな中、次期当主である兄・ナイジェルは事業を立て直そうと奔走する。そしてどこからか魔獣を人に取り憑かせる技術を仕入れて来た。

「ナイジェル！　それは禁止されているのよ!?」

「黙れ！　貧弱な魔法を強化すればもっと使える領民が増える！　そうすればペッパーデーに再び王室御用達が戻ってくる！」

確かに魔獣を取り憑かせれば魔法は強くなるらしかった。しかしそれは違法だ。魔獣を人に取り憑かせることはもちろん、無許可で生きた魔獣を飼育することも。

ナイジェルは私の言葉をはねのけ、領民に魔獣を取り憑かせる実験を始めた。

結果は成功だった。

魔法を強化された領民によって事業の生産力は上がっていった。しかしそれでも傾いた事業を瞬く間に立て直すには至らず、使用人数名に暇を出し始めた。

その頃になると私はペッパーデーから去ることになるだろうという気配を肌で感じ始めた。家族がいよいよ私を売り飛ばす計画を立て始めたのだ。

高く金を払ってくれる相手を探し、金払いの良い好事家が見つかれば、諸手を挙げて喜ぶ家族。だが更に欲をかいた彼らは、値段をつり上げるため、魔獣による強化を私にも行った。

「ナイジェル！　お願いだからやめて!!」

「幻惑女……イザベラに相応しいだろう？」

下腹部に構築式の印が特殊なインクで刻まれる。そこにナイジェルが声で人を惑わす魔獣・幻惑女を押しつけてきた。

「うあぁあぁあぁっ!!」

魔獣という異物が体に入ってくる感覚の恐ろしさと不快さ。下腹部から体内の魔力の通り道をせり上がってくる。体の中で魔力の路が無理矢理拡張されていき、頭の中がかき回されている気分になる。泣いても叫んでも、ナイジェルは止めてはくれなかった。

完全に幻惑女を取り込んだ後、私は何日も寝込んだ。体が中から穢された気分だった。

私が熱を出している間、王家と公爵家の連名でパーティーの招待状が届く。

熱が下がった翌日、父から招待状を渡された。なんとも渋い表情だったが、王家と公爵家の連名で子爵家の人間に招待状が届いたとなると、不参加というわけにはいかない。

パーティーの招待状が届くのだから、メアリも招かれているのではないだろうか? と、思い浮かび、急いでメアリに手紙を書いた。そして返信の中に、「第二王子のエドワード様とケリー公爵子息のニコラ様の花嫁探しかもしれない!」と書かれていた。興奮気味だったのか、文字のハネがいつもより強い。

私はもうすぐ人買いに売られる。

このパーティーがエドワード様とニコラ様の花嫁探しであるならば、これはメアリの夢を叶えるための最後のチャンスだ。

家族はもうすぐ売り飛ばす私を公式な場へ出したくはなかったらしい。仕方なく、といった風に

「なるべく王家や公爵家の方々に目を付けられないようにしろ」と念押しされた。

私はメアリが有利になるよう、早めに会場へ赴きエドワード様やニコラ様を探していた。

暗示と認識の書き換え魔法のおかげであちこちを歩いてもそうそうバレない。昼のパーティー会場になる庭には、城の使用人たちが準備に駆け回っていた。

「いやぁ、これはすごい。こんなに大きな古木女は初めて見た」

エドワード様の声が聞こえ、声の方向をこっそり窺う。誰かと話しているようだ。一体誰と……

「美しい魔獣だが、大丈夫か？」

ニコラ様ともう一人。背が高くて逞しい偉丈夫がいる。しかも特徴的な赤い髪をしていた。あれはたしか……記憶を巡らせ、身を乗り出すとそこに見えたのは大きな魔獣だった！

「大丈夫だ。弱っているし、古木女はそこまで強くない」

「嘘つけ、この戦闘一家」

なんと成人男性より大きな古木女が檻に入れられているではないか！

驚いていると、エドワード様とニコラ様と……ああそうだ、辺境伯子息のオズウィン様！　その三人が古木女を入れた檻の前で会話をしていた。

——あら？　何故、エドワード様たちは給仕や衛兵の格好を？

会話に耳を澄ませて聞いていると、彼らはまた話し出す。

「オズウィンの婚約者探しで何で魔獣を？」

「辺境は魔獣退治の国防を担っているんだ。魔獣に慣れなければやっていけないからな」

「見目も美しい魔獣なら、忌避感も多少軽減すると思ってね」

目を見開き、心臓が高鳴る。今回のパーティーはエドワード様たちではなく、オズウィン様の婚約者探し！　オズウィン様は王家に並ぶ権力を持つアレクサンダー家の後継だ。かなり「王子様」の条件に近い！

パーティーがオズウィン様の婚約者探しであっても、上手くやればエドワード様やニコラ様とメアリをお近づきにできる可能性もある！

これは好機だと頭の中で計画を立てた。

彼らはエドワード様の魔法で姿を変えて会場に配置されるらしい。魔獣を暴れさせ、メアリを助けさせれば出会いだけでなく吊り橋効果を期待できる。

魔獣の檻の鍵を手に入れることは認識変更で可能であるし、いざとなったら強力になった「洗脳」を使って切り抜ければいい。

そう考えてガーデンパーティーに挑んだ。

令嬢たちを守る衛兵たちには魔獣を攻撃させないようにしたし、魔獣は少々弱っていたようなので暴れさせるために怒りを増幅させた。

オズウィン様たちがどの位置に着いているかは把握している。上手く誘導してメアリを助けさせれば、後はメアリなら自力で親密になれるはず！　だってメアリほど魅力的な女性はいやしない！彼女が一番素敵なのよ！

そのはずだった。

「貴女のように躊躇いなく魔獣を屠れる女性を、私は求めていたんだ」

私の思惑をぶち壊し、オズウィン様の婚約者に選ばれたのはメアリの妹、キャロルだった！

お茶会や舞踏会、音楽会に参加して社交界に認められるよう努力したメアリではなく！　マナーだけでなく淑女のたしなみを、ずっと独学で頑張っていたメアリではなく！　たまたま魔獣を狩れただけの妹だなんて!!

怒りをキャロルに向けながら、私は考えた。冷静に考えてみれば好都合ではないだろうか？

今の私の魔法は魔獣による強化で「暗示」を通り越して「洗脳」が使える。キャロルに接触し、婚約を辞退させればいい。そして代わりにメアリを推させれば！

完璧だ！

ちょっと魔獣を狩ることができるだけのキャロルより、メアリの方が上級貴族には相応しい！

キャロルも今回の婚約には乗り気ではなかった様子だったし、オズウィン様に無礼でも働いてくれれば破談になるだろう！　オズウィン様だって魅力的なメアリを知ればキャロルから乗り換えるに違いない！

そう私は思ってキャロルに婚約辞退とメアリ推薦の洗脳をかけた。

すべてはもう会えなくなる最愛の友人のために――

緊急時は常識人の皮も剥がれてしまうようです。

　イザベラ様を確保するために、アレクサンダー家は慌ただしく動き出す。オズウィン様も革鎧と剣を携えて、イザベラ様を捕らえるための準備をしていた。

　私はその様子に「何かせねば！」という気持ちに駆られ思わず挙手をし、声を上げた。

「あの！　私も行きます！」

「キャロル嬢、武器はさっきのボトルで良いか？」

　オズウィン様は予想していたのか、決闘の時に投げつけたボトルを手渡してくれる。ボトルには水がたぷん、と満ちていた。念のため確認するが破損している部分は見受けられない。

　これなら問題なさそうだ。

「はい。これがあれば相応に戦えます」

　実はこのボトル、蓋を閉めるとボトルが一杯になるまで水が湧く道具なのだ。蓋を外せば水は止まる。なのでうっかりで水があふれ出すことはない。

　本来、旅人が飲み水を確保するための道具なのであるが……私のような使い方をする人間は聞いたことがない。だって普通しないから。

　オズウィン様は興味深げに私のことを見てきた。

「キャロル嬢は何でも武器にするのだな」

「ええ、まあ」

好奇心を抑えようとしてはいるが、オズウィン様の眼差しは爛々としている。その眼差しに私は尾骨の辺りがむずむずしてしてしまった。

そういえばオズウィン様が見ていたときはまともな武器は使っていない。

初めては刈り込み鋏だし、次は鎖、そして今回の水とボトル……まっとうな武人であったら噴飯物であると思われる。王宮の近衛騎士辺りに呆れた目で見られること間違い無しだ。

「辺境では何でもありだからな。それが良い」

にか、と快男児の笑みを浮かべたオズウィン様に軽く背中を叩かれ、私は姿勢を正した。良かった。

少なくともオズウィン様は私との婚約関係を継続してくれる気でいるらしい。我が家のためにもよかった……でもそれ以上にオズウィン様に嫌われるというのはなんとなく避けたいと感じる。彼のようなまっすぐな人に嫌われると、人として駄目なような気がするし……うん。

湧いてきた気持ちへの理由付けがしっくりこず、思わず首をかしげてしまった。

私がうんうん唸っていると、家の者に指示を出していたジェイレン様がのしのしと足音を立て、屋敷から戻ってきた。

ジェイレン様が彼の手に丁度良く収まる大きさの回転機のような物をオズウィン様に差し出してくる。だが中心にあるのは円板状のコマではなく、中身が空のガラスの球体のようだった。

「オズウィン、探索羅針を渡す。少し遠いがペッパーデーの家に行け。私物があるだろう」

なるほど。

あの探索羅針という道具にイザベラ様の私物を入れれば彼女を捜せるということか。

いやしかしなんと高い物がホイホイと出てくるのだろう。探索羅針ほどの代物だと、ひとつで平民家族が半年以上食べていけるはずだ。思わず頭の中で計算をしてしまったのは内緒である。

「押し入れと？」

「我が家の名前を出してかまわないが、もう少し考えて上手くやれ」

呆れるジェイレン様は私の方を見る。手には女物の革鎧があった。傷もあるが手入れが行き届いている。そして装飾の施された留め具とカービングの細かな模様から値段も質もかなり良さそうなそれを、ジェイレン様は差し出した。

「キャロル嬢、これを着けて行きなさい」

ボトルしか持っていない私を気遣い、持ってきてくださったらしい。私は恭しく革鎧を受け取る。

見た目より軽くて無駄な縫い目がない。さぞ腕のいい職人が作ったのだろう。

「ありがとうございます、ジェイレン様」

「妻の物だ。大きさはおそらく合うだろう」

差し出された革鎧を素早く身につければ、存外しっくりときた。そして身が引き締まるような感覚になる。ジェイレン様の妻――つまりオズウィン様のお母様の物だ。そう思うと少し緊張してしまう。

「行こう、キャロル嬢」

「はい！」

オズウィン様とともに足早に厩に向かう。

私は乗ってきた愛馬のアンカーに跨がり、オズウィン様に並ぶ。オズウィン様の馬はずいぶんと凛々しい顔をしており、耳をこちらに向け主人のただならぬ様子を察しているようだった。

「よしよしジェット。良い子だ」

私たちが門をくぐろうとすると、丁度ジェイレン様も門に向かってきた。

「父上はどうされます？」

オズウィン様が尋ねると、王城の方を指さす。早々に国王陛下へ連絡しなければならないのだろう。

「私は王城へ向かう。今回の件を義兄君と姉君に知らせねば」

馬に跨がる私たちとは違い、ジェイレン様は徒だ。厩にジェイレン様の体格に合いそうな馬はいなかったような気はする。まさか走って行く気なのだろうか？　いやまさか。

「わかりました。特例時許可があるとはいえ、あまり人を脅かさないでやってくださいね」

「わかっている」

オズウィン様の言葉のあと、ややあってジェイレン様は体をぶるりと震わせる。

もともと筋骨隆々と表して良いくらいのジェイレン様の体躯が一層大きく膨らんでいく。体毛がぶわりと逆立つと、ジェイレン様の体は熊へと変身したのだ！

赤い毛の熊がずしん、と四つ足を地に着き喉を鳴らす。私はジェイレン様の魔法に目を剥き、口を開けて驚くしかなかった。

「気をつけるのだぞ」

「父上も」

「えっ」

私は思わず声を上げてしまった。

ジェイレン様は熊の姿のまま、駆けだしたのだから！

「うわぁぁぁ！　く、熊だぁっ！」

「逃げろー！　逃げろー！」

「ひぃぃぃぃ！」

当然、市民が逃げ惑い、悲鳴を上げることになる。老若男女問わない叫喚——大混乱とはこのことだ。

熊は速い。

全力で走る馬には少し劣るものの、その巨体からは信じられないくらいの速さで駆けるのだ。そんな巨体が街中を駆ければ、恐怖は計り知れない。

王城方面に向かって悲鳴が上がっていく。

ジェイレン様は辺境の常識は非常識だと理解はしているはずだ。それと都市部での許可のない変身（サイズ変化も含む）は禁止されていることはご存じのはずだ。犯罪に繋がりやすい魔法だからだ。

緊急時だし、オズウィン様が「特例時許可がある」といってはいたけれど流石に……私は若干顔を引きつらせながら王城方向を見つめた。

どうか間違ってジェイレン様を狩ろうとする人が出てきませんように。

「キャロル嬢、俺たちも向かおう」

オズウィン様は表情を変えず、ペッパーデーの屋敷に向かおうとしていた。

私はそこでハタと思い出す。

「オズウィン様、探索羅針はその人物の物が必要なのですよね？」

「ああ、髪や爪、服、装飾品。それにその人物のサインが入ったものでもいける」

なら大丈夫だ。

メアリお姉様宛てに届いた手紙が該当する。ペッパーデーの屋敷に乗り込んで余計なことを起こさない方が良い。

何よりオズウィン様がイザベラ様の部屋に乗り込んで物色するというのは想像するとなんだかモヤモヤする。

「我が家にイザベラ様からの手紙があります。それを使いましょう」

「わかった。急いでキャロル嬢の邸宅へ向かおう！」

私たちは馬の腹を蹴り、馬蹄の音を響かせながら駆ける。

「緊急である！　道を空けろ！」

前傾姿勢で腰を浮かせ、叫びながら馬を駆る。巧みに馬を操り、人や物を回避するオズウィン様の騎乗スキルの高さに私は必死に食らいついた。

ただ脳筋なのではなく、技術のある脳筋だなこの人は！　そう思いつつ私は汗をかきながら鞍から腰を上げ続けたのだった。

ニューベリー邸にたどり着き、アンカーから飛び降りる。タイミング良く、野菜籠を抱えていたマリーがいた。

「マリー！　アンカーをお願い！」

「えっ？　お、お嬢様!?」

「籠の中のにんじんでも食べさせておいて！　あと水も！」

「ジェットにも頼む！」

「オズウィン様!?」

驚きのあまり野菜籠を落としそうになったマリーにそう言うと、アンカーたちは顔を寄せてにんじんを要求した。

背後で「ひぃい～！」と悲鳴を上げるマリーを背に、私たちは屋敷に早足で駆け込む。

「何事だ!?」

「おっ、オズウィン様がなぜ!?」

「お邪魔します！　火急の事態でして！」

「お父様お母様！　メアリお姉様は!?」

「部屋にいるけども……」

「ありがとう！」

お父様とお母様に説明する時間も惜しい。メアリお姉様の在室だけ確認して部屋に向かって走った。そして目的の部屋のドアを拳槌で叩く。

「お姉様！　メアリお姉様！」

急かすノックと私の張り上げた声に、部屋の主はドアを開けた。

「なぁに？　品がないわよキャロ……」

オズウィン様がいることに気付いたメアリお姉様はハッとして頭を下げた。私はお姉様ごと押し込むように部屋に入る。オズウィン様もそれに続いた。

「失礼しますお姉様！」

「急な訪問、申しわけない」

「いえ、一体どういった御用向きでしょうか？」

メアリお姉様の疑問に、私はすぐに食って掛かるように肩を掴んで尋ねた。

「イザベラ様からの手紙を貸してください！」

きょとんとしているメアリお姉様に、私は更に詰め寄る。今は一秒だって惜しかった。

「イザベラ・ペッパーデー様です！　遠くに嫁ぐとかいう手紙が来ていたでしょう⁉」

私の剣幕に気圧されたのか、メアリお姉様は目を見開いて腰が引けている。そんなメアリお姉様にオズウィン様はいつもの声音で尋ねる。

「イザベラ・ペッパーデーにある容疑が掛けられている。彼女を捜すために彼女の私物か使っていた物が必要なんだ。借り受けられるか？」

メアリお姉様は親友の「容疑」という言葉に顔を青くした。ショックを受けているのだろう。

コクコクと首を縦に振り、綺麗な木彫りの箱から手紙を取り出してくれた。

手紙の一枚を受け取り、「ジ・オノラブル・メアリ・ニューベリー」と繊細なレースのような文字を確認する。オズウィン様が探索羅針のガラス部分に手紙を入れると手紙は鳥のような形に変化し、くちばし部分をコツコツとガラス球にぶつけ、方向を示しだした。

「鳥の形……ということはイザベラ・ペッパーデーまでの距離は少し遠い。急ごう、キャロル嬢」

「はい！」


再び屋敷の外に駆けてゆくと、マリーの手からにんじんを貪るアンカーとジェットの姿があった。

マリーはというと腕を伸ばし、へっぴり腰で彼らににんじんを与えていた。

足下にバケツもある。ちゃんと水もやっていてくれたらしい。

「お、おじょうさまぁあぁ」

「ありがとうマリー！」

「助かった！　ありがとうマリーさん！」

私たちが跨がった時、マリーの握ったにんじんから口を離した二頭がいなくなく。

私たちは腹を踵で蹴り、門を飛び出した。

「探索羅針は西の街道方面を示している！　馬車で移動しているならまだ宿場町には着いていないはずだ！」

「急ぎましょう！　アンカー！　全力で走って！」

「行くぞジェット！」

オズウィン様は腰を浮かせ駆け出す。前傾姿勢になったオズウィン様を背に、ジェットはすさまじい速さで駆けていった。

私も腰を浮かせて後を追う。ドカカッと蹄が地面を抉る音を立てながら、私たちは探索羅針の示す方向へと向かうのだった。

王都を出て二時間弱。

私たちはひたすら馬を走らせ続けた。途中、徒（かち）の旅人や商人の馬車を追い越し、それでも休み無く走り続ける。

日が沈む前に捕らえたい。その気持ちでひたすら走り続けた。先程まで動きの少なかった探索羅針の手紙の鳥がガラス球の中で激しく翼を動かした。

「いた！」

オズウィン様が声を上げ、前方を見やればペッパーデーの紋章付きの馬車が目視できた。途端、私の中で怒りがこみ上げる。

王城で行われたパーティーで魔獣を解き放ち、あげく私に暗示と洗脳をかけたイザベラ様。私にオズウィン様から不興を買わせるために、私の心の内を暴いた。そしてメアリお姉様を辺境に嫁がせようと画策した張本人――！

絶対に捕まえる！　ついでに横っ面ひっぱたく！

私はそう思いながら、眉間に力を入れてこぶしを握りこんだ。

「その馬車！　止まれ！　止まれェッ!!　私は辺境伯ジェイレン・アレクサンダーが子、オズウィン・アレクサンダーである！　辺境伯代理権限によりその馬車の静止を命じるッ！」

オズウィン様が先んじて馬車に追いつき、探索羅針の鎖に飾られたアレクサンダー家の紋章を掲げる。御者は慌てながら馬を止め、馬車は停止した。

「何事だ！」

「ナイジェル様……！」

御者が馬車の中からの声に青ざめる。酷く怯えた表情に、私は反射的に顔をしかめた。

オズウィン様は馬車の先を遮るように立ちはだかる。その堂々たる姿はジェイレン様によく似ていた。若かりし頃のジェイレン様はきっと今のオズウィン様のようだったのだろうと思える。

その佇まいは凛々しく勇ましい。

「辺境伯代理、オズウィン・アレクサンダーである。ペッパーデー子爵家の馬車と見受ける。相違ないか！」

私は馬車の後方で停止し、腰に帯びたボトルに手を伸ばした。

念のためである。

「……ッ！」

オズウィン様の大音声に、息を呑む気配を感じた。馬車の中にはふたつ気配がある。

馬車の扉が開き、中からイザベラ様によく似た、しかし神経質さを持ち合わせた黒髪の青年が現れた。顔の造形は美しいが、どうにも嫌な感じがする。

このとき私は違和感を覚える。先日、メアリお姉様がイザベラ様と出かけたときに迎えに来たのはこの人だったか？　三階からチラリと見ただけだったが、こんな雰囲気の人物だったろうか？

疑問符を浮かべつつも、私は馬車から降りてきた青年から視線を外さなかった。

ペッパーデーの馬車から降りた黒髪の青年は、慇懃に頭を下げる。顔立ちはイザベラ様とよく似ていた。近寄りがたい雰囲気を持っているが、イザベラ様のミステリアスなものとはタイプが異なる。

一見するとどこにも無礼な様子はないが、私は言い表しにくい嫌なものを感じて、反射的に眉間を寄せた。幸い、彼の青年はオズウィン様を見ている。

「これはこれは辺境伯御令息のオズウィン様。これは一体どういうことでしょうか？　これから妹の嫁入りなのですが……」

「ナイジェル・ペッパーデーだな。ちょうどいい。貴方にも王城へ同行してもらおう」

オズウィン様が馬上からナイジェル様に告げる。ナイジェル様はその言動に間を空けた。

一瞬、苛立ったことが背中からでもうかがえてしまう。示した感情が驚きでも動揺でもないところに、私はますます眉間に力が入った。

「オズウィン様。先程も申し上げましたがこれから妹の嫁入りなのです。いくら何でも令状もなくそのようなことを申されましても……」

無実の人間であれば、突然辺境伯の子息から王城への召喚を命じられた、となれば驚きその理由を尋ねるだろう。それが自分の都合を真っ先に口にする辺り後ろめたいものがあるようにしか見えない。

オズウィン様は表情ひとつ変えず、馬車を指さした。

「それはおかしい。妹の婚礼だという割に付き人はなく、嫁入りの荷物もないではないか」

オズウィン様の指摘にナイジェル様は肩がピクリと動く。

確かにおかしい。

いくら急な嫁入りだからといって、こんなに身軽なわけがない。まるで身ひとつで売られるようにさえ思える。

「そしてこれは辺境伯権限だ。私は父の名代として貴方と妹君の王城への召喚を伝えている。そしてペッパーデー子爵にも国王陛下から同様の命令が下るだろう」

「……ッ！」

ナイジェル様が明らかに動揺している。もしや今回、イザベラ様が王城で魔獣を暴走させたことと、オズウィン様の婚約者をメアリお姉様に仕立て上げようとしたこと——これらはイザベラ様の単独の犯行ではなくペッパーデー家ぐるみのものだったのだろうか？

私はてっきりイザベラ様の独断であって、家族は関係ないモノだと思っていた。しかし隠蔽しようとしている時点でナイジェル様もイザベラ様のやったことを知っているに違いない。

それにもしイザベラ様の単独犯であれば、庇わず素直に突き出すことでペッパーデー家にかかる罰はそこまで厳しくならないはずだ。

それをしないということはやはり……

「貴方方兄妹には話を聞かねばならない。このまま王都へ戻るというなら何もしない」

オズウィン様は極めて冷静に、抵抗をしないことを勧める。一方、ナイジェル様は必死になって声を張り上げていた。

「お待ちください！　何も、何もしておりません！　令状もなく突然王城に召喚されるようなことは何も……！」

「話は私ではなく、国王陛下にしてもらおう」

今更弁明をし、慌てふためくナイジェル様。オズウィン様はバッサリと切り捨てるように彼の言葉を遮った。

そうだ。何故ガーデンパーティーで魔獣を解き放ったのか、申し開きはオズウィン様ではなく国王陛下にすべきだ。どういった思惑があって行ったものなのか……もしこれが隣国も関わっている場合、戦争が起きる可能性だってある。腹部に力を入れて緊張と警戒を続けた。

ぶるぶると体を震えさせるナイジェル様は、怒りの形相で馬車からイザベラ様を引きずり降ろして地面に倒した。

「イザベラァッ！　お前『魔獣降ろし』を密告したなッ!?」

「私は何も……！」

「煩い黙れ！　本当に我が家に災いしか運ばぬ卑しい詐欺師が！」

「私は……！」

「傾いた我が家を俺がどれほど苦労して立て直したと思っている！　その身を売って金にするくらいしかペッパーデーの役に立たないくせに！」

突然のナイジェル様の言葉に、オズウィン様も私も目を見開いた。

『魔獣降ろし』というのは魔獣を人間に取り憑かせることである。そして人身売買は当然ながら我が国では禁止されている。

突然始まった重犯罪の告白に私は驚いてしまった。

ナイジェル様はイザベラ様を叩き、罵っている。頭に血が上っているのか、自白していることに気付いていないようだった。

なんという愚かさであるか。

「……つまりペッパーデー家は無許可の生体魔獣取り扱いおよび人身売買をしていたと」

「ガーデンパーティーの件以上の犯罪を告白されては見過ごせないな」

私とオズウィン様の指摘にナイジェル様は動きを止める。ようやく自分が何をしたのか気付いたようだった。

まさか自ら罪をばらしてしまうとは……あまりにも頓馬（とんま）なナイジェル様に私は恐れ入った。

「令状などなくとも、この状況では貴方も国王陛下の裁定を受けなければならないようだな。大人しく連行されてもらおう」

顔を真っ青にしていたナイジェル様に、オズウィン様は馬から降りて近寄る。手には拘束具があった。

さて、なんと報告したものか、と私はその様子を見ていた。

「き、貴様らさえ消せばッ！」

ナイジェル様がオズウィン様の腕を振り払い叫ぶ。

馬鹿なことを。

イザベラ様確保の件でジェイレン様から国王陛下に連絡が行っている。そもそもオズウィン様が辺境伯代理として来ている時点で、ジェイレン様が知らないはずがないのに。ここでオズウィン様や私を消したところで罪の上塗りになると気付けないのだろうか？

短慮極まる!!

「ペッパーデーは潰れない！」

「キャロル嬢！　離れろ！」

次の瞬間、ナイジェル様の体が光った。吸い上げられるような風が起こり、砂埃に思わず目をつむった。

馬たちの鳴き声と蹄の音が響く。

目を開けるとそこには巨大な足が立っていた。何事かと上を見上げれば、それは古木女の五倍以上大きくなったナイジェル様だった。

「お前たちが消えれば！　お前たちが消えれば何も問題などない！」

四階建ての建物よりも高くなったナイジェル様は、歯をむき出しにして怒りの表情でオズウィン様に手を伸ばす。動作そのものは巨大になってしまった分、遅い。

「ジェット！」

オズウィン様が叫び、同時にジェットの尻を叩いて逃がす。ジェットは一目散に駆けていった。ペッパーデー家の馬車馬も釣られて逃げ出した。

オズウィン様はジェットと反対方向に転がり、迫り来る巨大な手を回避する。

ナイジェル様の手はオズウィン様にもジェットにも当たらなかったが、指の先が地面を抉っている。体のサイズに比例して威力が上がっているらしく、私はゾッとした。

身のこなしは素人同然と評していいくらい全くなっていないが、十倍以上質量の増えた体がぶつかればタダでは済まない。速さはなくとも馬と衝突すれば吹き飛ぶ。それと同じだ。

そしてなにより……

「はぁッ！」

オズウィン様が素早く足下を駆け抜け、擦れ違いざまに剣でナイジェル様を斬りつける。しかしズボンに少し切れ目が入った程度で、ナイジェル様は痛みも感じていないようだった。

「金剛蜘蛛の糸か？」

金剛蜘蛛の糸はより合わせれば一本で大人を支えられるほど強くなる。しかし金剛蜘蛛の糸だけで織るとなると高すぎる。そのため絹糸や他の糸と混紡されているものが多い。

ナイジェル様のズボンに切れ目が少ないところを見ると、金剛蜘蛛の糸の割合がそこそこ高いと思われた。

「ははっ！　学園でチヤホヤされていた辺境のお坊ちゃんの実力はこんなモノか⁉　力も強くて頑丈な俺の方が上じゃないか！」

蔑みながら笑うナイジェル様。その笑い声は体にビリビリと響く。やかましいったらなかった。

体を大きくできるタイプの魔法を使う者は、無敵感に酔いしれて攻撃性が増すというのは本当らしい。

学園の魔法心理学の授業でやった。

「きゃあぁあっ！」

暴れ回るナイジェル様の足下で、イザベラ様が悲鳴を上げる。下手に動けば踏まれかねない。あれだけ大きくなれば、人間はネズミ並にしか見えないのだろう。

これから行おうとしている作戦に、騎乗している状態は不利だ。

アンカーから降り、馬体を叩いて逃がす。

ボトルの底に手を当て、熱くした指を突き立てくり抜く。程なくすると勢いよく水が噴き出てきた。フタを閉めている間は満タンになるまで水が湧き続けるボトルの特性を利用して、噴水のように出し続けているのだ。流石に限りはあるが。

本来の使い方とは異なるので絶対に真似してはいけない。

ボトルの中に氷のつぶてを作り出し、それをナイジェル様のスネ目がけて噴出させる。

ナイジェル様は煩わしそうに私を手で払おうとした。反応を見る限り、あまり効果はなさそうに見える。

仕方ない。

「ぃぎっ⁉」

股間に向けて大粒の氷を水とともにぶつける。ナイジェル様は息を詰まらせて、目を剥いた。鼻息荒く目を血走らせている。

本来は鞭打ちの刑に処される金的への攻撃だが、緊急事態だから許されるはず！　ついでにこの状況ならば罰せられないはず！

場所が場所だけに怯んだナイジェル様。その隙に私は濡れた地面を踏みつけ、凍らせた。水を撒き散らしたおかげでイザベラ様まで氷の路ができる。ボトルから噴き出る水を推進力に、イザベラ様まで氷上を滑走した。

オズウィン様は私の行動を読んでくれたらしい。ナイジェル様の意識を引き付けるために剣を顔面目がけて投擲したのだ。顔目がけて飛んできたのが剣だったため、ナイジェル様は反射的に両手で防いでしまう。

ナイジェル様が完全に視覚情報を断ったわずかな時間で、私はイザベラ様を抱き上げた。

「んぎぃ……ッ！」

予想以上に重いイザベラ様の体をひっつかみ、ナイジェル様の攻撃範囲から離脱した。

ある程度距離をとり、オズウィン様とナイジェル様の戦闘を確認する。ナイジェル様は剣を顔に投げられ、鼻息荒く怒りもあらわに攻撃を繰り出している。

当たらずとも執拗な攻撃をかわし続ければ体力は削れる。ナイジェル様はそうかからずオズウィン様を仕留められると思っているに違いない。

私はボトルの水を止めるため、蓋を外す。ボトルの蓋と口が合わさって初めて水が出るので、こうしておけばボトルに施された術式は解除されるのだ。

イザベラ様の体から手を離すと、彼女はその場に座り込んでしまった。流石に恐ろしかったのだろう。腰が抜けている彼女の前に、私はしゃがみ込んだ。

「イザベラ様、寒いのは苦手ですか？」

微笑む私の質問の意図がわからないのか、イザベラ様はきょとんとする。「いえ、苦手ではないです……」という返答に私は満面の笑みを浮かべた。

イザベラ様には意味が分からなくて不気味に映っただろう。私は笑顔のままボトルに蓋をして地面に水をばら撒く。

「キャロルさ……ッ!?」

私の足下から霜柱が生え、イザベラ様を捕らえる檻になる。極太の霜柱は簡単に破壊もできなければ溶かすこともできない。

「しばらくここでお待ちを」

「ちょっ、ちょっと！　キャロルさん!!」

イザベラ様はこれで良しとして、オズウィン様の加勢に行かねば。

再び氷の上を滑走し、巨人と戦うオズウィン様の元へ向かった。

調子に乗っているらしいナイジェル様は脚を振り上げてオズウィン様を石ころのように蹴り飛ばそうとしていた。しかし戦いの素人であるナイジェル様程度の動きはオズウィン様を捕らえることはできない。

余裕を持ってかわすオズウィン様に対し、ナイジェル様は苛立ち始めた。

「オズウィン様！」

オズウィン様のところまで氷を張り、手を伸ばす。オズウィン様を抱きしめ、ボトルを右手だけで操り滑走を続けてナイジェル様から逃げ続けた。

「ご無事ですか⁉」

「ああ、問題ない。しかしすごいなキャロル嬢！　こんなこともできるのか！」

「お褒めいただきありがとうございますでも今はそんなことを仰っている場合ではないのでは⁉」

楽しげに笑うオズウィン様に叫ぶ私は、ナイジェル様をどう無力化するかを考えていた。

「うろちょろするなこのネズミどもめ！」

「辺境伯令息に向かってネズミとは無礼ですよ！　子爵令息の身分で‼」

「キーキー何言ってるか聞こえないんだよ！」

氷で滑ることを嫌ったらしいナイジェル様は背中を丸めて手を伸ばし、私たちを捕まえようとする。

手を狙って氷のつぶてをぶつけるが、ナイジェル様は煩わしそうに顔を歪めるだけで、大して痛みも感じていないようだ。

ナイジェル様は今、痛覚はもちろん聴覚も鈍化していると思われる。そうなると他の感覚器官も鈍くなっているのだろう。私たちが針で指を刺したところで騒ぐほどの痛みもないのと同じだ。

巨大化することで繰り出される攻撃の威力は増しているが、速さが増しているわけではない。

ただ大きいだけで身のこなしは素人——足下を凍らせてナイジェル様の身動きを止めることはできるだろう。しかし水も永遠に出るわけではない。水を出しすぎれば蓋とボトルの口に施された魔法は切れてしまう。

仮に私がナイジェル様の体温を下げて活動を鈍らせようとしても、あの巨大な体が相手では起点になった部分が壊死しかねない。

オズウィン様の魔法も、傷を塞いだ様子からするに回復系……そうなるとオズウィン様の魔法は相性が悪いし、私の魔法だと脚の一本位奪いかねない。

五体満足で無力化は難易度が高いかもしれない。悩んだ私はオズウィン様に問いかけた。

「オズウィン様、どうなさいますか⁉」

「安心してくれキャロル嬢。俺に考えがある」

オズウィン様は快活に、実に楽しそうに目の奥を悪戯っぽく輝かせて声をかけたのだ。

「どのような考えですか？」

「ああ。彼の露出している部分……手だと動きが激しくて難しいから顔に触る。それができれば俺は彼を無力化できる」

そう言うが、オズウィン様の魔法は傷を塞ぐ回復系の魔法ではないのだろうか？　疑問が伝わってしまったのか、オズウィン様はナイジェル様の方を指さして見せる。

「キャロル嬢の魔法は強力だが、必要以上に彼を傷つけることを心配しているんだろう？　安心してくれ。俺は四肢を欠損させずに彼を無力化できる」

オズウィン様は自信ありげに強気な姿勢を見せてきた。

彼の魔法は攻撃に向かないと予想していたが、オズウィン様は辺境で魔獣を狩るお人である。今のナイジェル様並の魔獣を相手取ることもあるはずだ。古木女ほどの魔獣であっても討伐ではなく捕獲できる術があるに違いない。

オズウィン様の言葉にはそういう力強さがあった。

「キャロル嬢の協力が必須だ。ボトルの水が尽きる前に」

「わかりました。それでは私はどうすればよろしいですか？」

私はオズウィン様に「考え」を尋ねた。

ナイジェル様の手をかわしながら、オズウィン様は作戦を説明してくださった。その内容に一瞬顔をしかめる。

問題ないといえば問題ない。だが一歩間違えばオズウィン様がぺしゃんこになりかねない。

私は少々の心配がよぎる。

「大丈夫だ、キャロル嬢」

オズウィン様は怖がる様子もなければ、驕（おご）っている様子もない。気負わず「任せてくれ」と言う。

その声音は私の中の無駄な強張りを解いてくれた。

オズウィン様が私を信頼してくれているのだ。私もオズウィン様の信頼に応えねば。

私は大きく呼吸をして、意識を切り替えた。

「行くぞ、キャロル嬢！」

「はい！」

辺境の民は容赦がないようです。

オズウィン様と離れ、私は距離をとる。

ナイジェル様は逃げ回る私を捕らえようとした。人質にでもする気なのだろう。

——そうはいかない！

私は氷の上を滑り、ナイジェル様の手から逃げ続ける。それと同時にオズウィン様の周りに逆立つ氷柱を作り上げた。

オズウィン様は自身のシャツの袖を破り、素早く一方を手に巻き付けた。そして、蹴りを入れて氷柱を砕く。氷塊を包み、振り回して回転を与える。

よし、後は……。

「待てこのネズミがぁッ！」

私はおちょくるようにナイジェル様の足下を滑り抜け、注意を引く。

手で虫をはたくように振り下ろされて内心ひやりとした。だがそんなことで止まってしまえば本当に虫のように潰される。ナイジェル様は素人で、オズウィン様に注意が全く割けていない。

——いける！

私はナイジェル様がオズウィン様の方向を向くよう、誘導し……

——ガンッ！

「ぐあっ⁉」

ナイジェル様の眉間に子どもの頭ほどある氷塊が直撃した。

「よし！　命中‼」

もちろん当てたのはオズウィン様。恐ろしいほど精密な調節で、人体急所のひとつである眉間に氷塊を当てたのである。

本来のサイズであれば即死しかねない衝撃は、さすがにナイジェル様の身動きを止めさせた。

次の氷は必要なかったらしい。

「うっ、ぐぅうぅっ‼」

顔を押さえて悶えるナイジェル様だったが、当然倒すには至らない。ハナからわかっていたことだ。涙目で私たちを睨み付け、顔を真っ赤にしていた。

「オズウィン様！　行きますよ‼」

「的は大きい！　大まかで大丈夫だ！」

「問題ありません！」

私はオズウィン様の背後に回り、ボトルを下に向ける。全身の毛が逆立つほどの魔法を発動させた。オズウィン様の足下から凍らせ、巨大な霜柱で彼を上へ上へと押し上げる。全神経を集中させてオズウィン様を支え押し上げる強く太い氷を作り上げた。そして柱がナイジェル様のみぞおち辺りに到達した瞬間、オズウィン様は氷を蹴り飛び上がった。

霜柱が押し上げる力に脚力を乗せ、瞬時にナイジェル様の顔の正面にたどり着く。

「とった」

オズウィン様がナイジェル様の額に触れた。かすかに聞こえたオズウィン様の声は、無邪気な少年のようだった。

次の瞬間、オズウィン様の手を起点にナイジェル様の体に稲妻のような轍が走った。

「ぎゃあぁあっ！」

――バチン！　バチン！

ゴムが弾けて切れるような音が連続したと思うと、ナイジェル様は悲鳴を上げてゆっくりとその巨体を倒れさせていく。

私は巻き込まれぬよう距離をとった。

「(筋が切れた音だ……)」

私は痛みを想像し、顔のパーツを中央に寄せる。思わず喉の奥で呻いてしまった。

私は慌ててボトルの蓋を外して水を止め、地面の氷を足下から溶かす。着地の時、危ないからだ。

オズウィン様はナイジェル様の体が地面に倒れる直前にナイジェル様の巨体を蹴り、前転しなが

ら着地をする。それでも建物の二階程度の高さがあっただろうというのに、なんという身のこなしだ。

一方のナイジェル様はぬかるんだ地面に倒れ込み、気を失うと同時に元の大きさに戻った。

この瞬間、巨人退治が終わったことに緊張がほぐれてゆき、私はようやく深く呼吸をしたのだった。

「……終わった」

「キャロル嬢、無事か？」

着地で体を汚したオズウィン様は心配そうな表情をしながら駆け寄ってきた。そしていきなり顔を掴んでくる。

「ぎゃっ⁉」

思わず私は令嬢らしからぬ声を上げてしまった。今まで婚約者もいなければ、学園でいい雰囲気になった異性もいないのだ。ダンスならまだしも、こんな風に急に顔に触れられて驚かないはずがない。

「顔に傷はないな？　手は？　肩や脚に痛みは？」

「あ、ありません‼」

「そうか、それは良かった」

にか、と犬のように笑うオズウィン様に邪気はない。胃よりももっと上に痛みを感じた私は、オズウィン様の手から逃れ裏返った声を上げた。

「お、オズウィン様こそ！　怪我はございませんか⁉」

「ああ、あれくらい大丈夫だ。問題ない」

ほら、と腕を回してその場で跳びはねるオズウィン様は汚れてこそいるが無傷らしい。

――これが辺境の民……

あんな高さから着地して無傷とは……この様子を見ると決闘などという馬鹿なことをしてしまった私が無事なのが、奇跡のようだ。

いや、私に対していかに手加減と配慮をしてくれていたかということだ。どれだけ気遣われていたか、今更ながらよくわかる。

頭の中でぐるぐると振り返りをしていると、オズウィン様は地に伏したままのナイジェル様を見下ろしていた。

「良かった。流石にあの大きさのままでは運べないからな」

脅威はないと判断したのか、呑気に体の汚れを払っている。

「運べなかったらどうするおつもりでしたか？」

思わず疑問が口を衝く。

今ここに巨大な状態のナイジェル様を運ぶことができるものはない。ボトルはまもなく効果がなくなる。馬車の馬とアンカーとジェットで引きずるのは流石に拷問である。王都へ行ってまた戻ってくるとなれば手間であるし、何より夜を屋外で過ごさなくてはいけなくなる。

まあ、そんなことをしなくともジェイレン様が何かしら手を打ってくれるだろうが。

どんな返事がくるか想像していると、オズウィン様は少し考えるように顎に手を当てた。

「四肢を落として胴と頭だけ連れて行くことになっていたかもしれないな。俺の魔法で後程くっつけることはできるし」

「それに我が家には腕のいい回復魔法使いがいる」とごくごく自然な様子で返すオズウィン様に、口元が引きつった。

オズウィン様の魔法はおそらく「切断」と「接着」――つまり人形のようにバラバラにしてあとで組み立てるつもりだったらしい……

「(あ、頭辺境を甘く見ていた……)」

背中を伝った汗は、多分冷や汗だった。

オズウィン様の発言の容赦なさ……いや、自分の手札を効率的に切る様が人道的なものを排しているように思えて若干引いてしまう。

引きつってしまった顔をこねて戻していると、オズウィン様はコキコキと首を動かして私に視線を向けてきた。

「さて、気を失っているし今のうちにできることをしてしまおうか」

「お手伝いいたします」

気を取り直して姿勢を正す。

オズウィン様は人懐こい笑顔を浮かべ、ツールバッグに手を伸ばした。

「ありがとう。筋をくっつける前に『魔法封じ』してしまおう」

オズウィン様は改めて巨大化直前に取り付けようとしていた手枷を手に取った。

この手枷は魔法の力を封じる「封じの枷」らしい。手枷を気絶するナイジェル様に取り付ける。

ナイジェル様は痛みからかすかにうめき声を上げた。

「安静にしていれば問題ない程度にくっつけておこう」

要するに抵抗するようならすぐに切れる程度の接着しかしないぞ、ということか。

中途半端にくっついたであろう筋を想像するとぞわぞわする。無意識に足の甲で反対の脚の腱を摩(さす)っていた。

オズウィン様は筋の接着を済ませ、ナイジェル様の体を担ぎ上げる。あの激しい戦いのあとで細身とはいえ大の男を軽々と持ち上げる体力に驚嘆する。

私の視線に何か勘違いしたらしく、オズウィン様は頬をかいた。

「俺の魔法は生物にしか効かないんだ。しかも直接手で触れないといけないから、キャロル嬢ほど使い勝手が良くない。だから今回のキャロル嬢のような立ち回りには憧れるよ」

はにかむオズウィン様に、なんと答えればいいかわからない。つまりは「直接触れる」ことさえクリアしてしまえばいいということである。

武器屋で「ガチガチに防具で固めた人間が苦手」だと言っていた理由もわかった。生物であれば有効なのだ。強力すぎる。どんな巨大な魔獣でも触れることさえできれば勝利が確定するのだ。

——辺境ってやっぱり戦闘民族ばっかりなんだ……

辺境には人間兵器のような人々ばかりだから、ニューベリーの領地にはたまにしか魔獣が出ないのだろう。思わず遠い目になった。

「さて、イザベラ・ペッパーデーにも『封じの枷』をしてしまおう」

私が氷の檻に閉じ込めた、イザベラ様の元へ向かう。

イザベラ様は自分の兄が気絶したままオズウィン様に担がれていることで状況を理解したらしい。力なく顔を伏せていた。その傾けられた顔が妙に色気があってなまめかしいったらない。

「オズウィン様、気をつけてください」

「距離はとっておこう」

オズウィン様は十分な距離をとり、はっきりとした声でイザベラ様に状況を告げた。

「イザベラ・ペッパーデー。ナイジェル・ペッパーデーは捕縛した。抵抗しなければ攻撃等はしない」

イザベラ様は「捕縛」という言葉に反応して自分自身を指先が白くなるほど強く抱きしめる。震える唇を噛みしめる様子は辛そうだ。家が罪に問われるのだ。暗い顔にもなる。

「抵抗も逃亡もいたしません。どうぞ、裁きの場へお連れください……」

イザベラ様はか細い声でうなだれる。力なく憐れな姿は儚く美しいものだから、ここにいるのが頭辺境のオズウィン様でなかったらほだされていたかもしれない。

「では『封じの枷』をかけさせてもらう」

「封じの枷」と聞き、顔を上げたイザベラ様の顔は真っ青になっていた。

「そっ、それだけは……！」

イザベラ様の魔法を考えれば、魔法を封じるのは当然である。連行途中にでも発動されてはまずいことになる。

氷の檻の中で逃げ回るイザベラ様は抵抗をしているというより枷そのものに恐怖しているように

見えた。

「いやっ！　やめて！　お願い、それだけは……！　逃げたりしません！　抵抗もしません！　だから枷だけは……！」

私は氷の檻に手を触れ、熱を加えて水に戻した。当然ながらイザベラ様は全身を濡らすことになる。

「きゃっ！」

二の腕を掴み、イザベラ様の濡れた服を凍らせて体の自由を奪う。酷いことをしていると思うが、仕方がない。

「すまない。こうしておかねば示しが付かないんだ」

「いやあぁっ！」

身動きが取れないにもかかわらず、必死に抵抗する。もう無意味としか言いようがない抵抗をするイザベラ様にあきれつつ、凍結を保った。

オズウィン様が枷を付けたと同時に着衣を乾かして風邪を引かないように配慮する。熱くなりすぎない程度に乾かしたつもりだが、周囲の水分も飛ばしたようで、湯気が生じて一瞬視界が遮られてしまった。

しまった、見えない……そう思ったのも束の間だった。

「……？」

掴んだ二の腕に違和感がある。

先程までやわく、私より細い腕を掴んでいたはずだった。それが今、私の手は細いが筋肉の硬さを感じ取っている。

「え？」

湯気が消えると、そこには男性がいた。

髪型と服装はイザベラ様で、細身ながら肩幅のある彼は――

「いやぁ……ッ」

ハラハラと涙をこぼし、顔を覆っている。声はどう聞いても声変わりを経験した男のそれである。

「うっ、うぅ……この姿、晒したくなかった……！」

「い、イザベラ、様……？」

「……え、おと、こ？」

私とオズウィン様は互いに顔を見合わせ、そしてイザベラ様と思われる男性を見る……それを数度繰り返して口をつぐんだ。

ドレスを着た男が泣き崩れている状況に、私たちの思考が迷走したのは言うまでもない。

温かくってちょうどいい、かもしれません。

はらはらと真珠のような涙をこぼすイザベラ様に、硬直する私たち。

女の姿の時は漆黒の中に浮かび上がる肌が神秘的だった。今の姿は男でありながら細くも筋肉がありしなやかで、憐れさの中に官能がある。理性の脆い人間ならふらりと手を伸ばしかねない危なさがあった。

とりあえず手枷だけはしっかりとかけたが、いわれのない罪悪感が鎌首をもたげる。

「(やりにくい……)」

オズウィン様も同じ気持ちだったらしく、私と視線が合う度に眉を寄せて困った表情になっていた。

イザベラ様とナイジェル様の捕縛は完了した。アンカーとジェットを呼び戻さないと王都まで徒歩で帰らなければならなくなる。

流石にそれは危ないし、何より途中で私たち全員が倒れる可能性もある。アンカーを呼ぶため、馬呼びの口笛を吹こうとしたとき複数の馬の足音が耳に届いた。

「キャロル嬢！　オズウィン！　無事か！」

辺りに響くジェイレン様の大音声。熊姿のジェイレン様は兵を連れ、私たちを追いかけてきたようだった。

時間も時間であったし、私たちが追い越した旅人や商人がジェイレン様を目撃はしていないだろう。でないと騒ぎが起こっていてもおかしくない。彼らが全速力で走る熊のジェイレン様を見ていないことを祈った。

街道を爆走する熊とそれに続く兵たちなんて、おっかないし何事かと思うものね……！

「お気遣いありがとうございます。わたくしは無事です」

「ナイジェル・ペッパーデー、イザベラ・ペッパーデーの両名の確保は済んでいます」

オズウィン様は「キャロル嬢のおかげで」と付け加え、拘束されているふたりを指し示した。体を震わせて人に戻ったジェイレン様は私たちの様子をそれぞれ確認すると、大きく頷いた。特に私を見たときにほっとした様子だったことに申し訳なさを感じた。

——ご心配おかけして申し訳ないです……

「そうだ。途中キャロル嬢の馬とジェットを見付けたぞ」

ジェイレン様が声をかけると兵士が手綱を引き、アンカーを連れてくる。アンカーは大人しく兵士の誘導に従い、私に寄ってきた。ジェイレン様と連れてきてくれた兵士に礼を言い、アンカーの前に立つ。

愛馬は心配してくれたらしく、首を伸ばして鼻をすり寄せてきた。

「怪我がなくてよかった、アンカー」

「いくらか餌を持ってきているからやるといい」

「はい、ありがとうございます」

「ジェットもねぎらってやれ。お前のところに向かおうとするのをなだめていたんだぞ」

「はは、心配をかけたようで」

ジェットはオズウィン様の髪の毛をムシムシと食んでいる。「心配かけやがって」とでも言っているような様子だ。オズウィン様はジェットを叱らず好きにさせているあたり、一人と一頭の関係は少々変わっているようだ。

餌と水を与え、私はアンカーを労う。ジェイレン様は兵士たちに指示をして回っていた。

意識を取り戻したナイジェル様と男の姿のイザベラ様について説明を済ますと、ジェイレン様は渋い顔をした。

王城での一件だけでなく無許可の生体魔獣取り扱いに人身売買。しかも魔獣を人間に取り憑かせていたのだからこれは大事である。

ふたりは護送用の馬車で「封じの枷」をされたまま王都へ戻ることになった。

「馬車を持ってきている。このまま王都へ戻る故、馬車に乗って休むといい。疲れているだろう？」

収縮の魔法を持つ兵士が荷物から馬車を取り出し、準備をしてくれている。イザベラ様たちも護送用の馬車に乗せられていた。

私の役目は終わったらしい。

「ジェイレン様のお言葉に甘えさせていただきます。アンカーをお願いします」

「ああ、まかせてくれ」

「アンカー、いい子にね」

アンカーが口をもぐもぐさせているのを確認して撫でてやった。

「オズウィン、お前も休んでおけ」

「はい、父上。ジェットを頼みます」

「キャロル嬢、愚息も一緒だがかまわないか？」

一瞬どきりとしてしまうが、深い意味はないのだ。流石に馬車を何台も持ってきていないのだから当然である。

そう言い聞かせて了承すると、オズウィン様は手を差し伸べて馬車へ私を乗せてくれた。

「キャロル嬢。毛布もあるから寝ても大丈夫だぞ」

「いえ、大丈夫です」

オズウィン様がやわらかく厚みのある毛布を差し出してくれる。毛布は受け取るが流石に寝るのは良くない。

結婚していない異性の前で寝こけるのは、はしたない気がする。なので長時間の騎乗と巨人との戦いの疲れから来る気怠さをこらえなければならない。

何を思ったか、それとも勘違いをさせたのか。オズウィン様は私の隣に腰掛け、その太い筋肉質な脚をポンポンと叩いて見せる。

「俺が膝枕をしよう。なに、鍛えているから大丈夫だ」

「そういう問題ではありませんからね?」

オズウィン様のずれた言葉に思わずつっこむ。うっかり心の声が飛び出てしまい、口を押さえた。その様子にオズウィン様はくく、と笑い、手の甲で口元を押さえている。私は恥ずかしさと不服で口を曲げ、オズウィン様の肩に頭を預けた。

オズウィン様は少し驚いたようで肩を揺らしたが、言葉が出てくる前に私は目を閉じた。

「肩をお借りします。おやすみなさい」

「……ああ、おやすみキャロル嬢」

ああ、婚約者とはいえまだ出会って一週間も経ってない相手の肩を借りて眠るなんて……軽はず

みで令嬢らしくないなぁ。でもオズウィン様の肩の高さ……ちょうどいい。体温も高くて、あったかい……少しかたいけど……

そんなことを考えているうちに、意識はまどろみ、眠りに落ちていく。

王都に着くまでの間、オズウィン様と一緒にずっと眠ったままだった。

沈黙は金とは限りません。

大捕物（おおとりもの）の後、王都にたどり着いたのは明け方近くだった。存外疲れていたらしい私はすっかり寝こけていた。

オズウィン様の肩に寄りかかっていたせいで頬が赤くなっていたことに気付いたのは、王城の来賓用の部屋で鏡を見たときである。

その日は王城の医者にあれこれ検査された。一通り済んだかと思えば豪勢な食事やお茶、湯浴みなどでもてなされ、また引き留められる。

そのあとはメイドや侍女にあれこれ世話を焼かれ、用意されたドレスで着飾られ、その豪華さに内心、お父様やお母様並に震えていた。

当然、そんなものだから精神的に休まらないったらなかった。そんな状態でもう一日留まるよう国王陛下からお言葉を伝えられ、私は緊張で碌に眠れなかった。夜は天幕の房飾りを数えて過ごす羽目になったのは言うまでもない。

翌日、これまた魔獣素材と細かい刺繍と繊細なレースをふんだんに用いたドレスを着せられ、化粧をバッチリ施される。普段あまり履かない踵が高くて細い靴を用意されたので歩きにくい……しかし無様を晒すまいと慎重につま先に体重をかけて、別室に案内をしてくれる侍女の後を追う。

——う、足首がグネッと……！

人に見られていないかヒヤヒヤしながらたどり着いた先にいたのはオズウィン様だった。しかも辺境伯子息らしく着飾っている。オズウィン様と初めてダンスをしたときと同じくらい輝き、花を背負っているようである。

黙する横顔は王子様のようだった。

「オズウィン様」

私の姿をみとめると、オズウィン様はぱっと人懐こい顔になる。先程までの王子様然とした佇まいは一気に失われた。気のせいか彼の頭には耳、背後にはぱたぱたと動く尻尾が見える。

何故着飾られているのか、私はわからず不安になる。扱いからすると悪いようにはされないと思うのだが、なんとなく居心地が悪くて落ち着きがなくなる。

オズウィン様はサッと私に手を出した。

「腕に手をかけて」

「オズウィン様、あの、これは一体……」

私の手を取りエスコートをしてくださるオズウィン様にこっそり尋ねる。オズウィン様も小声で答えてくれた。

「これから今回のペッパーデーの件で話をするんだ。国王陛下と王妃殿下の前で」

思わずキェ、と喉の奥で悲鳴を上げる。

決して悪いことをしたわけではなく、手柄を立てた方ではあるが私は思わずオズウィン様の腕をぎゅうと掴むくらいに緊張し始めた。

謁見の間にたどり着き、国王陛下と王妃様の姿が視界に入った瞬間、緊張が最高潮に達する。私は頬の内側を噛んで、気をしっかり保つのがやっとだった。

「キャロル嬢、オズウィン、こちらへ」

辺境伯として相応しい堂々とした服を身に纏ったジェイレン様が私たちを隣に呼んだ。

国王陛下と王妃殿下の玉座の下座に立ったジェイレン様の側に立つと足が震えている気がした。なにせ王族がすぐ側にいるのだ。オーラというのだろうか、そういうものに気圧される。

手袋の中で手汗をかきながら、私が背筋を正して立ってどれくらい経っただろう。封じの枷を付けたナイジェル様とイザベラ様が兵によって連れてこられた。

イザベラ様はあの日のドレスではなく、簡素なシャツとパンツに身を包んでいる。封じの枷のため姿は男であるし服装も替わっていた。それでもイザベラ様の美しさは損なわれていない。ナイジェル様も顔は同じなのに不思議だ。

「ナイジェル・ペッパーデー、イザベラ・ペッパーデー。お主らがここに呼ばれた理由はわかっておるな？」

国王陛下――アルフォンティウス様の声が謁見の間に響く。

その深く威厳あるお声に、ナイジェル様は顔を伏せたままビクリと震えた。一方のイザベラ様は力なくうなだれている。たくさんのものを諦めたような、そんな姿に見えた。

「ナイジェル、お主には禁止された生体魔獣の飼育、人体への魔獣憑依、および人身売買の嫌疑がかけられている。何か申し開きはあるか」

「……」

沈黙するナイジェル様は視線を上げない。余計なことを言ってしまわないように黙っているようにも見えるし、どうすれば逃れられるか考えているようにも見えた。

はっきり言ってアルフォンティウス様のあの眼差しの前で下手なことを言う勇気なんて出ないだろう。私も黙ってしまうと思う。

黙秘を貫くナイジェル様にアルフォンティウス様は溜め息を吐き、今度はイザベラ様の方を向く。

「イザベラ・ペッパーデー。王城で古木女を逃がし、ガーデンパーティーにて混乱を起こしたこと、間違いないか」

「はい、間違いありません」

イザベラ様が肯定の言葉を吐いた途端、ナイジェル様は目を見開き、恐ろしい形相でイザベラ様を睨み付けていた。しかしイザベラ様は言葉を止めなかった。

「加えてわたくしは王都魔法学園在学中、エドワード様を始め、公爵様、宰相閣下、将軍閣下の御子息の御婚約者様方に魔法を悪用し、不和を誘発いたしました。そして御覧の通りわたくしは男です。つい先日まで女と偽り生きておりました」

「イザベラァッ！」

怒りに目を血走らせたナイジェル様がイザベラ様に吠える。今にも飛びかかりそうなナイジェル様を、兵が押さえつけた。

イザベラ様は今までの罪をすべて吐き出さんばかりの勢いで、罪を告白する。メアリお姉様のために私を洗脳してオズウィン様との婚約を白紙にさせようとしたこと、家族の命令で自分の魔法を悪用していたこと、いずれ嫁入りと偽り売るため女として生きることを強要されていたこと――すべてをつまびらかにした。

「イザベラ！　この裏切り者！　やはりお前はペッパーデーを滅ぼす厄災だ！」

「いい加減にして！　もう隠してもどうしようもないでしょう⁉　罪は償うべきよ……！」

怒り狂い、押さえつけられてなお唾を飛ばしながら喚くナイジェル様。イザベラ様は潔いというよりもう自棄になっているというか、何もかも諦めているようで目に光はない。

「そうか。イザベラよ、何か弁明はあるか」

「いいえ、ございません」

アルフォンティウス様の言葉に顔を伏せたまま答えるイザベラ様に生気はない。ふたりのペッパーデーを見つめるアルフォンティウス様の視線は思慮深く、何かを考えているようだった。そしてその時、謁見の間に新たな人物が現れた。

「遅れました、父上母上」

颯爽と現れたエドワード様。その後ろにはメアリお姉様と四名の御令嬢がいた。メアリお姉様の登場という予想外の出来事に驚いた。

何故ここに、という意味で。

だがそれ以上に私は四名の御令嬢に驚き、口をぽかんと開けて見つめてしまっていた。だって、その……なんだか妙に勇ましいというか逞しいというか……まるで画風が変わったような姿をしていたから……

私が間抜けな顔をしていると、メアリお姉様が手枷を付けられたイザベラ様に気付いたらしい。

メアリお姉様は口元を手で押さえ、震える声を上げた。

「……イザベラ？」

強さがすべてを解決するようです……？

男の姿のイザベラ様を「彼女」と認識し呼ぶメアリお姉様。イザベラ様は目を見開きメアリお姉様を見つめていた。

メアリお姉様とイザベラ様が見つめ合うこと数秒、イザベラ様は目からキラキラ光る涙を零し始める。

「め、あり……」

イザベラ様に駆け寄るメアリお姉様を兵が止めようとする。それをエドワード様が制止した。

イザベラ様の手を取るメアリお姉様はまるで聖母のように……

「イザベラ！　イザベラなのね！」

頬を紅潮させ、潤んだ目でイザベラ様を見つめていた。

いや、アレは聖母じゃない。

イザベラ様が男だって知って『有罪機構』のアラキエルそのままだと思ったのだろう。しかも自分の親友がそうだったのだから、今メアリお姉様の脳内には感動的なシーンが広がり、祝福の鐘の音がなっているに違いない。

メアリお姉様のブレない様子に呆れていると、エドワード様が御令嬢方とともにアルフォンティウス様とアイリーン様に頭を下げた。流石にお花畑が脳内に咲き乱れていたメアリお姉様も、慌てて膝を深く曲げてカーテシーをする。

こういうときばかりは上級貴族の御令嬢方に匹敵するくらい美しい姿勢なんだからメアリお姉様は……呆れ半分、尊敬半分。妙な気分で彼女らを見つめていた。

「エドワード、彼女らはなんのためにこの場に来た？」

アルフォンティウス様の言葉にエドワード様たちが顔を上げる。エドワード様は自信にあふれる表情で、少々の演技臭さを感じさせながら陛下たちの前に歩み出た。

「国王陛下、および王妃殿下。彼女たちはイザベラ・ペッパーデーの弁護に来た、魔法学園時代の友人たちです」

友人、という言葉に目を見開いて驚くイザベラ様とナイジェル様を尻目に、御令嬢方はとても美しくそして……舞台男優のように引き締まった美しい体で前に進み出た。

「恐れ入ります、国王陛下、王妃殿下。わたくしたちは在学中、イザベラ様に悩み相談をしておりました」

エドワード様の婚約者は両腕の上腕二頭筋を膨らませるようにして、逆三角形のシルエットを強調した。

「わたくしたちの、王国中枢を担う方々との婚約に対する不安と自信のなさを見抜いてくださったのです」

ニコラ様の婚約者は片方の踵を上げ上半身をひねり、胸筋を潰すようにして立つ。腕、脚、そして胸の厚みが強調されている。

「そしてそれぞれの婚約者に思いの丈をぶつけるよう、背中を押していただいたのです」

宰相閣下御子息の婚約者である御令嬢は上腕三頭筋を強調するように両腕を後ろにもっていく。

「結果、学園内に多少の混乱をもたらしてしまいましたが、わたくしたちの弱さを克服する切っ掛けになりました」

将軍閣下御子息の婚約者である御令嬢は腹筋と脚の筋肉を強調するように後頭部に両手をもっていく。

何故かいちいちポージングを決めて順番に語る婚約者の御令嬢方。記憶の限り彼女たちはもっと深窓の令嬢とか、美しき高嶺の花とか、麗しき聖女とか言われるタイプの方たちだったはずだ。それが今は引き締まった体が強そうで、素手で魔獣を屠れそうな風格さえある。

「「「そして！　わたくしたちは辺境で己を鍛え直したのです!!」」」

あの様子から察するに、本当に魔獣を倒していたらしい。辺境で療養……ではなく修行なさっていたのか。

今、目の前で繰り広げられている珍妙な状況に、頭も感情も追いつかなかった。

「「「よって、わたくしたちはイザベラ様に害されてはおりません!!」」」

――主張がめちゃくちゃだ……ッ!!

私が目を点にさせていると、アルフォンティウス様がメアリお姉様を見る。

「其方はそこなキャロル・ニューベリーの姉、メアリ・ニューベリーであるな。お主も何か申すことがあるか」

アルフォンティウス様のお言葉に、今度はメアリお姉様が一歩前に歩み出す。キッと決意に満ちた表情で陛下の視線をまっすぐ受け止めた。

「恐れ入ります、国王陛下、王妃殿下。今回、王城で開かれましたパーティーを始め、イザベラがとった行動はわたくしのためを思ってのものです！　どうか、罰するならわたくしも……！」

血迷ったことを口走るメアリお姉様に私はぎょっとする。なんでそんなことを言い出すの⁉　どちらかと言えば被害者だというのに自らイザベラ様側につくようなことを言って、ニューベリーの家を巻き込まないで！　と心の中で悲鳴を上げる。

私は声も出せず視線だけをあちこちにやって、唇を内側に巻き込んで息を止めて震えるしかない。

ふいにオズウィン様が私の背中をぽんと叩く。オズウィン様を見上げると「大丈夫」とでも言うように笑ってきた。どういうことかとオズウィン様を見つめ返す。

ジェイレン様の低い声が謁見の間に響いた。

「国王陛下、王妃殿下。私からよろしいでしょうか？」

「良い、ジェイレン答えよ」

「イザベラ・ペッパーデーの魔法回路を調べた結果、洗脳などできるほど力があるとは思えませんでした。おそらく彼の体には魔獣が取り憑かせてあります」

「ほう」

ジェイレン様の言葉に謁見の間が一瞬ざわめく。そんな非道なことをされていたとは、とイザベラ様に思わず同情心が湧いた。

アルフォンティウス様は冷静にジェイレン様に尋ねる。

「ジェイレン、イザベラ・ペッパーデーの魔獣を取り除けるか」

「はい。オズウィンの魔法で可能です」

「オズウィン」

「はい」

オズウィン様がアルフォンティウス様とアイリーン様に頭を下げ、イザベラ様のもとに歩み寄る。ビクリと肩を揺らすイザベラ様の額に、オズウィン様は手を当てた。次の瞬間、バチリと激しい音を立てる。

「あぁぁあぁっ!!」

イザベラ様の悲鳴が上がり、のけぞって倒れる。体を痙攣させるイザベラ様の腹が沸騰したように波打った。

――キアァァアァアッ!

イザベラ様の服を破り魔獣が産まれた。蠱惑的な肉付きをした女そっくりな魔獣――幻惑女だ。

その美しい肉体はオズウィン様の魔法でズタズタに切り裂かれ、鮮やかな菫色の長い髪を振り乱す。

怒りでガラスをひっかくような鳴き声をあげ、オズウィン様に向かって鋭い牙と爪で襲いかかった。

――危ない!

そう思ったとき、私は駆けだしていた。

オズウィン様に襲いかかる幻惑女。反射的に駆け出す私。しかし慣れない踵の細い靴にバランスを崩して倒れてしまう。

攻撃しようにも迫る幻惑女には届かない。

「オズウィン様!」

叫ぶ私の声と同時にオズウィン様は幻惑女の攻撃をかわす。それと同時に首を掴んだ。

「誤ったな」

幻惑女の首を起点に、オズウィン様の魔法が発動する。次の瞬間、幻惑女の体が砕け散り、その頭部だけが残された。

静まりかえる謁見の間――

アイリーン様はアルフォンティウス様を守るように臨戦態勢をとって体が筋肉で膨張させ、ジェイレン様は熊に変身しかけて顔と体が変形している。

婚約者の御令嬢たちも身構えているし、メアリお姉様はイザベラ様を庇うように飛びついていた。

エドワード様は兵たちに守られ、ナイジェル様だけが身を守るように床に這いつくばって丸まっている。

オズウィン様は幻惑女の頭を床に置き、表情を変えずにアルフォンティウス様たちに膝をついた。あまりにも見事で無駄のない手際——

オズウィン様は幻惑女の頭部を残し、私の元に来ると手を差し伸べてくれた。転んでしまったことが恥ずかしく、うつむいたまま掴んだ私の耳は熱い。ジェイレン様が咳払いをし、謁見の間の沈黙が解かれた。

「イザベラ・ペッパーデーに魔獣が取り憑いていたのはご覧の通り」

「であるな」

アルフォンティウス様は手を挙げ、警戒を解くよう命じた。そして身をかがめるナイジェル様に対し、厳しい声をかける。

「すでにペッパーデー子爵とその妻の調べは済んでおり、数々の罪は調べ上げられていた。罪を認め悔い改めるか、動機が領民を守るためであったなら減刑の余地があった」

アルフォンティウス様の言葉にハッと顔を上げたナイジェル様の顔は絶望に青ざめている。保身に走ったナイジェル様に恩情は与えられない。

「お主の両親は人身売買も魔獣降ろしも我が身かわいさに息子の独断だと昨日の審議で申しておった」

実の親にも見捨てられたナイジェル様の顔は怒りと絶望の混じり合った顔になる。床に爪を立てながら放たれる彼の言葉は、うめき声に混ざって何を言っているかわからなかった。

「ペッパーデーは爵位の剥奪、取り潰しとする。ナイジェル・ペッパーデーを連れて行け」

アルフォンティウス様の言葉によって、ナイジェル様は連行されていく。生気は失われ、口から魂が抜けているような有様だ。

一方イザベラ様は残されている。

一体どういうことだろう？　メアリお姉様はイザベラ様を支えてアルフォンティウス様を見ていた。

「ジェイレン、魔獣が取り憑いている人間はどうなる？」

アルフォンティウス様の急な問いかけに私は訳がわからなくなった。この場面でわざわざ尋ねることだろうか？

メアリお姉様もイザベラ様もついて行けていないのか、不思議そうな顔をしながら疑問符を頭上に浮かべていた。

ジェイレン様は慇懃に答える。

「魔獣が取り憑いた人間は正常な精神や判断能力を失います。精神的な病を患っている状態に等しいのです」

「ふむ、つまり責任能力が失われるということか」

ふたりのやりとりに私はハッとする。

――もしかしてイザベラ様は減刑される？

緊張感を持ちながら、様子を見守った。

イザベラ様は自分の罪はきちんと告白したし、魔獣を取り憑かされていた。今まで性別を偽っていたということは出生届も正しくない。そしてナイジェル様の様子からすると虐待行為を家族からずっと受けていたのだろう。なにせ魔獣を体に降ろされ、逃げられるだけの力がありながらもそれができないほど絶望感に苛まれていたのだ。

心身ともに虐待されていたと想像に難くない。それによって情状酌量の余地あり、とされるのかもしれない。

「しかし今回のこと、一切の罰を与えぬ訳にはいかぬ」

「……はい。謹んで罰を受けさせていただきます」

イザベラ様は平伏しながら沙汰を待つ。アルフォンティウス様はゆっくりと頷き、片手を上げてアイリーン様に合図を送った。

「うむ、良い覚悟だ。アイリーン」

「はい、陛下」

アイリーン様がイザベラ様のもとへ歩み寄る。その手には短剣を手にしている。うぅ、指の一本切られるか、耳を削がれでもするのかもしれない。でもまさかこの場で……？

思わずウッと顔が歪んでしまう。

メアリお姉様はその短剣に目を見開き、決意した顔でアイリーン様の前に立ちはだかった。両手を広げ、イザベラ様を守るように立つ。

「王妃様！　どうか！　どうかイザベラをお許しください！」

「おどきなさい、メアリ・ニューベリー」

「いいえどきません！　イザベラのためにならわたくしは命も惜しくありません！」

お、お姉様あああっ⁉

やめて！　お願いだからやめて‼　今メアリお姉様の頭の中で自分が「身を挺して愛する人を庇うヒロイン」になっているかもしれないけど！　余計なことをしてメアリお姉様まで罰せられたらどうするの⁉　そしてニューベリーの家が巻き込まれるようなことはやめてぇぇ‼

私の顔は多分真っ青。メアリお姉様を引っ張って押さえつけたいが身動きの取れない状態で、手をガタガタと震えさせる。

私は声を出さずに悲鳴を上げていた。

「メアリ……」

なんでイザベラ様も清らかなる聖乙女でも見るような目でお姉様を見ているんですか⁉

ふたりの悲劇——遠目から見ると喜劇——を見ながら口を挟むか私は悩みに悩んでいた。メアリお姉様もイザベラ様も、どうにかなる方法はないのか？　何か、何か何か‼

アイリーン様がふっと笑い、メアリお姉様を押しのけて兵に押さえさせる。そして自らはイザベ

ラ様の髪を掴み立たせたのだ。

「うっ……」

「王妃様！　どうかおやめください！」

メアリお姉様、お願いだからこれ以上アルフォンティウス様とアイリーン様の行いに口を出さないで、とハラハラしながら成り行きを見守る。

「『イザベラ・ペッパーデー』にはこの場で死んでもらいます」

「そんな……！」

——ええ!?　あの流れで減刑じゃないの!?　あれだけ罪を軽くしてもらえそうな流れだったのに、上げて落とすのは流石に悪趣味では!?

アイリーン様が短剣を構え、横薙ぎに振るう。思わず目をつぶり、耳にメアリお姉様の悲鳴が突き刺さった。

恐る恐る目を開けると、長い髪の束を握るアイリーン様と、髪をざんばらに切られてへたり込むイザベラ様がいた。呆然とするイザベラ様は状況が理解できていないらしい。

「これにて『イザベラ・ペッパーデー』は死んだ。そなたには新たな名と生を与えよう」

「え……？」

メアリお姉様はアルフォンティウス様の言葉に涙を流しながら、元・イザベラ様に抱きついていた。

——そ、そういうことかぁ……！

思わず肩の力が抜けてしまう。

エドワード様が婚約者の御令嬢方をつれて来たのも、ジェイレン様に魔獣を取り憑かせられた人間について尋ねたことも、全部このためだったのか。

精神的圧力が消え、私の中の緊張の糸はブツブツと切れていった。そして謁見の間にいるというのに長い溜め息を吐いてしまう。


こうして今回の事件は終わりを迎えるのだった。


メアリお姉様は元・イザベラ様に抱きつきワンワンと泣いている。化粧を崩し、声を上げて泣くメアリお姉様なんて、見たことがなかった。

結局、今回の事件はただの恋に冷静さを失った男と地位を守るために不正に手を染めた男の話だった。しかも前者に関してはメアリお姉様の魅力を過大評価しすぎて、穴だらけの計画だったという……

私の想像していた国家転覆など的外れもいいところで、拍子抜けで全身の力が抜ける。

まあ、そんな大きな事件でなくて良かったけれども……なんというか、こう、脱力感が酷かった。

アルフォンティウス様は穏やかな表情となり、アイリーン様を下がらせる。

「さて、お主には新たな名を与えよう。そうさな……アイザックとしよう」

元・イザベラ様――アイザック様は深々と国王陛下に頭を下げる。メアリお姉様も同様に、頭を下げた。

アルフォンティウス様は目を細め、ふたりを優しく見つめる。

「メアリ・ニューベリー。これは余の提案なのだが、このアイザックを夫とする気はあるか？」

――はぁっ!? 何で!?

アルフォンティウス様の言葉に私は心の中で叫んだ。

メアリお姉様は目を輝かせ、アイザック様は驚きで目を見開いていた。そして私は心臓がバクバク鳴って口から飛び出そうになっている。

「もちろんです国王陛下！」

ちょぉ！ お姉様絶対そう答えると思ったけど!! 我が家を巻き込むのはやーめーてーッ!!

おそらく青ざめているであろう私の顔を、アルフォンティウス様はチラリと横目で窺い指を立てる。

「ただし正式な結婚を認めるには条件がある。アイザックが余の認める功を立てたとき結婚を許す。それをお主が犯した罪の償いとしよう」

「は、はい！ 必ずや国王陛下に報いる功を立てさせていただきます！」

「ふたりが結婚をした暁にはアイザックをニューベリー家へ迎え入れるが良い。その際には相応しき爵位を与えよう」

破格の恩情にメアリお姉様とアイザック様は涙を流してアルフォンティウス様に頭を下げた。顔を上げれば、涙にぬれた顔で笑い合い抱き合っている。劇のラストのような感動的な空気がふたりの周りには漂っていた。部分的に切り取れば素晴らしき感動物語だろう。

私はと言うと目の前で繰り広げられるめちゃくちゃな見世物に顔をぐにゃぐにゃに歪ませる。どういう表情をしていいかわからない。

当人たちにとっては輝く美談。メアリお姉様とアイザック様はアルフォンティウス様に対し大層恩義を感じてこれから先誠心誠意王家に尽くすはずだ。それは決して悪いことではないのだが、上手いことしてやられているようにしか思えない。

「そしてキャロル・ニューベリー」

「ひゃいっ！」

突然アルフォンティウス様に名前を呼ばれ、私は垂直に跳び上がる。陛下は微笑ましいものを見るように、顎を撫でた。

「此度の大捕物、お主の活躍はよく聞いておる。お主には褒美を与えたい」

「あ、ありがとうございます！」

私はドレスの裾を摘まみ、お辞儀をする。

褒美と言われ、喜びよりも恐れ多い気持ちの方が私は強かった。そしてアルフォンティウス様の言葉でひっくり返りそうになった。

「そうであるな……お主にペッパーデーの領地を与え、領主としての地位を授けようと思うのだが、どうだ？」

――え、えええええ!?　犯人確保した程度で褒美としては釣り合わなすぎでは!?

アルフォンティウス様はニコニコしながら私を見ている。ペッパーデー領を私にと言われても、私はオズウィン様と婚約している。

　このままだと私は辺境へ嫁ぐ可能性が高い。そんな私に領地を、と言われてもペッパーデー領は辺境とは飛び地だし、色々不都合が多くなかろうか？　ニューベリーとは領地が隣り合ってはいるけれども。

　考え悩んでいたときメアリお姉様とアイザック様を横目で見て、はたと気付く。

　ニューベリーと隣り合うペッパーデー。わざわざ名前まで変えて生き残らされたアイザック様。将来的に結婚するであろうメアリお姉様とアイザック様。辺境に嫁ぐであろう私――

　おそらくアルフォンティウス様の求める答えはこれではないかと。

「恐れながら申し上げます、国王陛下」

「申してみよ」

「はい。ペッパーデー領をニューベリー領に統合していただきたく存じ上げます」

「ほう、自らの領地としなくて良いのか？　なんならお主自身に爵位を授けても良いのだぞ？」

　アルフォンティウス様の反応に驚きや予想外だというような雰囲気は感じられない。これで間違っていないようだ。

　私は更に続ける。

「わたくしは現在、オズウィン様の婚約者でございます。何事も問題なければ将来的には辺境へと嫁ぐこととなるでしょう」

「で、あるな」

「そうなりますと辺境とは飛び地になってしまうペッパーデー領を運営するのは難しくなると思わ

れます」

アルフォンティウス様はうんうんと肯きながら私の言葉を待った。よし、多分これで正しい。

「ですので、わたくし個人ではなく我が家への褒賞としてペッパーデー領をお与えください」

「なるほど、あいわかった。そういたそう」

アルフォンティウス様は了承し、大きく肯いた。その様子に私は胸をなで下ろす。

——良かった、これで正解だ。

アルフォンティウス様はメアリお姉様とアイザック様が結ばれるようにしてくださった。これはふたりへの思いやり。その一方でアルフォンティウス様の思惑があったと思われる。

ペッパーデー子爵とナイジェル様を排してペッパーデー領領主をすげ替えること。

自分に恩を感じ信奉者となったメアリお姉様とアイザック様を据えること——アルフォンティウス様も上手いことやるものだ。

メアリお姉様もアイザック様もすっかり「陛下ありがとうございます」と目を輝かせていた。

思惑通りにいったためか、アルフォンティウス様は満足そうにしている。

そしてこれで終わったと思いほっとしたのも束の間、アルフォンティウス様は再びお声をかけてきた。

「そうなるとキャロル・ニューベリー。お主には別の褒美を与えねばならぬな」

流石に褒賞が過ぎると思っていると、陛下に便乗するようにアイリーン様も声をかけてきた。

「そうね。貴女は可愛い甥っ子の婚約者だもの。古木女討伐の件もあるし、活躍に見合った相応しいものを与えないと」

ほほほ、と上品に笑うがアイリーン様の筋肉は膨らみが戻っていない。あの姿のままだと正直脅されているような気分になる。

眉間をきゅっと寄せて考え込む。

私自身は魔獣を倒しただけだし、ナイジェル様を倒したのはオズウィン様だし……そんな褒賞を賜っていいことなんだろうか？

視線を感じてそちらを見ると、ジェイレン様もオズウィン様もにこやかに私を見ている。なんだろう、この圧……囲おうとしてきてる……？　私が確実にアレクサンダー家に嫁ぐよう囲い込もうとしているのだろうけれど……

そこまで考えてハタ、と気付いた。

私が辺境に嫁げば必然的にニューベリーを継ぐのはメアリお姉様になる。

メアリお姉様はもうアイザック様以外と結婚する気はない。

しかもふたりが結婚するには陛下が納得する功績を挙げないといけない。

功が認められなければふたりは結婚できない。

ニューベリー家に跡継ぎができない。

「……お姉様をさっさと結婚させないとニューベリー、潰れちゃう……？」

え、えええ……ニューベリーの存続、ちょっぴり危機……？

改めて、よろしくお願いいたします。

うっすらとニューベリー家存続の危機を残したまま、謁見の間から辞した。

メアリお姉様はアイザック様と完全にふたりの世界に入っている。アイザック様も同様にメアリお姉様を見つめ、ふたりを邪魔できるものはこの世にいなかった。

「キャロル、私たちニューベリーのタウンハウスに戻っているわね」

「それでは後ほど私が妹君を送っていきます」

「お願いいたします、オズウィン様」

オズウィン様が勝手に約束をしてしまい、メアリお姉様は軽い足取りでアイザック様と王城を後にする。

なにちゃっかり腕組んでいるんですかメアリお姉様ああ……！　そして満更でもなさそうな顔しているんですかあああ？

口を曲げ、目を平たくしてふたりを見送った。

そんな私にオズウィン様は「少し歩こうか」と声をかけてくださる。

王城の庭園に訪れ、色とりどりの水仙の咲く場所を一緒に歩いた。

「キャロル嬢、さっきはありがとう」

「さっき?」

何のことかと思い、首をかしげるとオズウィン様は口角を上げる。

「幻惑女が俺に襲いかかってきたとき、助けようとしてくれただろう?」

「あ、あれは……」

慣れない靴で転んだため全く助けられませんでした、と言いかけて口をつぐむ。呑み込んだ言葉を察したのか、オズウィン様は微笑んだ。

「躊躇わず飛び出しただろう? ああいうとき、一歩を踏み出せる勇気が、辺境を任される人間には必要なんだ」

辺境は魔境との壁、魔獣から国を守護する存在だ。民を守るために踏み出す度胸がなければならない。オズウィン様はそういうことが言いたいのだろう。

――まあ、今回の行動に結果は伴わなかったけれども……

恥ずかしく思いながらうなじをかいて誤魔化した。

「それに今回、俺はキャロル嬢にたくさん助けられた。ナイジェル・ペッパーデー確保も、キャロル嬢がいなければどうなっていたか」

「いやでも結局オズウィン様が一撃で倒していましたし……」

触れただけでナイジェル様の腱を切り、無力化していた。あんなすごいこと、私にはできない。

そう思って顔の前で手を振っていると、オズウィン様はククッとおかしそうに笑う。

「俺の魔法は『分解』と『結合』。相手は生物限定で、しかも直接触れないといけないといった制限が多くて存外使用範囲が狭いんだ」

え、そんなさらりと重要なことを聞いていいのだろうか？　魔法の複数持ちであることに加えて弱点まで……

「貴女なら俺の背中を預けて戦える。キャロル嬢、改めてお願いしたい。俺の婚約者になってくれないか」

オズウィン様が手を差し出す。まるでともに戦う仲間に誘うような様子だった。あの夜会の申し込みのときと違い、不思議なくらい嬉しさが胸の中を満たしていく。

私は肉刺だらけの硬い手をがしりと掴む。

「よろしくお願いします。オズウィン様」

あえて少し不敵な表情を作り、オズウィン様を見上げる。

「つきましてはひとつお願いがありまして……」

王都からニューベリー領に戻って約一ヶ月後。
最後の荷物を馬車に積み、屋敷を振り返る。懐中時計を確認すればそろそろ出発だ。メアリお姉様たちがまだ馬車に乗り込んでいないようだ。
屋敷の扉を開けて、すぅ、と息を吸い込む。
「メアリお姉様！　そろそろ出発の時間ですよ！」

大きな声でメアリお姉様を呼ぶと、メアリお姉様はアイザック様と一緒に鞄を抱えて来た。

花の飾りの付いた帽子に明るい春色のドレスを纏ったメアリお姉様は、アイザック様に小さめの鞄をひとつ持ってもらっている。アイザック様も自分の鞄をひとつだけ持っていた。

アイザック様はあれから髪を短く整え、すっかり美青年になっていた。それでも言葉遣いは長年女性的にしていたためか名残があった。

「それにしてもアイザック、本当にそれだけでいいの？」

「ええ、大丈夫。メアリこそいいの？　荷物はそれだけで」

目の錯覚か、ふたりの周りに花が見える。わずかなやりとりの間だけでイチャイチャするふたりに呆れて溜め息が出た。

ヨソでやれヨソで。

ふたりが荷物を積み、見つめ合っているところを邪魔できる者は多分いない。

お父様とお母様、そして家の者たちが見送りのために並んでおり、中には目を潤ませている者もいた。

「お嬢様、お体をお大事になさってください」

「怪我と病気にはお気をつけください」

次々に見送りの言葉をくれる使用人たちひとりひとりに握手をした。こんなに思われてありがたいことである。

お父様とお母様は先日賜った旧ペッパーデー領統治のため、連日手続きやら視察やらで忙しかった。そのためか目の下にクマができている。

領地運営に関わる使用人も同様である。それでもこうして見送りに来てくれるのだからありがたい。だがそれと同時に申し訳なさもある。

――本当に手間をかけさせて申し訳ないです。お父様お母様、皆。

心の中で謝罪してからしっかり顔を上げる。

「お父様、お母様、それから皆。行ってきます」

「キャロル、体に気をつけて、それから偶にでいいから手紙を書いておくれ」

「辺境ではメアリと仲良くやるのよ」

「はい、もちろんです」

「ご安心ください、ニューベリー男爵、夫人」

私の後ろから現れたオズウィン様が、快活な笑顔を浮かべて両親を見た。そして私の背中に手を添える。

「それでは御息女と婚約者殿を辺境でお預かりさせていただきます」

「はい、娘たちをよろしくお願いいたします」

両親と使用人たちはオズウィン様に深々と頭を下げる。これでしばらく両親に会うことはできなくなった。少し寂しさはあるが、ニューベリーの皆のためにと私は勇んでいる。

「それでは、行ってきます!」

オズウィン様と同じ馬車に乗り、皆に手を振る。

メアリお姉様たちとは別だ。あのふたりと同じ空間に長い時間一緒にいられる気がしない。オズウィン様は口角を上げ、私と向き合った。

「アイザックに功を立てさせるために姉君とともに辺境に連れて行きたい、なんて言うと思わなかったよ」

これは私が考えた窮策（きゅうさく）だった。

アイザック様がニューベリー領にいたところで誰もが認めざるを得ない功績を挙げることは難しいと思う。しかし辺境で巨大な魔獣を倒し、その素材を王家に献上すれば？　勲章や名声を賜れる可能性がとても高くなる。

私が上手く立ち回りアイザック様が功を立てられるようにする、というなんとも苦しい話だ。

この窮策に付き合ってくださるオズウィン様には感謝しかない。

「オズウィン様、本当にありがとうございます」

「いやいや、俺もキャロル嬢が辺境に来てくれるのが嬉しい。辺境はキャロル嬢を歓迎するよ」

私は自然に頬をあげてやわらかな笑みを作っていた。そしてオズウィン様に向かって手を差し出す。

「これからよろしくお願いします、オズウィン様」

「ああ、よろしく。キャロル嬢」

お互い握り合った手は力強く、頼もしさが伝わるのだった。

「あ、そうだ。オズウィン様、お渡ししたい物があるんです」

私は持ち込んだ荷物の中から、再びお借りしたオズウィン様の剣鉈を取り出した。もちろん、手作りしたナイフケースに収めて。

「初めての贈り物、受け取ってくださいますか？」

なんとも気恥ずかしくて、耳が少し熱い気がした。

エピローグ

そこは薄暗い部屋だった。

極めて硬い黒地の床はよくよく磨かれている。しかし少ない明かりを頼りに目を凝らすと血と汚物で染みができていた。それもひとつふたつどころではなく床のあちこちにその染みはある。

ここでどれだけの人間が血と汚物をぶちまけたか、それだけで想像が付いた。

その部屋にはぼろ布と化した服と「封じの枷」だけを身につけたペッパーデー夫妻が震えながら体を縮めている。

足音がその薄暗い部屋に近付くとペッパーデー夫妻は鎖に繋がれたまま身を寄せ合って震え上がった。ギィ、と重い扉が開かれる音が部屋に響き、現れたのは国王アルフォンティウスと王妃アイリーンだった。しかしその姿は謁見の間で玉座にかけていたときの豪奢なものではなく、丈夫そうだが簡素なものである。

ペッパーデー夫妻はアルフォンティウスとアイリーンの姿を見て、歯をガチガチと鳴らしながら怯えていた。

アルフォンティウスとアイリーンは、そんなペッパーデー夫妻に優しく微笑み、声をかけた。

「さて、続きを執り行おうか、ペッパーデーよ」

優しいアルフォンティウスの声に対し、ペッパーデー夫妻は悲鳴を上げて額を床にこすりつける。

涙と鼻水で顔を汚し、怯える声で懇願した。

「ひ、ひぃっ！　もう、もうやめてください！　すべて話しました！　すべては息子が独断で行ったことです！」

「お許しを……！　お許しを……！」

「この期に及んでまだ嘘を申しますか」

睨み付けるアイリーンに悲鳴を上げるペッパーデー夫人。

その眼差しは辺境で魔獣を屠る覇気を持ち、アレクサンダー家の人間であることを本能で理解させる。あまりにも鋭利な視線に、ペッパーデー夫人は失禁しそうになった。

「アル、今日はどこから？」

「そうさな……まず足の指からにするか」

「ペッパーデー子爵を？」

「ああ、頼む」

アイリーンは魔法を発動し、その体を筋肉で膨張させる。

その姿に名指しされたペッパーデー子爵は抵抗を試みた。魔法を封じられている今、当然アイリーンに力で敵うわけもなく、抵抗空しく体を台に固定されてしまう。

「さあ、始めますよ」

「ひっ、いやだぁあぁっ！」

アイリーンはペッパーデー子爵の足の小指を摘まみ、ゆっくりと圧をかけてゆく。徐々に骨にひびが入り、砕けた。その瞬間ペッパーデー子爵は汚い悲鳴を上げ、ペッパーデー夫人は恐怖に顔を歪めて泣きながら失禁してしまった。

アイリーンは丁寧に丁寧に足の指を一本ずつ砕いていく。

骨が砕けて腫れ上がり、ときおり皮膚を貫いてもそれは続けられてゆく。

足の指をすべて砕き終わり、続けてアイリーンはつま先から少しずつ押しつぶす。そのたびに上がるペッパーデー子爵の悲鳴とアルフォンティウスの溜め息は対照的だった。

膝から下の骨がすべて砕かれてなお、懇願と悲鳴以外を口にしないペッパーデーにアルフォンティウスとアイリーンはある種の感心を示していた。

アルフォンティウスはゼーヒューと苦しげに喘ぐペッパーデー子爵に優しく問いかける。

「まだ話す気にならぬか」

「お、おゆるし、を……どうか、どうか……」

アルフォンティウスは一度溜め息を吐き、ペッパーデー子爵の砕けた脚に回復魔法をかけた。

「ぎぃやあぁあぁっ！」

大怪我を回復させるというのは本来痛みを伴う。無理やり急速に治すのだから当然だろう。痛覚を司る部分に働きかけることで無痛にすることも、優秀な回復魔法の使い手であるアルフォンティウスにはたやすい。しかしアルフォンティウスはあえてそれをしなかった。

「アイリーン、また足から始め、次は肘先まで行おう」

「分かったわ、アル」

「嫌だ嫌だ嫌だ！　もうやめてくれぇっ!!」

「もういや……いたいのはいや……ッ！」

くくりつけられた台をガタガタと揺らし暴れるペッパーデー子爵と身を守るように泣いて小さくなるペッパーデー夫人。

アルフォンティウスとアイリーンは表情を変えずに再び骨を丁寧に砕き始めた。

「ペッパーデーよ。どうやって魔獣を手に入れた？」

「それは息子が、あがぁっ！」

「あれだけ多くの魔獣を持ち込み、魔獣を領民に取り憑かせていたのだ、知らぬはずもなかろう？」

「しらな、しらないぃっ！」

顔を涙と鼻水で汚し、口からは涎が垂れている。その様子は王家御用達を賜った在りし日の貴族の面影を残していなかった。

アルフォンティウスは溜め息を吐き、顔を近づける。

その獅子のごとき眼差しは、ペッパーデー子爵の心臓を縮み上がらせるほどの迫力があった。獅子が喉元に鋭い牙をあてがい、呼吸が肌をなぞるような恐ろしさである。

「では質問を変えよう。お主らに占いを授けた者……アレは『太陽のスクロール』だったのではないか？」

「……ッ」

この時ペッパーデー子爵が今までと異なる反応を示した。

痛いほどの沈黙が薄暗い部屋を支配する。

しかしアルフォンティウスの質問にペッパーデー子爵は答えない。

「アイリーン」

アルフォンティウスの呼びかけで、アイリーンはペッパーデー子爵のふくらはぎを掴み、そのまま握りつぶした。

ほんの一瞬で、である。

「ぎゃあぁあぁっ！」

骨が折れ、肉に刺さり、握りつぶされた筋肉は千切れる。

血と体液が台からしたたり落ち、ペッパーデー子爵は気を失いかけた。

アルフォンティウスは再びペッパーデー子爵に語りかける。相変わらず優しい声で。

「魔獣の輸送方法自体はさほど重要ではない。方法もどこから入手したかも見当がついているからだ。ただ闇雲に捜させるのは人手も時間もかかる。故に手段と相手はお主らの息子に聞けば分かることだろう」

アルフォンティウスが問いかける間もアイリーンはその四肢を砕き、握り潰す。嗚咽混じりの悲鳴の中だというのにアルフォンティウスの言葉ははっきりとペッパーデー子爵に届いた。

「しかし『太陽のスクロール』に関しては別だ」

二対の圧倒的強者の眼差しがペッパーデー子爵を見下ろしていた。

魔境の支配者と御伽噺にもある龍のごとき威圧感が、ペッパーデー子爵にのしかかる。ぐったりと四肢を脱力させ、顔をぐちゃぐちゃにしたペッパーデー子爵は今までの泣きわめいていた姿が嘘のように静かに声を上げた。

「……し、んの、えいち、は……く、し、ない……」

アルフォンティウスはその言葉に眉をひくりと動かした。ほんの少し不快感を示す。

ペッパーデー子爵の口にした「真の叡知は屈しない」——この言葉が意味するところをアルフォンティウスは知っている。それと同時にペッパーデー子爵が真に仕える相手がブリュースター王家ではないことを察した。

国を治め、民の安寧のため、王家は国のすべての貴族をまとめ上げねばならない。

反対意見は聞き入れよう。

諫言も聞き入れよう。

対立もかまわない。

それが国と民のためであるなら。

しかし二心を持ち、国と民に混乱をもたらす不届き者を野放しにするほどアルフォンティウスは心優しくはない。

「アイリーン、次ははらわたを出そう」

温度の消えた声でアイリーンに告げる。

絶句するペッパーデー子爵を余所に、アイリーンはペッパーデー夫人に視線をやる。

「ペッパーデー夫人の方には話を聞かなくて良いの？」

自分に矛先が向いた途端、ペッパーデー夫人は狂ったように悲鳴を上げながら許しを請うた。そんなことをしても無駄であることを、未だ学習していないのかとアルフォンティウスもアイリーンも呆れる。

「ふたり同時にしよう」

「そうね。首から下の骨をすべて砕き、心臓の周りまで臓器を潰しましょう」

アイリーンはペッパーデー夫妻の骨を交互に砕き、はらわたを引きずり出して磨り潰した。

何度も何度も、ペッパーデー夫妻への問いかけは繰り返される。

首から下の骨がすべて砕かれ内臓が磨り潰されようとも、彼らが「正直に」なるまで、アルフォンティウスとアイリーンは「問いかけ」を続けるのだった。

その部屋が血と汚物の臭いで満たされ、悲鳴が染みついても。

［特別書き下ろし］

オズウィンの贈り物

王城で起きた古木女暴走事件に始まり、ペッパーデー家による魔獣不正取り扱いが解決した後のこと。

オズウィン・アレクサンダーはキャロルと姉、その婚約者を迎えるために辺境へ戻っていた。そしてもうひとつ、オズウィンにはやらねばならないことがあった。

キャロルへの初めての贈り物である。

婚約者となったキャロルに欲しいものを訊ねたところ、キャロルが少し考えてねだったのは狩りの解体道具だった。狩りを好む彼女らしい選択だとオズウィンは思った。

キャロルの手の大きさや握りクセ、そういったものを知った後、オズウィンはしばらく考えていたことがある。キャロルは自分への最初のプレゼントを手作りのナイフケースにすると言っていた。

そんなキャロルに対して既製品を贈るのは何か違う気がしていたのだ。ならばキャロルのための解体道具を一から作ろうと思ったものの、自分には鍛冶ができるほどの技能はない。しばし悩んだ末、至った結論は「すべて自作は難しいが材料集めはできるだろう」というものだった。

その日、オズウィンはジェイレンの仕事部屋を訪れた。
辺境伯ジェイレン・アレクサンダーはちょうど仕事を終えたらしく、その巨体に合わせて作られた大きな木のカップで豆茶を啜っていた。
「父上、山織銅（やまおりどう）と緋蒼金（ひそうきん）をいくらか融通してください」

「なぜだ？」

唐突な息子の言葉に、ジェイレンは眉をひそめる。ある意味仕方ない。山織銅も緋蒼金も、どちらも魔境産の希少金属である。

これらを合わせた合金は魔獣の頑丈な皮膚や鱗を裂き、角や骨を砕く武器となる。頑丈な金属であるにもかかわらず軽量で、太陽の赤と空の青の色に輝く。表面は揺らめくように表情を変え、錆びることもない。

山織銅と緋蒼金は最前線で魔獣と戦う者のための武器と、王家に献上されるものとして使われており、一般には金や白銀以上に流通が制限されている。近年、これらを産出する土地を開墾できたことから産出量が増えたものの、希少であることには変わりない。この二種の希少金属を管理しているのはアレクサンダー家であり、現在保有している重量はジェイレン四～五人分程度である。金の方がよほど多い。

突然息子が「融通してくれ」と言い出したものだから何をしようというのか、とジェイレンは尋ねたのだった。

「キャロル嬢に贈る狩りの解体道具を作るのに、山織銅と緋蒼金の合金を使いたいのです」

ジェイレンは「キャロル嬢に」という言葉にピクリと反応して見せた。ジェイレンにとってキャロルは大変大切で重要な息子嫁（予定）である。彼女への贈り物と言われれば山織銅と緋蒼金を与えてやりたくは思う。だが山織銅も緋蒼金も厳しい管理の下にある金属である。ジェイレンは顎に手をやり、しばし考えてから息子であるオズウィンに提案した。

「オズウィン。大型魔獣を倒してこい。そうしたら山織銅と緋蒼金をいくらか融通してやろう」

ジェイレンは山織銅と緋蒼金を融通したくないために言ったわけではない。希少金属である山織銅と緋蒼金を融通するにはそれなりに功績がないとできない。そしてオズウィンであれば大型魔獣も討伐できると思ったためである。

今年辺境付近では植物がよく育ち、小型から中型の魔獣が魔境から遠征してくることが増えていた。その小型・中型の魔獣を餌にする大型魔獣がしばし辺境に現れている。大型魔獣の被害が出る前にこれらの討伐を行えば一石二鳥になると考えた。

オズウィンはジェイレンの言葉に動揺することも無く、口角を上げて父を見ていた。やる気のみなぎっている犬のような顔だった。

「各砦の偵察からの目撃情報はありますか？」

辺境と魔境を区切る壁には砦がいくつか設置されている。そこから日々報告書が送られており、大型の魔獣に関しては辺境伯もしくは辺境伯夫人の指示を受けて討伐をすることが基本となっている。

単身で先走れば命を落としかねないからだ。

ジェイレンは報告書をめくり、各砦から上がっている大型魔獣の目撃情報を読み上げた。

「東の砦で大河蛇（たいがへび）、中央砦で虎蜘蛛（とらぐも）、西の砦で鈷蠍（こかつ）の目撃情報があるな」

陸地ではなく水辺に住まう大河蛇は、船が大河を渡る際に遭遇すると被害がでるため発見次第討伐計画が立てられる。漁師の舟をひっくり返し、人や家畜を飲み込む。この魔獣は大河で漁をする者、商売をする船乗りたちの生活に大打撃を与える。

虎蜘蛛は見た目が毛深い巨大な蜘蛛だ。虎のような縞模様を持ち、小型中型の昆虫系魔獣を主食としている。高さは大人の三倍程度で、四対の脚は大人ひとりで抱えられないくらい太い。そしてその巨体に似合わず脚力があり、ひと跳びでその体の二十倍以上の距離までゆく。主食は昆虫系の魔獣ではあるが、人を襲って食う可能性もありうる。

鈷蠍は特殊な毒を持ち、大河を越えた国の神が持つ鈷に似た形の尾節をもつ。鋏型の触肢は力強く、丸太を三本まとめてへし折ることができる。尾節も鋭く、親指と人差し指を広げるよりも分厚い鉄板に穴をたやすく開ける。しかもその毒を喰らえば高度な解毒の魔法を使える者でなければ命を落とす。体中の孔という孔から血液と汚物を噴出させて。

どの魔獣も危険で、辺境の屈強な戦士数名で狩るほどの大型魔獣である。安全に狩るならば人員と装備をしっかり割くべき存在だ。

だがこれをひとりで討伐すれば？

魔獣狩りの功績としてはこれ以上にないほど十分であるし、これらから作った武器や防具を献上できればさらに良い。

山織銅と緋蒼金を与えるには十分だろう。ジェイレンは息子の能力を信頼し、顔を見た。オズウインは顎に手をやり、考えるように唸っている。

「どれもそれなりに手強いが、鈷蠍にするか？　お前の魔法的に虎蜘蛛はやりにくかろうし」

「すべて倒してきます」

「は？」

　ケロリと答えたオズウィンに、ジェイレンは思わず聞き返してしまった。たしかにオズウィンは心身ともに鍛えており、同年の戦士には並ぶものがいないくらいに強い。そして生物相手なら触れさえすれば倒せることが確定する強力な魔法の持ち主である。それでも制限は大きく、直接触れなければその魔法は届かない。つまり水中や素早い相手では少々分が悪い。

　それを考慮して鈷蠍を勧めたにもかかわらず、オズウィンは「すべて倒す」と言ったのだ。

「待てオズウィン。いくらお前でも大型魔獣を一人で三体は……」

「転移陣の使用許可をください」

　各砦を繋ぐ転移用魔方陣の使用を笑顔で求めるオズウィンにジェイレンはしばし黙する。己の実力を見誤るような育て方はしていない。ジェイレンは息子に過大評価も過小評価もしないよう、冷静な判断ができるよう教育したつもりである。

　婚約者ができたことで己を鍛えようという気になったのかもしれない。それなら背を押してやるのも父の役目である。

「わかった。転移陣使用許可は何日必要だ？」

「そうですね……念のために一週間お願いします」

　ジェイレンは辺境伯名義の転移陣使用許可の印をオズウィンに手渡す。オズウィンは深々と父に頭を下げた。

「ありがとうございます！」

「行ってこい。くれぐれも無茶はするでないぞ」

「はい、もちろんです！」

転移陣使用許可を握りしめたオズウィンはジェイレンの仕事部屋を飛び出す。あまりにも威勢の良い息子の後ろ姿に、ジェイレンは顎の髭を擦った。

「……ようやく春が来たはいいが、あれはキャロル嬢と上手くやれるのだろうか」

ジェイレンは溜め息を吐き、少しぬるくなった豆茶を啜るのだった。


それから三日後の夕暮れ、オズウィンは再びジェイレンの仕事部屋を訪れた。魔獣のパーツの一部を持って。

「父上、討伐の証拠として魔獣の一部をお持ちしました。他は各砦で解体をしてもらっています」

体に細かい傷を作ってはいるがオズウィンはピンピンしている。ここまで元気ということは、各砦にいる回復魔法使いの世話にもならなかったようだ。

目を丸くしているジェイレンをよそに、オズウィンは背負った大きな袋から、中身を次々と机に並べはじめた。

「……」

よく磨かれた机の上に並べられた魔獣のパーツ――大河蛇の毒牙、虎蜘蛛の触肢、鉆蠍の尾節は砦からの報告通り、どれもこれも巨大だった。それぞれ特徴的で、間違いなく大河蛇、虎蜘蛛、鉆蠍の一部である。

まさかオズウィンが三日ですべて討伐してくるとは思わなかったらしく、ジェイレンは口をパカ、と開けて驚いていた。

各砦からオズウィンの魔獣討伐状況について、魔境産の鉱石を使用した通信装置で報告が上がっていたので、その事実は知っていた。

いたのだが……

——一日一体のペースで大型魔獣を狩って来るとは……！

辺境の守護者たるジェイレンも、息子の張り切り具合を侮っていた。辺境の屈強な戦士が単独で大型魔獣の狩りをしたとしても、連日はさすがにしない。それがこの戦果である。

オズウィンは今までも積極的に魔獣狩りに出ていた。年を重ね、鍛えるほどに魔獣狩りの実力は上がっている。しかしまだ十八で大型魔獣を連日討伐するに至るとは思っていなかった。

ジェイレンはしばし考えてからオズウィンを保管庫へ連れて行く。

重厚で厳重な扉には、魔法による守りもかけられていた。ジェイレンが専用の鍵を刺し込み、魔力を流すことでその扉は開く。

その保管庫の中に積まれた美しいインゴットを掴み、オズウィンに手渡した。

「インゴットで三つずつもっていけ。それと許可証だ」

山織銅と緋蒼金の使用許可の書類とインゴットが六つ。それぞれ三つずつあれば解体道具一式を作るに足りるだろう、とジェイレンは考えた。オズウィンは実に嬉しそうな顔で使用許可の書類を受け取る。

「ありがとうございます！　これでキャロル嬢へのプレゼントが作れます！」

「喜んでもらえると良いな」

「はい！」

無邪気に喜び部屋を出て行く息子を見送り、ジェイレンは溜め息を吐く。婚約者ができてオズウィンが良い方向に成長する気配を見せていることは喜ばしい。辺境、ひいてはこの国のためになる。しかしアレは婚約者であるキャロル嬢にとって良い男になるのだろうか？　良き夫になるだろうか？

辺境伯ジェイレン・アレクサンダーの今一番の悩みの種であった。


魔獣討伐の翌日。オズウィンは山織銅と緋蒼金を受け取ったその足で「辺境の武器庫」へ向かっていた。

「辺境の武器庫」と呼ばれるその街のあちこちで、日々新たな金属や魔獣の素材を用いた武器や防具が作られている。腕の良い職人が、この街には集まっていた。

オズウィンもこの街で作られた武器の多くを主戦力として使用している。

「オズウィン様こんにちは！　ビーシュの工房ですかい？」

顔なじみの防具職人に声をかけられる。威勢の良い、無精髭の職人は快活な笑顔でオズウィンに挨拶をした。オズウィンもまた、気さくに彼に言葉を返す。

「ああ、ビーシュ殿に頼みたいものがあるんだ。昨晩ビーシュ殿は酒場に行っていないか？」

「昨日は酒場に顔を出しとりませんでしたな。なので今日は素面でしょうよ」

「それは良かった！」

オズウィンは目的の工房に駆け足で向かう。

規模や古さが様々な武器防具の工房を通り過ぎ、街の端にある一番大きな工房——ではなく隣の年季の入った工房の扉をノックした。しかし扉は鍵どころかきちんと閉まってもいなかったようで、ギィと錆びた音を立てて内側に開いてしまう。

「ビーシュ殿～？」

明かりの点けられていない工房内は金物の臭いがする。足を踏み入れ工房内を窺えば、壮年の男がときおりイビキをかきながら作業台で眠っていた。

彼は何か図面を描いている内に眠ってしまったらしい。幸い、毛布がしっかりかけてあったようで、くしゃみもしていない様子から寝冷えの心配はないようだ。

オズウィンはビーシュの肩を揺さぶり、彼を起こす。

んがっ、とイビキのなり損ないのような声を上げたビーシュは毛布を床に落とした。口元に涎、頬に作業台の痕をつけて体を起こす。ゴシゴシと乱暴に口元を拭い、自分を起こした侵入者を見た。

しばし眠そうな眼差しを向けていたが、彼はゆっくりと瞬きをしてオズウィンを認識したようだ。

脳が徐々にしゃっきりと目覚めてきたようで、ビーシュは椅子から降りた。

「おはようビーシュ殿」

「おお、オズウィン様じゃねぇか。どうしたんだ？」

岩のようなゴツゴツとした体つきで、猪を思わせるずんぐりとしたこの男が工房の主ビーシュである。ビーシュは落とした毛布を拾い上げ、椅子にかける。オズウィンには彼の体格には合わない、低い椅子を勧めた。

オズウィンは長い脚を余らせながら、椅子にかける。

「これで作ってほしいものがあるんだ」

「作ってほしいもの？」

作業机に置かれた荷袋が、ゴトンと硬質な音を立てる。ビーシュは袋を開けると金壺眼(かなつぼまなこ)を見開いた。

「山織銅に緋蒼金じゃねえか！　どうやって辺境伯に融通してもらったんだ？」

魔力を帯びているような、美しくも妖しい輝きを放つ山織銅と緋蒼金のインゴットが三つずつでてきた。王国刻印があることから正規の山織銅と緋蒼金で間違いなかった。

ビーシュはインゴットとオズウィンを見比べ、またあんぐりとしている。

ビーシュは辺境でも古株の鍛冶職人である。そして古くはジェイレンの父、オズウィンの祖父である前辺境伯の武器も手がけている。そんな彼ではあるが、山織銅と緋蒼金を用いた武器を手がけることができるようになったのはここ二十年のことである。加えてこれらの希少金属を用いた武器を手がけることは年に一度か二度、あるかないかである。

そんな希少金属である山織銅と緋蒼金を、こんな袋に入れて持ってきた張本人のオズウィンはけろりと言い放つ。

「大河蛇と虎蜘蛛と鉆蠍を倒してきた」

「あ……そうかい」

大型魔獣を狩ってきたという辺境伯の息子に、ビーシュは開いた口が塞がらないとでも言うような表情をする。何を動機に大型魔獣の複数討伐などやってのけたのか。

ビーシュは溜め息を吐いてからオズウィンに尋ねる。

「で、何を作るんだ？　剣を作るにしちゃ少ない。槍の穂先か？」

インゴットを手に取りオズウィンを見る。

インゴット計六つで作るとなるとさほど大きいものは作れない。魔獣狩りに使うのならばさらに別素材と合わせた大剣か、大斧か。それともメイスか。

オズウィンが今使っている主要武器はメイスである。打撃部の表面に突起を生やすために使うこともできるだろう。

しかしビーシュの想像の斜め上を行く返答が、オズウィンの口から飛び出した。

「解体道具を作ってほしいんだ」

「なに、解体道具だぁ？」

片方の眉を思い切り持ち上げて、ビーシュはオズウィンを見る。ビーシュが手がけるのは武器である。

「武器じゃなくて？」

「ああ、俺の婚約者にプレゼントするんだ」

目を輝かせて楽しそうに語るオズウィン。それと対照的に口をあんぐりと開けるビーシュ。

そんなビーシュに対してオズウィンは身振り手振りで語り出す。

「先日婚約者ができて……あ、彼女はニューベリー領の御息女なんだ。それで彼女が俺に手作りのものを贈ると言ってくれて……俺も初めてのプレゼントは既製品ではないものを贈りたくて。俺が最も信用する名工のビーシュ殿に打ってほしいんだ」

「お前さんは何を言ってんだ！　婚約者への初めてのプレゼントだぁ⁉」

ビーシュは作業机に拳を振り下ろした。

顔を赤らめて怒るビーシュにオズウィンは目を見開き驚いている。何故ビーシュが怒っているのか、オズウィンは分かっていないようだった。

「なんつー色気のねぇモン贈るつもりだ！　素直に宝石のついたアクセサリーでも贈ってやれ！」

ビーシュの妻は辺境外の出身だ。

彼は妻と付き合い始めた頃最初の贈り物で包丁を自作した。その包丁は大層よく切れ、現在も現役であるのだが、結婚後ビーシュの妻はことあるごとにそれを子どもたちに話して語っている。

「お父さんてば、初めてのプレゼントに花でもペンダントでもなく包丁をくれたのよ」と。子どもたちにはそれをからかわれ笑い種にされている。初めてのプレゼントで解体道具なんて贈ったらオズウィンが結婚後ずーーーっとほじくり返される未来しか見えない。

オズウィンは頭を抱えるビーシュに少々うろたえながら説明をする。

「いやでも、解体道具がほしいと言われて……」

キャロルが気遣っての選択ではあったが、解体道具をねだったのは事実である。実際、キャロルはアクセサリーもドレスも喜びはする。だが一番喜びはしない。狩りの道具、乗馬のための道具、ありとあらゆる分野の書物。そういったものに歓喜する。

キャロルの好みは貴族令嬢はもちろん、平民の女性とも異なっているのだが、そんなことをビーシュが知るはずもない。

「辺境以外で解体道具欲しがる令嬢がどこにいる！」

そう、辺境であれば割と喜ばれる。

もっと言うなら武器や防具を喜ぶ女性が多いのが辺境である。辺境の民は魔獣を糧とする。そのため魔獣の解体を行う道具にこだわる者も多い。

辺境で魔獣狩りに携わる者は必ず解体道具を持っており、必需品と言って差し支えがない。それがもし希少金属の山織銅と緋蒼金でできているものなら涎を垂らし、頬を紅潮させ、目を爛々とさせて喜ぶ者が多かろう。

あくまで辺境に限るが。

それ故、ビーシュには辺境以外で解体道具をねだる女性の存在を信じられないのである。

「ビーシュ殿にどうしても作ってほしいんだ！」

「駄目だ駄目だ駄目だ！　どうせならセレナイトかオニックスの飾りでも贈ってやれ！」

山織銅と緋蒼金を突き返すビーシュに痺れを切らしたオズウィンは、椅子を倒す勢いで立ち上がった。その表情は魔獣を目の前にしても、一歩も引かないビーシュを怯ませる鋭さだった。

「ビーシュ殿……なら『拳比べ』にて決めよう」

「『拳比べ』で賭けるほどのことかい」

「賭けるほどのことだ」

「拳比べ」とは、魔法と武器防具を一切用いない、肉体のみの勝負である。肉体的に強い男性、特に荒事に携わる者たちの中で行われるものだ。

拳はもちろん、蹴り、肘、膝すべて使用可。与太者の間になると目潰しだけでなく、法で罰則もある金的への暴行もありのため、一層荒々しいものとなる。青あざができるなら軽い方で、骨が折れるくらいは当たり前なのだ。鼻の形が変わったなどザラだったりする。

金銭を賭けることや両者の折れない話し合いの決定……場合によってはテリトリーの奪い合いなど、血気盛んな者たちの間でのみ行われる乱暴な「話し合い」というわけだ。

ビーシュは年こそ食っているが、日常的に武器の作製を行い自ら試しに武器を持って狩りに行くこともある。そのため腕や脚はもちろん、胴体も筋肉で丸太のように太い。そして拳の皮は厚く硬いのが触れずとも分かる。

ビーシュの拳を腹にでも喰らえば嘔吐不可避だろう。

「おう、ならすぐさま表に出な」

本来であればビーシュはこんなムキになりはしない。若気の至りで恥ずかしい思いをしかけているオズウィンを思っての行動なのだが、今のビーシュは頭に血が上っているらしい。

工房の表に出て向かい合うふたりの言い合う声を聞きつけた近所の職人たちが野次馬に現れた。

「ちょうどいい。すまないが開始の声だけかけてくれ」

近くにいた野次馬の職人に声をかけ、オズウィンはビーシュに向かって拳を構えた。ビーシュもまた、ぎゅっと脇を締めて拳を握り込む。ふたりの眼光は鋭く、まるで稲光が見えるようだった。

野次馬の職人がゴクリと唾を飲み込み、手を振り下ろした。

「はじめぇっ！」


真上にあった太陽が傾き気温が最も高くなった頃、ようやく決着が見えてきた。

鼻血を垂らしながらふらつくビーシュに対し、胃液で口元を汚したオズウィン。両者ともに肩で息をし、据わった目はまるで手負いの獣のようだった。長時間の戦いであったため、野次馬は飲み食いしながらそれぞれを応援している。

「オズウィン様ぁッ!!　いけーっ!!」

「ビーシュの旦那ァ!!　あと少しだぁっ!!」

オズウィンもビーシュも騒音の中でジリジリと睨み合っている。どちらもフッフッと短い呼吸をしながら、次の一撃で終わらせようとタイミングを計っているようだった。

ざり、とビーシュの足が地面を擦る。

次の瞬間、ふたりは獲物に飛びかかる肉食の獣のように駆けだした。

「うおらぁああぁっ!!」

体を小さく縮めたビーシュが、全身のバネを使いオズウィンの顎に向かって拳を繰り出す。しかしビーシュの拳は空を切った。確実に捉えたと思ったビーシュは一瞬混乱する。

その一瞬が命取りだった。

ビーシュの横面に、オズウィンの裏拳が叩き込まれる。オズウィンは自分の顎を殴り上げてくることを予測し、間合いに踏み込むタイミングで体を回転させて裏拳を叩きこんだのだ。

回転の力も相まって、ビーシュの体は野次馬の方へ飛ばされる。
二、三人ほどを下敷きにしてビーシュは伸びてしまった。
たっぷりと五拍間が空き、勝敗が決したことを理解したオズウィンは脱力する。体の緊張をほどき、胃液で汚れた口元をようやく拭った。

「オズウィン様の勝利ぃっ！」

開始の声がけを頼まれた職人は律儀だったようで、オズウィンの勝利を宣言する。周りはワッと歓声に包まれ、興奮の渦が巻き起こった。

野次馬のひとりがビーシュの頬を二度ほど叩くと、彼は目を覚ました。頭を押さえて顔を何度か横に振り、意識をしゃっきりさせる。

「俺の勝ちだな、ビーシュ殿」

手を差し出してきたオズウィンに、満足していない表情のビーシュ。それでもビーシュはオズウィンの手を掴み、立ち上がった。そして体についた汚れをはたき、首を押さえてコキコキと動かした。溜め息を吐きながらオズウィンを見る彼の表情は、呆れ果てたとも不本意ともとれるものだった。

じとりと見て、もう一度ビーシュは諦めたように息を吐き出した。

「……わかったよ。作ってやる」

「ありがとうビーシュ殿！」

　オズヴィンはビーシュに肩を貸そうとするが、それを断る。ふらつきのないしっかりとした足取りで、ビーシュは工房へ戻っていった。オズヴィンがビーシュを追いかけて工房へ入っていったタイミングで、野次馬たちは歓声を上げ絶叫し出した。

「おっしゃー!!　オズヴィン様の勝ちだ！　今夜は飲むぞ！」

「くっそぉ！　俺の今月の小遣いがぁッ!!」

　野次馬たちはオズヴィンとビーシュの拳比べで賭けをしていたらしい。拳比べを賭けのネタにするのもよくある話である。


　鼻血や胃液で汚れた顔を洗ったふたりは再び作業机の傍らで話し出す。

　ビーシュは外の喧噪に溜め息を吐きながらもオズヴィンの顔をしっかりと見た。

「で、解体道具一式ってところか？」

「ええ、山織銅と緋蒼金で作るとはいえ、骨すきのナイフは消耗すると思うから三本くらい」

　指を折りながらオズヴィンは数を数える。

　骨すきナイフを三本。内一本は柄と刃が一体型のもの。

　頭おとし包丁。

　スキナーナイフをソリが少ないものと先端にフックが付いているものの二本。

　腸裂き包丁。

シャープナー。

オズウィンは山織銅と緋蒼金のインゴットを入れた荷袋に手を突っ込む。袋の奥から細かに描かれたメモと図案が束になって出てくる。

「キャロル嬢のクセや手の大きさ、設計案はここに書いてある」

メモの束の厚さにビーシュは若干引きつつもそれを受け取る。キャロルの手の大きさや握力、クセなど――オズウィンがまとめた情報の密度に思わずうんざりしたビーシュであるが、そこは職人である。頭の中で工程を計算した。

「……あいよ。十日後にはできると思う。それまでに握り部分の木材は用意してくれよ」

「ああ、了解した！」

満面の笑みを浮かべるオズウィンはビーシュの手を両手で掴み、ぶんぶんと上下に振る。あまりにも無邪気に喜ぶオズウィンに、ビーシュはオズウィンを止めていたことが馬鹿馬鹿しくなった。

「代金は後ほど！」と工房を後にするオズウィンを見送る。ビーシュは作業机に残された西日に揺らめき光を帯びるインゴットを見つめる。インゴットを袋に詰め、隣の大きな工房に赴いた。

「親父、どうしたんだ？」

ビーシュの工房の隣にある、街で最も大きな工房はビーシュの息子三人と弟子たちのものである。本来であればこの工房の主はビーシュであるのだが、なんだかんだと理由をつけて昔からの小さく古い工房に居座っているのだ。

「おい、誰か少し俺の仕事を手伝う気はないか？」

ビーシュが仕事を手伝えと言うのは珍しく、わくわくした様子でビーシュの息子と弟子たちは身を乗り出してきた。ビーシュは息子と弟子たちを呼び、袋からインゴットを取り出して見せた。

「えっ、山織銅⁉」

「緋蒼金まで⁉」

「昼間の『拳比べ』の理由、本当にこれだったのか！」

艶やかささえ感じるその金属光沢にざわりと工房内が沸く。

にやりと笑うビーシュに若い職人たちは生唾を飲み込んだ。この工房の職人たちは腕こそ良いのだが、この希少金属を一度でも扱った経験がある者は片手ほどもいない。

何せ山織銅も緋蒼金も王家御用達のレベルでないと扱うことがほとんどないからだ。

「こいつで解体道具を作る。手伝わせてやるぜ？」

ビーシュの言葉に息子と弟子たちは一斉に挙手をした。それも血走った目で。こんな貴重な機会を逃すものかと自分が自分がと主張を始める。

「オレが！　オレがやる!!　一度だが山織銅と緋蒼金で槍の穂先を作ったことがあるオレが手伝う！」

「いや私だ!!　私はその二つでナイフを作ったんだぞ！　解体道具作るならナイフ経験者だろ⁉」

「経験者なら僕に譲れよ!!　解体用のフック付きナイフとか変わった形の刃物は僕得意です!!」

工房内でひしめく若い職人たちの様子は、外にもれていた。誰ひとりとして解体道具作りの手伝いを譲らず、今まさに殴り合いが起きそうな状況になる。

「お前ら、やるなら外でやってこい！」

ビーシュの一喝で一瞬工房内は静まりかえるが、次の瞬間血の気が多い誰かが叫んだ。

「拳比べで決めるぞコラァッ!!」

「うぉぉおぉぉっ!!」

水牛が群れで駆け出すように、若い職人たちが工房の外に駆け出す。その後すぐ殴り合いと怒声が夕暮れ近づく街に響き渡った。

翌朝、若い職人たちが道ばたに転がることになったのは必然であった。


オズウィンは握り部分の木材にはすでに目星をつけていた。その木材の管理を任されている辺境伯夫人――母のもとへ向かった。

使用人に尋ねれば、母は屋外の実験場にいるらしい。

対魔獣を想定した兵器の研究を行い、そのテストを行うのが実験場である。オズウィンが実験場に足を踏み入れると、雷鳴が響き渡り地面が揺れた。空気も振動し肌が痺れるような感覚に襲われた。視線の先には跳びはねて喜ぶ白衣の女性と、何やら煙を上げている大型の物体を構えている母がいた。

「きゃっほー！　やったやった！　大成功!!」

「装置の強度がまだ弱いしごっそり魔力を持っていかれる状態だけど、発射速度と威力は大進歩ね」

的だったと思われる分厚い木の板は、真ん中に大きな穴を開けている。あまりにも穴が大きかったため、かろうじて残っていた部分が折れて上部が崩れ落ちた。

オズウィンは一体何をしていたのだろうと思いながらも母の元へ歩み寄った。

「母上！」

「オズウィン、どうしたの？」

オズウィンの母は猛鳥のような凛々しい眼差しを向けてくる。オズウィンより低いが背丈が高く、服の上からも筋肉質であることが分かる。顔には大きな傷があるものの、意志の強さや魂の美しさを損なうことはない。それ以上に大きな傷は彼女に欠損の美を与えていた。

これぞ女傑。

そう表現して多くに納得されるだろう見た目だった。

「あら～オズウィン様。いらっしゃいまし、いかがいたしました？」

白衣の女性は眼鏡を持ち上げて、にか、と笑う。年齢はオズウィンよりも一回りくらい年上だったはずだというのに、表情は子どものようだ。彼女は辺境伯夫人がお抱えにしている研究者であり、対魔獣兵器の開発もしている人物である。

オズウィンはふたりに挨拶をすると、辺境伯夫人をまっすぐに見つめた。

「母上、紫黒檀（しこくたん）を一本、伐採させてください」

「婚約者への贈り物に使うのかしら？」

オズウィンの言葉にニタリと獅子か虎のように笑う辺境伯夫人。彼女の傍らで白衣の研究者は「きゃっ」と栗鼠（リス）のように口元を押さえた。

「最近あちこちで例の婚約者殿へのプレゼントを作るために動いていると聞いたわ」

「きゃー！　噂の男爵令嬢さんですね～！　古木女を狩り、モナ様を倒したっていう⁉」

「しかも先の魔獣密輸と人身売買の事件の犯人をオズウィンと一緒に捕らえた非凡な御令嬢だそうよ」

「ひゃー！　それはもう結婚待ったなしじゃないですかー！」

「まだ婚約したばかりですよ」

白衣の彼女はきゃあきゃあと楽しげに笑う。

辺境伯夫人も面白そうなものを見るように、目を細めて息子を見ている。

「紫黒檀、好きなものを一本切ると良いわ。使う分以外は研究室にもってくること。わかった？」

すんなりと許可を出した母に、オズウィンは少々驚いた。父のように何かしらの褒賞として取得を許可するものだと思ったからだ。

紫黒檀の伐採も許可がないとできない。紫がかった黒い色合いは研磨すれば艶めく光沢を放つ。なにより緻密で堅固であるにもかかわらず、手に馴染む。虫食いや水にも強いため、楽器や神聖な祭事道具に使われることも多い。

オズウィンの曾祖父の代で辺境より壁の内側で育てられるようになった。それでも高級木材であることには変わりない。

「いいのですか？」

「ただし魔境側に自生しているやつよ」

――やっぱり。

比較的安全な壁の内側で育てられているものを融通してくれるわけがない。魔境側であっても木材の勝手な伐採は禁止されているので許可がもらえただけよしとするところではあるのだが……

オズウィンは少し眉を上げて己の母を見る。辺境伯夫人は試すような視線をオズウィンに返した。

「紫黒檀が生えている辺りに真珠蜂(しんじゅばち)が出ているそうだから、気をつけていくことね」

しかも真珠蜂――小型の昆虫型魔獣であるが、養蜂で使われるミツバチとは比べものにならないくらい大きい。人間の三歳児程度の大きさがあり、その体の大きさに比例して毒針もアイスピック並である。美しい真珠のような光沢の翅(はね)を持つ魔獣である――と遭遇するのであれば別の心配も出てくる。

オズウィンは必要な道具を考えてから辺境伯夫人に返事をする。

「わかりました」

辺境伯夫人はその場で紫黒檀伐採許可書にサインをする。いつもより愉快そうな気配がサインの躍る様子から伝わってきた。

「オズウィン様頑張って～」

「ありがとう」

辺境伯夫人と白衣の研究者に見送られ、オズウィンは伐採作業へ向かう準備をするのだった。

昆虫型の魔獣よけになる植物は数種類ある。完全な忌避効果ではないものの血を吸うタイプと激臭を放つタイプの昆虫型の魔獣には効果ありとされているモノだ。暖かくなってきたこの時期、真珠蜂以外にも昆虫型の魔獣は遭遇しやすい。目的の魔獣以外に煩わしい思いをしたくないので、持っていくほうが良い。

その調合物を入れた匂い袋を首から提げて準備万端、完璧だ。

王都の魔法学園から一時帰宅をしていたモナとちょうど鉢合わせる。革鎧を着て、メイスと盾を携えた様子にモナはすぐ「魔獣狩り」と察した。

「お兄様、魔獣狩りにでも行くのですか？」

オズウィンはピン、と思い浮かび、モナに理由を説明する。

「紫黒檀を一本採りに行くんだ。モナ、手伝ってくれないか？　キャロル嬢へのプレゼントの材料に必要なんだ」

キャロルへのプレゼント、という言葉を聞き、モナはぱっと表情を明るくする。キャロルを「お義姉様」と慕うモナは頬を染め、目を見開いて輝かせる様子は子犬のようだった。

「まあ、お義姉様の？　行くわ！」

「紫黒檀が生えている辺りに真珠蜂がいるらしい。匂い袋を持ってくるんだぞ」

「わかってるわ！」

重力操作のできるモナがいれば、木材一本程度の運搬は簡単になる。真珠蜂ならモナも対処ができるので心配もない。

モナは「ちょっと待ってて！」と自室へ走っていき、あっという間に準備をしてくる。以前狩った竜骨かぶりの素材を使った鎧と投げ棍棒を装備してきたモナはフンフンと鼻息荒く興奮気味だ。

伐採と運搬のための道具が必要ないのが、このふたりが揃ったときの良いところである。ふたりは少量の食料と道具を背負い、壁の向こうへ赴いた。


真珠蜂の他にも冑蟻（かぶとあり）に遭遇しつつ、紫黒檀が自生する場所にたどり着いた。激臭のするタイプの昆虫型の魔獣は匂い袋のおかげか寄ってこない。

「お兄様、なんだか虫がいやに攻撃的ではないですか？」

真珠蜂の頭を潰したモナは毒針と翅を毟り取り、革袋へ放り込む。これでもう二十四匹目である。流石に昆虫系の小型魔獣が最初から攻撃をしてくるのは違和感がある。

オズウィンは針と翅をむしられた真珠蜂を分解して顎に手をやる。

「確かに……普段ならこちらから手を出すか、巣の近くに踏み込まないと攻撃なんてしてこない、はずなんだが……」

見渡しても真珠蜂の巣もなければ冑蟻の蟻塚もない。紫黒檀の木を目前にしているというのにうなじのざわつく感覚がなくならない。

オズウィンもモナもごしごしとうなじを擦って辺りを見渡していた。

「……モナッ」

「お兄様な、んむっ！」

突然モナはオズウィンの大きな手で口を押さえられる。オズウィンは鋭い視線で一点を見つめていた。モナがオズウィンの視線の先を見やれば、そこには長大な魔獣がいた。

——熊兎(くまうさぎ)！

大人の男ふたり分はありそうな体長に、くるくると辺りを探るように動く長い耳。鋭い爪は先程まで真珠蜂の巣を襲い、蓄えられていた蜜を抉り舐めていたのだろう。

なるほど。真珠蜂も冑蟻も熊兎の餌である。あの熊兎に襲われて気が立っていたのだ。

理由が分かり、オズウィンは熊兎に悟られないよう気をつける。あの長い耳は周囲の音を敏感に察知する。下手に動けば居場所がバレて襲われる。幸い、今ふたりがいる場所が風下であるため匂い袋でバレることはない。

ここであの熊兎を倒さねば、紫黒檀を持ち帰ることは困難になるだろう。そして熊兎が辺境の開拓村に現れれば食料が荒らされかねない。

熊兎はあの巨体から信じられないくらいの速度で走り、跳躍力も恐ろしく高い。後ろ足で蹴られれば当たり所が悪いと即死する。前足で殴られれば背骨は折れるし、爪が腹に当たれば臓物まで切り裂かれるだろう。

オズウィンはモナに視線をやり、指で形を作り会話をする。

——倒すぞ。

——了解。

ふたりは同時に武器を構え、音を出さずに数を数える。

三、

二、

一！

オズウィンとモナは二手に分かれる。熊兎を挟み込むのだ。熊兎はふたりの足音に気付き、その長い耳をクルクルと動かし鼻先をひくつかせて周囲を探る。しかしそれよりもアレクサンダー兄妹は速かった。

熊兎はオズウィンと目が合うも、左右から同時に飛びかかるオズウィンとモナに反応が遅れる。息を合わせたふたりが、同時に頭を挟むようにしてそれぞれの鈍器で殴りつけた。衝撃はあまりにも強く、頑丈な熊兎の骨を砕く。

痛みに耐えかね、熊兎は前足の爪を振り回すようにして暴れた。暴れる熊兎に対し、オズウィンは臆することなく盾を構えて懐に飛び込んでゆく。熊兎は向かってくるオズウィンに攻撃しようとするが、盾の曲面で防がれてしまう。

オズウィンの盾は闇夜亀（やみよがめ）の甲羅から作られている。磨かれた珠のように滑らかな曲面を備えた頑丈な甲羅は巨大な落石でさえヒビも入らない。熊兎の爪程度では傷ひとつつかないのだ。

オズウィンは盾を突き出し押し込むようにして進む。熊兎がオズウィンを抱き込むように前足を伸ばしてくれば、それをメイスで打ち払う。熊兎の爪はオズウィンに前足を伸ばす度に砕かれた。

「せいっやあああっ！」

ガラ空きになった熊兎の脳天目がけて、モナが投げ棍棒を振り下ろした。モナの重力操作により重量を百倍にされた棍棒は、一切の慈悲も加減も無しに熊兎の頭を潰す。

頭部を失った熊兎は数度痙攣し、ぐらりと倒れ動きを止めた。

オズウィンとモナは手のひらを合わせてパチンと叩き合う。息の合った討伐は実にスムーズに行われた。熊兎が山伝いに壁の内側に入り込めばそこそこ大きな被害が出ていただろう。未然にそれが防げて幸いである。

それはそれとして熊兎の肉はなかなかウマいし素材もいい。紫黒檀を手に入れてついでに熊兎を手に入れられるとは運が良い。

――これで解体道具用を収納するものを作れば完璧ではないだろうか？

オズウィンは熊兎の死体を見下ろしながら顎に手をやった。革の一部くらいなら使用許可が出るのではないだろうか？

キャロルは革細工を作れると言っていたので、自分も挑戦してみたくなってわくわくしてきた。初めてではあるが、教わりながらならなんとか形にはなるだろう。なんなら自分の魔法を使えば多少失敗しても修正ができる。

そうと決まれば熊兎の解体を早くしたい。

オズウィンは紫黒檀の自生する方向を指さした。

「モナ、紫黒檀を切ったらそれに熊兎をくくりつけよう。その方が運びやすいだろう？」

「そうしましょう。ああ、それにしても立派な熊兎……今日はきっと熊兎のステーキね！」

じゅる、と口の中にたまった涎を啜り、モナは熊兎の巨体を担ぐ。

タフな赤身の熊兎は少々クセがあるものの、香辛料を使って焼くととてもウマくなる。煮てスープにしても良いしミートパイにしても良いのだが、モナはそのクセを味わいたいようで塩と胡椒だけのステーキにすることを好んでいた。

今の時期熊兎は脂肪が少なく臭みもないうえに、コクのある肉はしっかり焼いてもパサついたりしない。

熊兎の肉は体を温めてくれる上に滋養効果も高く美容にも良いためアイリーン王妃も好んでおり、獲れると加工して王都に送られていたりする。今日持ち込めば肉の一部は転移陣を使って明日の朝には王都に届けられるだろう。

「近くに川があったはずだから、そこで血抜きをしておくか」

「お兄様、血抜きはやっておくので紫黒檀をとってきてくださいな」

「それじゃあ任せた。切り倒した頃に呼びに来る」

「は〜い」

オズウィンは熊兎をモナに任せ、紫黒檀を採りに行く。おおよその場所は見当がついていた。少し歩けば紫黒檀の群生地が見つかった。

「さて、どれにするか……」

見付けた紫黒檀の木は比較的低木であった。

とはいってもオズウィンの二倍から四倍程度はある。あまり細い木では文句を言われるし、かといって大きすぎれば持ち運びに苦労するだろう。いくらモナが重力操作で軽くできるとしても、だ。

質量を軽くすることはできても、体積は変わらない。あまり大きすぎればふたりで担ぐことができないのだ。

どれくらいのものにするかと紫黒檀の木を見て回る。適度な太さと美しい木目の紫黒檀がいい。そう思い、高さと太さが気に入った紫黒檀の木に手を当てる。

オズウィンは目を閉じ、意識を紫黒檀の木の中に向けた。

オズウィンの魔法は生物の「分解」と「結合」である。その生物の構成する物を分析し、分解と結合を行う。辺境伯夫人お抱えの研究者曰く、正確に表現するならオズウィンの魔法は「分析」「分解」「結合」の三つなのだという。「細胞を持つものであれば魔法の効果がある」という程度がオズウィンの認識なのだが、「魔法は複雑怪奇で深淵のごとく」と研究者は言っていた。「神の与えたもうた奇跡などではない」とも。――これは教会の教義とぶつかるので、研究者はことをおおっぴらに語らないというのは余談である。

ともあれ触れることで「理解」できるため、オズウィンには紫黒檀の品質が「解る」。頭の中に飛び込んできた情報にオズウィンは一発で「当たり」を引いたことを理解した。思わず口角を上げて笑うオズウィンは手早く余計な枝を落とし、根元の幹を半ばまで「分解」した。そして方向を確かめながら更に分解をしてやれば、紫黒檀の木の自重で折れる。バキバキと音を立てて倒れるところを爽快な気分で、オズウィンは見ていた。

「さて、モナを呼びに行くか」

このあとふたりは熊兎を紫黒檀の木にくくりつけ、前後を担いで城に戻る。城の皆がこの獲物に沸いたのは言うまでもなかった。

熊兎の解体を職人に任せ、オズウィンは加工部屋で紫黒檀の乾燥作業に移った。紫黒檀を必要な分だけ受け取り、木材乾燥用の魔道具に設置する。木材乾燥用の魔道具が使えたのは運が良かった。水を操る魔法で脱水する方が早いため誰かに手伝ってもらうことも考えた。しかしオズウィンはこの作業を自分の手でやりたいと思っていた。キャロルの手が一番触れるだろう部分を自分で作る――これが初めてのプレゼントで自分が唯一関われる制作過程だと思ったからだ。

キャロルの手に合うように考えた、握り部分の適切な形を紫黒檀に書き付ける。

キャロルの手の大きさ、指の長さ、握力。

適した形を頭の中に思い浮かべた。

「オズウィン様、夕食のお時間です」

不意に使用人から声をかけられ作業の手を止める。オズウィンはかなり集中していたようで、使用人が加工部屋に来ていたことに気付かなかったらしい。夕食の時間まで声をかけられなかったのはキャロルへの贈り物を作る作業をしていたためだ。おかげで厨房での「野菜の皮剥き(まほうのくんれん)」は免除されたらしい。

そのせいもあって、夕食の時間間近だということに気付いていなかった。

「ああ、すまない。今行く」

作業台の上はそのままにして、汚れた服を着替えに一旦自室へ戻る。服を洗濯籠に入れておき、夕食の席に向かった。

厨房の方向から香ばしく肉の焼ける匂いがする。大蒜(にんにく)の香りは一日中動き回っていたオズウィンの胃を刺激した。この様子だと芋も山盛りになっているだろう。

オズウィンは切なげに鳴く腹を撫で、家族の待つ食堂へ向かう。アレクサンダー家の人間は皆よく食べるが、熊兎の肉は食べ応えがあるため皆が満足できるだろう。

アレクサンダー家の夕食には熊兎のステーキが並び、それが使用人一同にも振る舞われることとなった。


ビーシュとの約束の日。

オズウィンは握り部分の形をとった紫黒檀と代金を持ち、ビーシュの工房を訪れた。

「ビーシュ殿、いますか?」

扉をノックすると内側に開いてしまう。どうやらまたもや鍵をかけていなかったようだ。声をかけながら工房に足を踏み入れると、何やら人がうつ伏せに倒れており、一応手足元には毛布がかかっている。思わずぎょっとしてオズウィンが倒れた人物の脈と呼吸を確認すればそれが感じられ、生きていることがわかり、思わず胸をなで下ろした。

顔を見ればビーシュの弟子のひとりだと分かる。どうやら眠っていたらしい。目の下にクマを作り、ぐぅぐぅとイビキをかく彼を起こさないようオズウィンは足音に気をつけながら工房の中を進んだ。しかしビーシュが工房にいない。あまり大きな工房ではないため、探せないということはないはずだ。

まさか酒場へ行ってしまったのかと思いつつ、一旦工房から出ようとした。ちょうどそのとき工房の扉が開く。そこにいたのはビーシュで、手には布で巻いたものを持っていた。

「おん？　オズウィン様じゃねぇか。早かったな」

「ビーシュ殿。鍵もかけずにどこへ行っていたんだ？」

「あん？　なんだ阿呆弟子め。寝るなら鍵締めて寝ろってんだ！」

どうやらビーシュの弟子は留守を任されていたらしい。弟子はビーシュの分厚い足で蹴られ、目を覚ます。

「あふっ！　お、親方……」

「もう帰って寝ろ！」

「ふぁいっ！」

バタバタと出て行く弟子の後ろ姿を、頭を少し傾けてビーシュは見送った。やれやれと溜め息を吐いてビーシュは手に持っていた物を机に置き、オズウィンを見た。

「ほれ、頼まれていた解体道具だ。確認してくんな」

ビーシュが布を広げると、そこには美しい輝きを持つ刃物があった。窓から入る陽で、紺青(こんじょう)の光に濡れる。波打つ地鉄の美しさに思わず目を奪われ、オズウィンは「ほう」と息をこぼした。

「……素晴らしいな、ビーシュ殿」

「へへっ、まあな。さっき研ぎ師のところで仕上げをしてきたのよ。これほど見事な刃文も、そうそう無かろう？　もちろん、切れ味に関しても一級品よ。石を芋みてぇに皮剥きできるぜ」

これが片刃の剣であれば、王家へ献上されたとて不思議ではない。それほど見事で芸術的な仕上がりとなっている。ただしこれは剣ではなく、解体道具であるのだが。

「本当にありがとう。これほど見事な物に仕上げてもらえるとは……」

「任されたからにはいいモンに仕上げるのが職人よ。弟子にも良い勉強になったしな」

「ああ、それで」

先程行き倒れのようになっていたビーシュの弟子はそういうことだったのか、とオズウィンは納得する。ビーシュの方はオズウィンに手を差し出す。

「ほれ、持ってきたんだろう？　握りの部分のヤツをよ」

オズウィンは持ってきた紫黒檀を取り出し、ビーシュに渡す。ビーシュはオズウィンの持ってきたキャロルの手の特徴から、彼女にぴったりの物を仕上げていたため、オズウィンが形をとった紫黒檀の握り部分に完璧にはまった。後は留め具で固定すれば完成である。

最後の仕上げは、とオズウィンが留め具を施す。一つ一つを丁寧に、そして慎重に。この道具がキャロルのためになるよう、祈るような気持ちで。

「……できた！」

「おお、良いじゃねえか」

完成した解体道具は、まるで神秘性を持つかのような佇まいをしていた。これがもし宝物庫の箱の中に入っていれば、誰もが魔法の力を帯びた武器だと思うだろう。

それほどにも神秘的で、美しかった。

オズウィンは満足そうな顔で、皮剥用のナイフを置く。そしてポケットから小さな革袋を取り出し、ビーシュに手渡した。

「代金はこれで足りるかな？」

中から出てきたのは太陽金貨（ソルきんか）だった。太陽を模したその金貨一、二枚で平民ひとりかふたり、極々慎ましやかになら一年生活できる。それが十枚入っている。

ビーシュは無言で金貨を一枚摘まみ、オズウィンに残りを返却した。ビーシュはオズウィンを座らせ、その両肩をがっちりと掴んで彼を凝視した。オズウィンはきょとん、とした表情をしている。

「あのな、オズウィン様！　オレのことを大層買ってくれているのは分かるんだがいい軍用馬一頭買える程の金は受け取れねえぞ!?　ただでさえ材料だけで値段つけるのもはばかられるようなモンなんだぞ!?　初めての贈り物で金貨十枚もかかってたなんて知られたら相手の女は引くと思うからな!?」

ビーシュはオズウィンに口を挟ませない早口で話す。

大きな薔薇（しょうび）も夕焼銅貨（アレボルどうか）二枚から買える。大輪の薔薇だけで作ったたっぷりの花束であっても、満月銀（まんげつぎん）一枚で釣りがくるだろう。初めてのプレゼントが山織銅と緋蒼金を使ったものというだけで下級貴族なら気を失いかねないというのに、オズウィンはそれに軍用馬と同じ値段を加算しようとしていたのだ。

オズウィンをはじめ、アレクサンダー家の人間は良い仕事に金を渋ることはないのは知っているが、流石にやり過ぎだ、とビーシュは感じている。

事実、ビーシュは引きつった笑みを浮かべる程度に引いていた。

「そうか。ならその一枚は受け取ってくれ」

にこやかに金貨の入った袋をしまうオズウィンと、彼から手を離してうなだれるビーシュ。深く肺の中の空気をすべて吐き出すような深い息をするビーシュに、オズウィンは頭を下げた。

「ビーシュ殿、貴方のおかげで良い贈り物ができた。感謝する」

「やめてくれ。こちとら仕事をしただけだ」

しっし、と手を振るビーシュにオズウィンは人懐こい笑みを浮かべる。解体道具を布で包み、大事に抱えて工房を後にした。

残ったビーシュはガリガリと頭をかき、ここ数日の疲れをとるため風呂につかろうと考えた。その後は酒の一杯でも引っかけて丸一日寝てやる、と太陽金貨をピンと親指で弾くのだった。


オズウィンは持ち帰った解体道具を並べる。窓からの光だけで美しい光沢を見せる刃物に陶酔感さえ覚えた。

ナイフを一本手に取り、ツールバッグを作った際に余った熊兎の革に押し当てる。一瞬の抵抗の後、まるで薄い紙を切るかのように刃が通る。魔獣の革の多くはなめした物を重ねるだけで硬化処理を施さずとも槍の切っ先も通さない。

それがどうだろう？　最初力を込めただけで、このナイフは魔獣の革をするりと切ってしまったのだ。これほどの切れ味を持つナイフは辺境以外ではなかなかお目にかかれないだろう。

オズウィンは自作のツールバッグを取り出し、ナイフを一つ一つ納める。熊兎の革で作ったツールバッグにピタリと収納され、ビーシュの仕事に感嘆の息をもらすほどだった。

満足いく解体道具ができあがり、オズウィンは頬の筋肉を緩ませる。オズウィンはツールバッグをなぞり、キャロルの顔を思い浮かべた。

キャロルはこれを受け取って、驚くだろうか？　喜ぶだろうか？　それともまったく想像できない反応をするだろうか？　キャロルのコロコロ変わる表情を想像すると、体の中が震えるような気がした。

オズウィンは口を押さえ、笑い声を上げそうになるのをこらえる。

「ああ、早く逢いたいな……」

胸の中に帯び始めたやわらかな熱が、オズウィンの胸を緩やかに焦がすのだった。

キャロルを辺境へ迎え入れる日。

オズウィンとキャロルはふたりきりの馬車の中で握手を交わした。キャロルの窮策に乗ったことで、オズウィンとキャロルの距離は心地よく頼もしいものに変化したようだった。

「あ、そうだ。オズウィン様お渡ししたい物があるんです」

その後、くすぐったそうな沈黙を挟み、キャロルが馬車に持ち込んだ荷物から何かを取り出した。

「初めての贈り物、受け取ってくださいますか？」

耳と頬をほんのり赤く染め、それを手に乗せて差し出した。

「オズウィン様、お話ししていたナイフケースです」

キャロルの手に乗っていたのは、オズウィンがキャロルに貸し与えた剣鉈と、その刀身を覆った革の入れ物だった。

オズウィンは剣鉈ごとナイフケースを受け取り、じっくりとキャロル手製の革細工を眺めた。ナイフケースには鷹を模した模様が刻まれ、外周は赤みがかった糸でダブルステッチに仕上げられている。留め具の中心には青みがかった緑の石がはめられていた。

「これはもしかして、金剛一角馬かな？」

硬くて張りがあり、そして滑らかな表面、繊維組織の細かさから光を帯びているように見えるその革に、オズウィンは覚えがあった。しかしオズウィンは生きたその魔獣に遭遇したことはない。そしてその革や素材を手にしたことは片手で数える程度だ。

「そうです。お気に召していただければ嬉しいのですが……」

ははは、とくすぐったそうに笑うキャロルにオズウィンは思わず笑みを作りそうになり、口元に力を入れる。「婚約者」という立場の女性に初めてもらった贈り物のせいか、それとも手作りの品のせいか。胸の辺りに圧迫感と熱を感じる。

オズウィンは口を手で覆い、指先に力を入れた。ゆっくりと深々と呼吸をして、キャロルを見つめる目は少し潤んで輝いている。

「……ありがとう、キャロル嬢」

ステッチ部分を撫で、オズウィンは今全身がそわそわしているような感覚に陥っていた。その感覚を噛みしめていたオズウィンは、ハッとする。自分も彼女に贈る物を持ってきたのだった。

「キャロル嬢。以前、解体道具がほしいと言っていただろう?」

オズウィンはごそりとツールバッグを取り出す。キャロルは「あっ」と両眉を上げた。

「キャロル嬢のために用意したんだ。受け取ってほしい」

「わ、革のツールバッグまで。ありがとうございます……!」

キャロルは頬をほんのり赤くし、頭を少し傾けてツールバッグを抱きしめる。オズウィンにはその姿が一瞬、小さく白い光の花が散ったように見えた。

「開けてみても良いですか?」

移動する馬車の中だと言うのに、キャロルは興奮から解体道具を見たがった。その喜びようにオズウィンは「もちろん」と答える。

キャロルは唇をきゅっと噛みながら、ナイフの柄を握る。紫黒檀の握り部分は真新しいにもかかわらず、キャロルの手に吸い付くように馴染んだ。その紫がかった黒い色もいいが、キャロルはその手に馴染む感覚にわくわくしているようだった。そして刀身が見えるように途中までツールバッグから取り出した瞬間、声がもれる。

「わぁ……え?」

途中までは感嘆するような声を上げていたキャロル。しかしその刀身の色を見た瞬間、目を奪われたようにナイフを凝視していた。そしてしばらく無言で見つめてから、ナイフとオズウィンを交互に見てくる。心なしかキャロルの顔色が悪くなっているように見えた。

「もしかして気に入らなかったかな？」

オズウィンが眉を下げて少ししょげた声を上げると、キャロルはぶぉんぶぉんと頬肉が伸びるのではないかと思うくらい勢いよく首を横に振る。しかしキャロルの表情は優れない。

キャロルは浅い呼吸になっていたが、ゆっくりと息を吸い吐くことを繰り返し、落ち着きを取り戻す。ツールバッグにナイフを戻し、丁寧に閉じて膝の上に置くと、恐る恐るオズウィンに尋ねた。

「あ、あのオズウィン様……私は実物を見たことがないので合っているのかわかりませんが、その、このナイフ、もしかして山織銅と緋蒼金を合わせて作られていませんか……？」

キャロルの目が泳ぎ、心なしか汗をかいているように見える。膝をくっつけ、つま先をもじもじとさせている。

「ああ、そのふたつを使って作ってもらった、キャロル嬢専用の解体道具だ」

「こんな高価な物……！　受けと……ッ」

キャロルはそこまで口にして、硬直し口を押さえ込んでしまった。

オズウィンを始め辺境の最前線で戦う者は身分を問わず見合う実力さえ在れば山織銅と緋蒼金の武器を手にしている。そしてオズウィンはこういった辺境での生活に密着する物は良い物であるべきだと考えている。キャロルが辺境へ自分の婚約者として嫁いでくるなら、これくらいのものを与えたい。キャロルは狩りを好んでいる様子であったし、そのための良質な道具であれば喜ぶだろうと思っていた。

加えてオズウィンが家族や友人に贈るプレゼントは最低でも太陽金貨五枚の値段の物である。平均値が高いことに加え、相手は婚約者。そのため気合いを入れたのは言うまでもない。

キャロルは男爵家ではあるものの、領地は豊かなほうである。そのため軍馬の一頭や二頭や、それと同額程度の物であれば喜んで受け取っていただろう。しかし今回渡された山織銅と緋蒼金は、キャロルにとって本の中で見るに留まる希少金属なのだ。

キャロルの顔から血の気が失せて、青い顔をして口を押さえている。しかも背中を丸めて震えてしまっていた。

オズウィンはこのときビーシュの言っていたことを思い出していた。

――引かれるってこういうことか……

オズウィンは首の後ろを擦り、なんとも言いようのない表情をする。キャロルとの身分と土地柄的な感覚の差が、まだ上手く掴めずにいた。自分の張り切りが空回ってしまい、キャロルに対して申し訳なさを感じている。

ビーシュの言葉も今このときようやく実感を持って理解できた。

「その、キャロル嬢……」

オズウィンはキャロルに手を伸ばし、何か言葉をかけようとする。謝罪するのも何か違うと思いながらオズウィンは言葉を考えていた。だがキャロルは突然オズウィンの手をガシリと掴み、眼力強めに見つめてくる。

「オズウィン様！　私、このナイフ達に相応しい人間になります……！」

目を丸くして瞬きを繰り返すオズウィンは、ゆっくりと肯いた。

——このナイフ達はオズウィン様の私に対する期待の大きさ……！

キャロルはこのプレゼントに「オズウィンの期待」という意味を見いだした。そしてキャロルに「覚悟」を決めさせたらしい。キャロルはポーチバッグを強く抱きしめ、決意に満ちた眼差しをオズウィンに向けていた。その表情は婚約者に対するものというより、共に戦う戦士が寄せてくれた信頼や期待に応えようと気合いを入れているように見える。

オズウィンはキャロルの様子に思わず小さく笑う。

キャロルの令嬢らしからぬ様子は、オズウィンに好ましく思えるのだった。

［特別書き下ろし］

ジェイレンの思い出したくない思い出

ジェイレン・アレクサンダーが王都の魔法学園に入学した日のこと。

彼は新しい環境に胸を躍らせていた。魔境との防波堤である辺境に住まうジェイレンは、幼い頃から強き祖父母や父母、そして共に戦う屈強な戦士に囲まれて生きてきた。

そして辺境という王都と並ぶ重要な土地を守護するが故に、ジェイレンは入学と同時に注目の的であった。

特徴的な赤毛とブルーグリーンの瞳。歳は十五であるが背は同じ年齢の男子の平均か少し低かった。どこかあどけない目と笑顔。加えてジェイレンは次期辺境伯と噂されるほど、魔獣狩りの功績を挙げている。

注目されない方がおかしいのだ。

そんなジェイレンは様々な貴族からその娘の婚約相手にと打診があった。

辺境伯の息子という理由から、十になる前に婚約者ができてもおかしくないのだが、ジェイレンの父は婚約を結ぶことはしていない。自分たちが惹かれ合って結婚したが故に子ども達にもそうしてほしいと願っているらしいのだ。ジェイレン自身もそんな両親に憧れていたし、なにより自分が惚れた相手を全力で口説きたい、という熱烈な願望がある。稀代の恋愛詩人・ワラリアの詩集も読み込んでプロポーズは完璧だと、自信にあふれていた。

ジェイレンは堂々とした立ち振る舞いも相まって、貴族の令嬢だけでなく令息にも注目されていた。ただし前者と後者で意味合いがかなり異なっていたが。

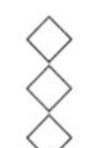

入学初日。

国王陛下や王妃殿下のお言葉を賜った式も終わり、各教室へ案内された新入生。教師からの説明も終わり、今日は解散となった。

そんな折、ジェイレンは声をかけられる。

「ジェイレン様は魔獣をたくさん倒したのでしょう？　お強いのね」

声をかけてきたのはコールマン伯爵の令嬢だった。

たっぷりとしたボリュームのブルネット、ほんのりと甘さのある目元に、ぽってりとしてコケティッシュな唇。日焼けも傷もない肌に、磨かれた楕円の桃色珊瑚のような爪。繊細なレースのリボンとさりげない真珠の耳飾りは清純さを印象づけさせた。

「去年は王家に魔獣の牙から作った短剣を献上したと伺いましたわ」

「討伐が困難とされた頭が三つある魔獣を倒したとも！」

彼女の友人達も一緒になって、ジェイレンを囃（はや）した。同年代の、しかも辺境にはいないタイプの異性にちやほやされることに、ジェイレンは高揚感を覚えていた。

たとえそれが自分が王家に並ぶ権力を持つ辺境伯の息子であるが故であっても、今まで経験したことのないことだ。気持ちが浮ついてしまうのは仕方あるまい。

「いえ、それくらい辺境を守護する者としては当然かと。壁の内側の人々が安全に生活できるよう、我々は日々奔走しているのですから」

異性に取り巻かれる初めての経験は、彼から勘考させることを封じてしまった。

格好をつけた台詞を吐いてしまったがために、ジェイレンは特に海側――つまり魔境と最も離れた場所にいる貴族の令息たちの反感を買ってしまった。

海側の貴族達は魔獣の被害に最も遭いにくいためか、辺境に対して誤った認識をしている。辺境伯をただの田舎貴族と侮っているのだ。

しかしこのときのジェイレンにはそんなことに思考を巡らせている暇はなかったのだった。

「この後も一時的に辺境へ戻り、魔獣狩りに参加する予定なのです」

「あら、でも辺境まで戻るには何日もかかってしまいますよね？　その間授業はどうなさいますの？」

「学園長から転移陣の使用許可をいただいています。ですから明日の授業に間に合うように戻ってきますよ」

「まあっ！　転移陣の使用許可まで出ているなんて、やっぱりジェイレン様は王家からの信頼も厚いのですね」

「いえ、僕はまだ街をひとつ護るのが精一杯です。けれど将来的にこの命で一人でも多くの人々を護り、王家とこの国の人々の安寧に尽力できるよう努めるつもりです」

「しかも謙虚でいらっしゃる。とても素晴らしいわ」

コールマン伯爵令嬢からの言葉に内心満更でもないジェイレンは、口元がにやけるのをぐっとこらえる。しかしここで完全に謙虚にできない辺り、ジェイレンがまだまだ幼いという証拠だった。

「戻りましたら戦果をお見せしますね」

「まあ、楽しみ！」

ジェイレンは張り切った。それはもう、とんでもない方向に。


翌日、無事魔獣の討伐を果たしたジェイレンの荷物は大きかった。清々しい気分でジェイレンはコールマン伯爵令嬢のもとへ行き、その大きな荷物をどんと目の前に置いてみせる。

「おはようございます！」

コールマン伯爵令嬢は笑顔を崩さなかったが、かすかに動揺していた。その大きな荷物から生き物の臭いを感じ取ったからだ。

「じぇ、ジェイレン様、そちらは一体……」

ニコニコと笑うジェイレンに対し、コールマン伯爵令嬢は上品に口元を押さえて対応する。教室にいた他の生徒もざわついていた。

ジェイレンはそんな様子を気にすることなく、荷物を得意げに広げた。

「七頭蛇（しちとうじゃ）の首です！」

ごろりと出てきたのは巨大な蛇の頭だった。

胸を張り、顎を高く上げたジェイレンは悪戯っぽいが誇らしげな笑みを浮かべる。それはまるで獲物を誇り、飼い主に自慢する猫のようだった。

一瞬の沈黙の後、それを認識した途端、コールマン伯爵令嬢は悲鳴を上げた。

彼女の悲鳴が伝播し、教室中から悲鳴が上がる。ある者は泡を吹いて倒れ、ある者は絶叫して教室を飛び出した。

「我が神よ！」

「お母様ァッ！」

泣き叫ぶ声が教室の外まで響く。髪を引っ張り叫ぶ生徒や過呼吸を起こしている生徒、胎児のように教室の隅で膝を抱える生徒もいた。

蜂の巣をつついたような大騒ぎに、何事かと隣のクラスの生徒達が集まり出す。そして七頭蛇の頭を見て悲鳴が上がる。騒ぎを聞きつけた教師が現れたが、魔獣慣れしていない者もいたようで数名がパニックを起こした。

この騒ぎの中、ジェイレンは悟った。

——あれはおべんちゃらだったのか……

戻れることなら十分前の自分を殴り飛ばしたい。そんな気分になったのだった。

その日から、学園中でジェイレンは耳目を集めるようになった。もちろん悪い意味で。

遠巻きに見てきたと思い、その視線に振り返ればサッと顔を逸らす。声を潜めて小さな声で話していても、ジェイレンの耳は女生徒の高音の声を容易く集める。

「魔獣の首を持ち込んだ非常識な方」

「コールマン様を気絶させたとか……」

「なんて酷い……！」

ジェイレンは聞こえないふりをしている。しかし気になるものは気になって、聴覚のみを変身させて聞き取ってしまう。ひそひそと聞こえてくる声に神経を集中させてしまった。

「そもそも狩った魔獣の頭を見せびらかすなんて、野蛮な」

「辺境は魔獣と日々戦い、魔獣も食すというわ」

「なにそれ！　魔獣を食べるなんて蛮族じゃない！」

流石に辺境の文化や状況を知らずに偏見だけで話していることには腹が立った。そもそも辺境では普通の動物は魔獣の餌にしかならない。そのため広い土地が必要な牛や羊を家畜としてストレスなく育てるには最低でも二番目の壁より内側でないとならない。

それならば食肉を確保するより魔獣を狩る方が良い。ついでにいうならこれはまだ研究段階であるが、魔獣を食することは魔法の強化に繋がるらしい。魔獣をただの害獣とするのではなく、余すことなく使い生活に役立てる――それが辺境の文化である。

野蛮だなんだと下に見ることに憤りを感じるが、自分が相手のことを考えずに行った結果である。自分への非難であれば甘んじて受ける。しかし辺境の民をすべて蔑むような誤解をしてほしくなかった。そう思い、コールマン伯爵令嬢とその友人達に話しかけようと席から立ち上がる。

振り返った次の瞬間、ジェイレンは体をぶつけた。

気持ちがザワついていたせいで、背後の気配に気付かなかった。見てみればそこには王国の海側の守護を任されているシートン侯爵の息子が取り巻きを連れて立っていた。

シートン侯爵令息は海沿いで生活する者特有の日に焼けた健康的な肌で、表情からは気性の激しさがちらほら見える。十五の割には体格も良く腕も太い。「海の男」という言葉がよく似合うものの、口元に浮かべた笑みは人を嘲る様子が浮かんでおり、快男児とは言いがたいものだった。

シートン侯爵令息はジェイレンの前に立ちはだかり、取り巻きと一緒にニヤニヤと品のない笑みを浮かべている。次男坊であるからか、この男は「品格」というものを教わっていなかったのだろうか？

そう頭の中をよぎった瞬間、自分の行いが振り返られてジェイレンは苦痛に歪んだ表情になる。

「魔獣を倒したとひけらかすとは、辺境の田舎者殿は常識も謙虚さもないらしい」

痛いところを突かれた気がして、ジェイレンは思わず口を歪ませる。自分の力を誇る気持ちもあった。コールマン伯爵令嬢たちに格好つけたい気持ちもあった。そんな高慢さがなかったとはとてもではないが言えない。

その様子にシートン侯爵令息はまたニタニタと笑ってくる。しかし黙っているほどジェイレンは大人しい気性ではないのだ。

「辺境は田舎じゃない。街の整備もされているし、王都に次ぐ文化の中心圏でもあるんだぞ」

事実、辺境は魔境の開拓が行われているため人も多い。貴族以外の識字率も高く、平民の文化的教養も高いため娯楽文化も発達している。

しているのだが……どうにも辺境から離れた場所に住む人間からするとその印象は薄いらしいよ

うだ。

――上級貴族であればもっと教養として知っているものではないか⁉

ジェイレンは更に腹を立てて眉間に力を込める。

「魔獣の頭を持ち込むような野蛮なヤツがいる辺境が田舎じゃないだって？」

シートン侯爵令息の言葉に、ジェイレンは苛立ちから歯ぎしりをする。己が野蛮だったとしても辺境を一緒くたにするな！　と、ジェイレンの額の血管がピクピクと痙攣している。

ジェイレンの様子に気付いているのかいないのか、シートン侯爵令息は更に挑発をしてきた。

「それにただ大きいだけの蛇を倒して誇るなんて、なんて程度の低い。我がシートン侯爵家は知恵が働く上に兵器を用いる海賊達を相手取る海の守護者だ。辺境で知能のないケダモノどもの相手をしている田舎者とは格が違う」

王国を南下したところにある島国とは現在戦争は行っていない。しかし彼の国は兵器開発が盛んであるため王国は常に警戒をしている。海賊達に兵器の横流しをしながら我が国への侵攻を狙っているという疑惑もあるのだ。

シートン侯爵家はそんな海賊などを取り締まる立場にいる。そんな彼の父は海軍で、国の中で五本指に入る巨大戦艦の船長であった。

確かに人間相手、しかも国が絡む海側と辺境では緊張感の種類も異なるだろう。だからといって魔獣相手に命がけで日々戦うアレクサンダー家を侮辱して良いわけがない。

アレクサンダーと共に戦う家族ともいえる辺境の民までこの男は舐めていると、ジェイレンは腹に据えかねた。

「……それは僕やアレクサンダー家だけでなく、辺境の民すべてに対する侮辱ととってかまわないな？」

地を這う低い声でジェイレンは呟いた。

その声にシートン侯爵令息は先程までの尊大な態度をかすかに崩して反応する。ジェイレンの睨めつける目があまりにも鋭く、その体中から闘気が横溢している。まるで魔獣を鏖殺せんとする狂戦士のような空気を纏うジェイレンに、シートン侯爵令息は一瞬たじろいだ。

しかしそこは海の守護者たるシートン家の者。すぐに相対するに相応しい気力をみなぎらせ、ジェイレンを睨み付けた。

「もし俺に先程の言葉を撤回させたければ力ずくでやってもらおうか」

「お望み通り力ずくでさせてもらう」

「俺が勝ったらお前を在学中、頤使してやろう」

視線がぶつかり合い、火花が散る。しばしの沈黙の後、ふたりは同時に「決闘だ！」と叫んだ。

◇◇◇

学園の訓練場に騒ぎを聞きつけた生徒が集まる。辺境の守護者と海の守護者の息子であるふたりの決闘である。注目が集まるのも仕方がない。

「先生は⁉」

「学園長の許可は取っているって！」

学園側もこういった血の気の多い生徒同士のいざこざは慣れているようで、決闘の許可はあっさりと通った。

下手をすれば家同士の対立になりかねない、軽率だと学園側は止めるべきなのだろう。しかし逆に押さえ込むことで将来禍根を残しかねない。ならば正々堂々と対立を解消させようというのだ。

正式な決闘であれば勝敗が決まり、それに異論を唱えて騒げば逆に評判が落ちる。

こうして学園での決闘は学園長の許可の下、教師が立会人となり行われるのだった。

「決闘は魔法・武器両方の使用を許可！　勝敗はどちらかが敗北を認めるか戦闘不能になるまで！両者、この条件で違いありませんか⁉」

「ああ、同意する」

「同意します」

シートン侯爵令息は縄をつけた巨大な碇を持ち込んだ。一方のジェイレンは無手である。しかしジェイレンの発する覇気には迫力があり、武器の有無による不利を感じさせはしなかった。

「これよりビクター・シートンとジェイレン・アレクサンダーの決闘を行う！　立会人はジョナ・クルーズ！　ここに宣誓を！」

「ビクター・シートンは決闘に際し、我がシートン家の栄光に誓って全力で叩き潰す！」

挑発的なシートン侯爵令息の言葉に、ジェイレンの目は据わっていた。ジェイレンは声を張り上げ、大音声で宣誓をする。

「ジェイレン・アレクサンダーはこの決闘において、アレクサンダーと我が家を支えともに戦う辺境の民の誇りに誓い圧倒的な勝利を手にする！」

その声は鍛錬場に響きわたり、ビリビリと彼らの鼓膜を痺れさせた。

若きふたりの宣誓はとても鮮烈で、闘志がみなぎっている。決闘を見守る者たちはその覇気に興奮し、沸いた。

「碇の一撃を喰らう前に降参することを勧めるぞ、田舎者」

「吠えるな、重り野郎」

素手であることを侮るシートン侯爵令息に、「碇でまともに動けないだろうのろま」「水に浮くこともできないいんだろう」と短く的確に挑発する。シートン侯爵令息はこめかみを痙攣させた。

立会人であるクルーズ教授は両者を視線だけで確認し、開始前の姿勢をとる。

「はじめぇっ！」

クルーズ教授の開始の言葉と同時にシートン侯爵令息は縄を掴んで碇を振り回す。その重量を物ともせず、彼は碇を操った。

「そぉら！」

碇がジェイレンにまっすぐ飛んでくる。馬鹿正直に正面から飛んでくる攻撃をジェイレンは容易く避けてシートン侯爵令息に向かって駆け寄った。

シートン侯爵令息はそれを読んでいたらしく、にやりと口元に笑みを浮かべる。碇を掴んだ縄を引き、ジェイレンを引っかけようとしたのだ。だがジェイレンもその程度の攻撃を受けるほど素人ではない。これを身を低くして横にかわした。

「かかったな!!」

シートン侯爵令息の碇はあり得ない軌道を描きながらジェイレンを横から殴りつけようと飛んできたのだ。ジェイレンはとっさに前方へ転がり、四つん這いの状態で睨み付ける。

シートン侯爵令息は声を上げて笑いながらジェイレンを見下ろした。

「はっはァ!! 転がりながら躱すとは無様だな! 獣のように這いつくばって逃げろ逃げろ!!」

どうやらこれがシートン侯爵令息の魔法らしい。自在に碇を動かすあたり、魔法はなかなか使えるようだが、碇を繋いだ縄を手放さないのは自分の体から離れた物は操れないためなのだろう。

ジェイレンは彼の魔法を冷静に見極め、碇をかわしながらシートン侯爵令息へ四つん這いのまま駆けて行く。

「二本足で走ることもできないか! 辺境の田舎者が!!」

あと数歩でシートン侯爵令息にジェイレンの手が届く距離に近付いた瞬間——ジェイレンの体は膨れ上がった。若いが並の大人よりもずっと大きな熊に姿を変えていたのだ。

「えっ」

そしてシートン侯爵令息が碇をジェイレンの背中に打ち付けようとするよりも早く、ジェイレンの腕が動く。熊が川の鮭を捕るように、勢いよくシートン侯爵令息の横っ面に張り手を喰らわしたのだ。

シートン侯爵令息の体はまさに弾かれた鮭よろしく吹っ飛ばされて鍛錬場の壁にベシャッ! と

ぶつかった。そのままずるりと落下し床に伏したシートン侯爵令息は微動だにしない。

「フン、一発張り手を喰らっただけで気を失うとは口ほどにもない」

ジェイレンはフンス、と鼻息を吐き出し元の人間の姿に戻る。

爪を立てれば顔面に轍ができたようにえぐれるので爪は出さない。そのあたり、ジェイレンはしっかりと手加減をしていた。まあ、その代わり頬骨が折れた感触があったが、保険医に回復魔法を使ってもらえば即治るので問題ないとした。

決闘を見守っていた生徒達は沈黙し、ハッとしたクルーズ教授がシートン侯爵令息に駆け寄る。

シートン侯爵令息の顔には肉球の痕がしっかり残っていた。彼は白目を剥き、鼻血と血混じりの唾液を口の端から零していて意識がない。

シートン侯爵令息が完全に意識を失っていることを確認し、クルーズ教授は立会人として勝敗を結論づけた。

「勝者、ジェイレン・アレクサンダー！」

その圧倒的な強さに、誰も歓声を上げることはなかった。

顔を青ざめさせる者、表情を凍り付かせ竦み上がっている者……皆、ただただ引いていた。

クルーズ教授が他の教員の手を借り、シートン侯爵令息を担架で保健室へ運ぶ。そこからようやくさざ波のようにひそひそと声がし始めた。

「海の守護者であるシートン家の次男を一撃で……」

「熊だなんて怖い……」

「辺境の方は容赦がないのね……」

「関わらないようにいたしましょう……」

その日以来、ジェイレンに近付く者はいなくなった。

畏れを抱く同級生達はひそひそと話し、視線をやればあからさまに避けて合わせようともしない。声をかけようものなら総毛立つほど酷く怯えられてしまう。

シートン侯爵令息が謝罪してきたが、ある意味逆効果だった。

「正式な決闘の結果なのに‼」

ジェイレンは落ち込んだ。顔には出さなかったがそれはもう、自室のベッドに突っ伏してシーツに大陸地図を涙で描く程度に。

「こんなはずじゃなかった……！」

思い描いていたのは華々しい青春の学園生活。

辺境の屈強な戦士達の猛々しい空間での生活ではなく、同年代の若者たちに囲まれ友人や将来妻となる人と出会う爽やかな三年間……

――それがぼっち！　ひとりぼっちで誰も寄りつかない‼　臈長(ろうた)けた面差しの御令嬢と婚約してハッピー学園ライフだったはずなのに！

ジェイレンは自室で鮭を下ろして作られた塩乾物に齧り付きながら泣いていた。

悲しみに暮れた、その月の後半。

ジェイレンは入学間もない頃の明るい表情とは打って変わり、景気の悪い陰鬱とした顔をしていた。

そんなジェイレンを仕事部屋で辺境伯は迎える。

「……ただいまもどりました」

「戻ったか。被害はなかったか？」

「はい。皆無事です……迷彩竜は倒しました……」

迷彩竜の尖った角を討伐の証拠に持ってきたジェイレンは、キノコが生えそうなくらいジメッとした落ち込み方をしている。

それでもしっかり魔獣を倒してきている辺り、ジェイレンが優秀な戦士であることを証明しているようだった。今回の迷彩竜は軍馬よりも二回りほど大きいものだったらしい。

辺境伯は息子の様子に少し溜め息を吐き、迷彩竜の角を受け取る。

「ずいぶん熱心だな。まだ入学して一ヶ月もしていないというのに辺境（こちら）に毎週戻ってきているではないか」

「学園が退屈なもので」

へっ、と卑屈な笑みを浮かべて目をそらすジェイレンに、父である辺境伯は思わず額に手をやった。学園で息子が何をやっているかは聞いていたので庇いようがない。

――魔獣の首を欲しがっていたのは同級の男子に見せびらかすためか、魔獣素材を単純に欲しがっただけだと思ったが……まさか気になる御令嬢に戦果として見せに行くとは思わなかった……

「……お前なぁ」

「解っています解っています！　魔獣の頭を持っていった僕の自業自得です！　よくよく考えれば魔獣以前に生き物の死体を持っていくなんて、辺境以外の御令嬢には刺激が強いのは当たり前でした！」

呆れつつ言葉を継ごうとすると、ジェイレンは広げた手を力強く突き出し父の言葉を遮った。冷静になって自分でも浮かれた行動をとったと恥じ入っているようだった。

父もそれ以上つつくまい、と話を区切り表情を切り替える。ニマ、という悪戯坊主のような笑い方だった。

「それはそれとして海側の世間知らずを叩きのめしたと聞いたぞ。いやいや、それに関してはよくやった」

わしわしと髪の毛をかき混ぜるように節くれ立った手で撫でてくる。ジェイレンは目を伏せて唇を尖らせて目を合わせない。

「それも含めて学園では避けられるようになってしまいましたがね……」

「まあ、それは仕方あるまいて。辺境の守人は魔物の脅威を知らぬ者たちには理解しがたいからな」

魔獣をただの獣と思っている者もいる。魔獣による被害をただの獣害と同列に考える者は平和な内陸や人間相手に戦う海側に多い。

実際、ジェイレンが持ち込んだ魔獣の頭で初めて見たという者も少なくなかったろう。すでに息絶えていたとはいえ魔獣を見て地獄の懲罰房を開けて亡者が飛び出したような状況になっていたのだから。

「はい、身にしみてよく分かりました……」

しょぼくれるジェイレンに、辺境伯は眉を下げながら微笑んだ。辺境伯自身も、辺境と魔獣について無理解な内地や海側の貴族に苦労したことが多かったからだ。

「なに、理解者というのは自然と現れるものだ。気にせず勉学に励むといい」

「はい……」

辺境伯はそういったものの、若い息子にはまだそういったことは頭で理解はできても実感はできないだろうという眼差しをしていた。そこで思い出したように言う。

「レインウォーター家からも学園に今年入学した者がいたろう？　辺境者同士、まだ気が合うんじゃないのか？」

レインウォーターはアレクサンダーの親戚筋である。

そもそも辺境の各砦や要所を守りまとめているのは皆、アレクサンダー家の親戚関係にある。そのため親戚といえる人数も多い。あまり顔を合わせない相手だと顔がぼんやりとしてしまうこともあったりする。

ジェイレンは自分がいかに華々しい青春の学園生活を送るかを考えていたため、辺境から王都魔法学園に入学した同郷の存在をすっかり忘れていた。

確かに辺境の出身同士であれば、文化習慣的違いですれ違うことも少なかろう、というのは想像がつく。

しかしジェイレンは眉を寄せた。

「……辺境者同士がつるんでいたらそれこそ誰も寄りつかなくなるのでは？」

おそらく学園でジェイレンは狂戦士扱いだろう。そして同様に辺境の民への偏見ができあがってしまっている可能性がある。辺境者たちで固まっていれば更に人が寄りつかず孤立してしまいそうな気がしていた。

ジェイレンはらしくない不安そうな顔で辺境伯を見る。

「そのときはそのときだ」

あっけらかんという父に、ジェイレンは繊細な十代らしい溜め息を吐くのだった。


辺境から学園に戻った後、相変わらず遠巻きにされる日々が続いた。そして今日は隣のクラスとのダンスの合同授業である。ダンスホールに生徒が集まり、ダンスの修得度合いによって振り分けられていた。

そして「ペアを作るように」と言われたが……当然のようにあぶれた。授業参加人数は偶数であるにもかかわらず、だ。

ジェイレンはダンスホールの隅でぽつねんと立つ羽目になった。

今回の授業は来月に行われる交流会のパーティーに関わっている。

学園に通う者であればダンスは修得している。しかし生徒が新興貴族であるか平民出身である場合、それが足りていない場合があるため授業の場が設けられている。

これはダンスに限った話ではないのだが、学園の生徒は将来的に卒業式のとき国王陛下や王妃殿下にお目見えする場面がある。その際に完璧な作法を身につけさせるためでもあった。

貴族としてはすでに修得済みであっても、同じ教育を受けることで意識や教養を磨くことができる。平民や新興貴族の生徒の場合、正しい作法が身につくので安心ということである。

こうした教育がなされるようになったのは昔、新興貴族の女性が他の貴族の女性に間違ったマナーを教えられたことが切っ掛けである。

女王陛下の前で恥をかかされ、その誤ったマナーを教えた相手に刃傷沙汰が起きている。

「悪意で人に恥をかかせると、剣でもって返されるぞ」という教訓はここからきており、貴族平民問わず知られているのであった。

「はぁ……」

生徒の輪から外れているジェイレンはガリガリと頭をかく。溜め息を吐いてどうしたもんかなと辺りを見渡した。

すると自分に向かってつかつかと歩いてくる女生徒がいる。疑問符を浮かべて彼女の顔をまじまじと見ると見覚えがあった。

——あ、レインウォーターの。

ハタと思い出した。

辺境伯である父が先日話していた人物だ。気のせいか彼女のクラスメイトが彼女から距離を置いているように見える。カツカツと踵の音を立て、少々前のめりに歩いてくる彼女の顔は険しい。

本来であれば凜々しいであろう眼差しは苛立ちを含み、怒りの表情に見える。唇もきゅっと引き締められて、杏色の唇は強張っているように見えた。

そんな彼女がカツン、とジェイレンの前に立つ。ヒールのせいもあってかジェイレンより少し目線が高い。わずかに見下ろすような目つきで、彼女はジェイレンを見つめた。

「ジェイレン・アレクサンダー」

東の水琴という鈴を思わせる澄んだ声がジェイレンを呼ぶ。ジェイレンがその声に胸が高鳴ったのは不可抗力だった。

かすかに頬が熱くなったジェイレンは、咳払いをして誤魔化す。

「ええと、たしかレインウォーターの……」

「責任とってちょうだい」

「はい？」

互いにしか聞こえないくらいの声の大きさであったが、彼女の声ははっきりとしていた。しかし内容について瞬時に理解できなかったジェイレンは間抜けな声を上げてしまう。

その反応に眉を片方つり上げたレインウォーター家の娘は、唇に力を込めながらはっきり言った。

「貴方のせいで私までクラスで避けられているの！　おかげでペアやグループになる授業でいつもあぶれる！　責任をとって！」

「え、ええ？」

更に詳しく聞くとジェイレンがやらかした魔獣の頭持ち込みと決闘のせいで「辺境の民＝頭のネジの飛んだ凶暴な連中」というレッテルが貼られているのだという。

彼女にとってはとんだとばっちりだ。

目頭と眉間にしわがぎゅっと寄っている彼女に申し訳なさを感じつつ、ジェイレンは彼女の手を取る。その行動にレインウォーターは怪訝な顔をした。

「すまない。合同授業では僕とペアになろう。とりあえず今回の授業はそれで許してほしい」

レインウォーターとしては、理不尽なとばっちりを受けた自分の怒りのはけ口を求めての行動だった。それ故、素直な謝罪をされて勢いが削がれていた。

怒りや苛立ちの表情は、戸惑いに変化していた。

「ほらほら皆さん！　始めますよ！」

教員の手を叩く音で皆が注目する。男女のペアが並び、授業は始まる。

基本的な動きを確認させられた後、本番のように手を取り腰に手を添える姿勢をとった。音楽が流れると同時にペアは踊り出す。ダンスを教養として身につけている者たちは多くが姿勢良くステップを踏む。

その中で一際目立っていたのはジェイレン達だった。

ふたりの見目が目立つこともあるが、それ以上にふたりの身のこなしが際立っている。

優雅に花か蝶が舞うようなダンスをする者がダンスホールの主役になるのが常だろう。しかしジェイレン達のダンスは違った。

まるで武術のような体捌きはぴったりと息が合い、ターンやチェックバック、ひとつひとつのステップに迫力があった。

ただのワルツだというのに！

卓抜した身のこなし、そして互いの動きを読み取る様子はまるで達人同士が互いの力量を信じ合って身を任せているようだ。

生徒達はふたりのダンスに目を奪われ、それぞれのステップも漫ろになっていた。手を叩きテンポを取っていた教員も目を見張り、手を叩くことをやめている。

それでもふたりの集中力はすさまじく、組んだ相手の足を踏んでステップが止まるペアをごく自然に織り込んだターンで回避する。

蓄音機から流れる音楽が終わり、ボールルームを広々と駆け巡ったふたりは中央でピタリと彫刻のように停止した。

ぽかんとふたりを見つめる観衆と化したクラスメイトと教員を余所に、ジェイレン達はしばし見つめ合う。初めてだというのに呼吸だけでなく鼓動も合うような感覚に陥り、ふたりの時間は止まっていた。

時間にすれば短いが体感では十分以上過ぎたころ、ふたりは姿勢を解く。そこでボールルームにレインウォーターの靴の音が響いた。

「なんてすごいの……」

誰かがぽつりと呟いた。

その言葉で正気に戻った皆がささやき合う。しかしいつもの怯えや嘲笑を含んだものではなく、熱っぽい感嘆の声だった。注目の中にいたふたりはその授業中、ずっと黙っていた。

◇◇◇

次の週末、魔獣討伐のために辺境へ戻っていたジェイレンは、何気なく先日の授業でのことを父親に語った。

「レインウォーター家の娘と会いました」

辺境伯は茶飲み話にちょうど良さそうな内容であったため、使用人に茶と菓子を用意させる。

「それで、どうだった？」

ふたりは喫茶室で今年採れたばかりの手もみ茶と生地に栗がまるごと入ったケーキをつつく。辺境伯は茶を口に含み、その甘さと香りを堪能しながら尋ねた。

「どう、って……まあ、はっきり物事を言う娘だと思いました」

「そうではなくてだな」

「……授業でダンスがペアになったのです。あのときの身のこなしは辺境でも群を抜いていると感じました」

ジェイレンの言葉を聞いて辺境伯はニタリと少々品のない笑みを浮かべる。

かすかに声音が上ずった様子にジェイレンがレインウォーターの娘が良い意味で気になっていると感じ取ったからだ。

「最近一人で魔獣討伐に出られるようになったそうだ。その割には良い動きをしただろう？」

辺境伯の言葉にジェイレンは眉を片方上げる。十五になって一人で魔獣討伐というのは少し遅い気がする。何せ自分は十の時に一人で中型の魔獣を狩ったのだから。

「十五にもなってですか」

素直に疑問が口を衝き、ジェイレンは首を傾ける。

辺境伯はケーキの中の栗を突き刺し、口に運ぶ。しっかりと食感と甘みを堪能してから嚥下したあとフォークをつまむ指を揺らした。

「お前の変身と異なって、あの娘の魔法は難しいんだ。使える形になるのに、時間がかかったのだろうよ」

「はぁ、そうなんですか」

姉であるアイリーンも百倍パワーの魔法であるため、十になる前に魔獣を一人で狩っていた。それを思うと十五でやっと一人で狩りに出られるようになったという、成長速度が遅い彼女はさぞもどかしかっただろう。

ジェイレンは茶を啜り、眉をつり上げて自分に詰め寄ってきた彼女のことを思い出した。

「だが強いぞ。筋も良い」

「それは僕も解ります」

どんな魔法が使えるかは知らないが、辺境伯である父にこう言わせるならさぞ腕が立つのだろう。彼女の魔法はどんなものなのか？　あれだけの身のこなしで一体どんな戦い方をするのか。

ジェイレンはケーキをフォークで切り取り口に運ぶ。やわらかな甘さとほっくりとした食感は絶品であるというのに、ジェイレンは味に集中できていなかった。

頭の中をちらつくレインウォーターの娘に意識が行く。

「そうだな……ジェイレン、次の狩りの時、彼女も連れてこい」

「はい？　何故（なにゆえ）？」

息子の呆ける様子に辺境伯は笑みを浮かべた。

「レインウォーターの娘の実力も解るだろう？　もし気が合えば話を通しておくぞ？」

「はぁ、ではお願いします」

このとき、ジェイレンは「話を通しておく」の意味がわかっていなかった。次の週、レインウォーターと共に魔獣狩りへ赴くことになる。

そしてこの一年後、ふたりは婚約者となり、更に卒業した後、結婚することとなる。

彼女が後の辺境伯夫人になると、このときジェイレンはもちろん想像していなかったのであった。

あとがき

この本を手に取ってくださったあなた様。

初めましてこんにちは。鍛治原成見と申します。

初めての書籍化であるため、あとがきを書くというのも初めてな私は何を書いたものかと悩んでおりました。でも何より最初の最初に書きたいのは感謝です。

『魔獣狩りの令嬢』は多くの人たちに助けられて形となりました。

担当のMさんやイラストレーターの縞先生を始めとしたノベルチームの皆さん。コミカライズチームの皆さん。直接お話しはしませんでしたがTOブックスの方々。書籍化にあたり関わってくださったすべての人たち。WEB版を読んで評価してくださった方々。

支えてくれた家族親戚。執筆力の底上げをしてくれた友人。短編の『男爵令嬢』を書く後押しとキッカケをくれた妹。

そしてこの本を手に取ってくださったあなた様。

誠にありがとうございます。

『魔獣狩りの令嬢』の前身である『男爵令嬢は姉にさっさと結婚してほしい。』を執筆した当時は、まさか書籍化するなんて思いもしませんでした。

短編の続きを希望する声があり評判がよかったことが嬉しかったため始めた連載版でした。のんびり続きを執筆していたところに書籍化のお話が来て胃がひっくり返ると思うくらい動揺したことを覚えています。そこからはなにもかも初めてで、担当Mさんたちに助けられながらたわけです。

執筆加筆修正校正をしておりました。そしておおよそ一年かけて皆様にお届けできる形となっ

たった七千字以下の読みきりであったお話がどんどんと広がっていきました。書籍という形になってようやくキャロルやオズウィン、メアリたちが生きる世界の一部を作れたと思います。

元々私が人や状況に振り回されるタイプの女の子を書くことが好きなため、これからもキャロルは大変な目に遭い、自分の中の常識と解離した場所の日常でもみくちゃにされます。心身ともに。

けれどオズウィンをはじめ、姉であるメアリ、辺境の人々とたくさんの人たちの助けを得ながら成長し変化していきます。そしてそれはキャロルだけではありません。それぞれの登場人物たちが成長し変化してゆきます。

現在、第二巻に向けて続きを執筆しております。

凶暴な魔獣、珍しい初めての食べ物、キャロル視点でトンチキな風習や習慣、そして新たな出会い……そんなキャロルの「振り回される日々」を笑いながら見守っていただければ幸いです。

『魔獣狩りの令嬢』を読み、ひとときでも楽しいと感じていただけたなら一創作者として喜ばしい限りです。

もう一度改めまして、かかわってくださった皆様と、これを読んでくださっているあなた様。

本当にありがとうございます。また次の本でお会いできることを楽しみにしております。

鍛治原成見

コミカライズ決定記念！

ゆうき先生による
キャラクターデザイン公開！

メアリ
イザベラ
ジェイレン
続報をお待ちください！

次巻予告

ついに辺境へ引っ越したけど——

災害級の魔獣出現!?

次の獲物は

ドラゴン

ですか!?

戦乙女の本格狩猟×ラブ(?)ファンタジー!

鍛治原成見 Illustration 縞

魔獣狩りの令嬢

DAUGHTER OF A HEXENBIEST HUNTRESS

～夢見がちな姉と大型わんこ系婚約者に振り回される日々～

NOVEL
第②巻
2024年春発売予定!

魔獣狩りの令嬢
～夢見がちな姉と大型わんこ系婚約者に振り回される日々～

2023年10月1日　第1刷発行

著　者　**鍛治原成見**

発行者　**本田武市**

発行所　**TOブックス**
〒150-0002
東京都渋谷区渋谷三丁目1番1号　PMO渋谷Ⅱ　11階
TEL 0120-933-772（営業フリーダイヤル）
FAX 050-3156-0508

印刷・製本　中央精版印刷株式会社

本書の内容の一部、または全部を無断で複写・複製することは、法律で認められた場合を除き、著作権の侵害となります。

落丁・乱丁本は小社までお送りください。小社送料負担でお取替えいたします。

定価はカバーに記載されています。

ISBN978-4-86699-941-8
©2023 Narumi Kajiwara
Printed in Japan